나를 훔쳐 줘

❶

나를 훔쳐 줘 ❶

초판 1쇄 발행 | 2019년 3월 11일

지은이 | 월우
펴낸이 | 김형호
펴낸곳 | 아름다운날
편집 주간 | 조종순
본문 디자인 | 디자인표현
표지 디자인 | 아르케디자인
출판 등록 | 1999년 11월 22일
주소 | (04031) 서울시 마포구 서교동 351-10 동보빌딩 202호
전화 | 02) 3142-8420
팩스 | 02) 3143-4154
E-메일 | arumbook@hanmail.net

ISBN | 979-11-86809-68-6 (04810)
        979-11-86809-67-9 세트

이 도서의 국립중앙도서관 출판예정도서목록(CIP)은 서지정보유통지원시스템 홈페이지(http://seoji.nl.go.kr)와 국가자료공동목록시스템(http://www.nl.go.kr/kolisnet)에서 이용하실 수 있습니다.(CIP제어번호: 2019006102)

조선패설

나를 훔쳐 줘

월우 장편소설 ①

아름다운날

차례

제 1 장

도망쳤다

아직 곱다.

면경에 비친 제 얼굴을 보며 여인은 새삼 아직 빛을 잃지 않은 제 미모에 스스로 감탄하며 다행스럽게 여겼다.

손을 들어 뺨을 조금 비틀어 긴장으로 창백해진 안색에 붉은 기를 불어넣으니 면경 속의 얼굴은 실제보다 조금 더 앳돼 보였다. 흡족하였다. 오늘 밤은 더욱 어여쁘고 어리고 싶었다.

서방이 있고 아이가 있는 여인이 아니라 수줍음과 부끄러움을 아는 처녀 아이가 되어 정인을 만나러 가고 싶었다.

뺨을 비틀었던 손을 내려 목과 어깨가 맞닿은 부분을 살며시 어루만졌다. 이전 날 재회를 기약하며, 정인의 입술이 내려앉았던 그곳엔 벌써 섣부른 열기가 스멀스멀 피어오르고 있었다.

그 달뜬 열기를 좇아 손을 저고리 안까지 밀어 넣으려는 찰나, 방문 밖에서 짧고 강하게 "휫!" 하는 소리가 들렸다.

신호였다. 드디어 이 지긋지긋한 집구석을 떠날 때가 온 것이다. 여인은 서둘러 일어나 구석에 놓아둔, 위장용 낡고 초라한 장옷과 봇짐을 집어 들었다. 그 순간, 소리 하나 내지 않고 조심스레 방문이 열렸다.

·

·

·

더럽게도 재수 없는 밤이었다.

단옷날을 얼마 남기지 않은, 그래서 유난히 더 부산스러웠던 낮과 달리 기묘할 정도로 고요하기만 했던 그 밤에 대한 태서의 느낌은 딱 그랬다.

"젠장, 똥 밟았네."

은밀히 방을 나서다 마루 건너편에서 저를 빤히 보고 있는 열 살 남짓 되어 보이는 계집애를 발견한 순간, 태서는 저도 모르게 본심 그대로의 욕설을 내뱉고 말았다.

비록 검은색 두건으로 눈을 제외한 온 얼굴을 가린 상태이긴 하지만 제 모습을 본 사람이 있다는 것만으로도 이 밤의 재수 없음은 여실히 증명된 것이나 다름없었다.

"하, 하진아."

태서의 등 뒤에서, 태서를 따라 막 방을 나서던 여인은 딱딱 이가 부딪치는 소리가 날 정도로 온몸을 떨며 아이의 이름을 불렀다.

"지, 진아. 어, 엄마는 말이야. 엄마는 있지."

여인은, 북촌 감 진사 집안의 안방마님이자 이제 막 야반도주를 하려다 그 딸에게 현장을 잡힌 서 씨 부인은 무슨 말이든 하려고 머리를 굴렸다. 하지만 아무리 애써도 머릿속이 이미 새하얗게 변해버려 어떤 서툰 변명거리도 생각나지 않았다. 어엿한 반가의 여인이, 한 아이의 어미가 한밤중에 어둠을 틈타 낯선 사내와 함께 도망을 치려 하는 모습을 어찌 설명해야 할지 도무지 알 수가 없었다.

"진아. 엄마는…… 엄마는 있잖아. 지, 지금……"

'답답하긴! 지금 이러고저러고 설명할 시간이 어디 있다고!'

이젠 아예 땀까지 뻘뻘 흘리며 말을 더듬는 여인을 본 태서는 불만스럽게 낯을 찌푸렸다. 조금도 지체할 시간이 없었다. 머뭇거리다가는 언제 집안 하인들에게 들킬지도 모르는 일이었다. 그러기에 태서는 발소리도 내지 않고 단숨에 마루를 가로질러, 눈 하나 깜짝하지 않고 서 씨 부인과 저를 보고 있는 하진이란 이름의 아이에게 다가섰다.

난폭하게 뭘 어쩔 생각은 없었다. 그저 혹시나 큰소리라도 낼까, 아니면 도망가는 어미를 잡겠다고 붙들고 늘어질까 걱정되어 험한 기세로 입막음이나 할 생각이었다. 명치라도 쳐서 기절시키면 제일 간단하겠지만, 그럴 수는 없었다. 차라리 죽으면 죽었지 여인네와 아이에게는 손을 대지 않는 것이 태서가 이 일을 하며 세운 첫 번째 원칙이었으니까. 그저 짐짓 무섭고 험악한 표정으로 "다치고 싶지 않으면 입을 다물라" 그리 겁만 줄 생각이었다. 그때, 태서의 태도를 오해한 서 씨 부인이 작게 소리를 지르며 달려들었다.

"안 돼! 손대지 마!"

"윽!"

온몸으로 돌진해온 여인의 힘에 밀려, 태서가 옆으로 밀려나 마루에 쿵 소리가 나도록 엉덩방아를 찧었다.

"이봐요! 마님……"

어이가 없어 불만스럽게 여인을 부르려던 태서가 금세 입을 다물었다. 여태 아무 말 없이 제 어미를 보고 있던 사내아이가 그 나이 또래 애들보다 훨씬 더 작아 보이는, 하얀 조가비를 연상시키는 손을 들어 내밀었기 때문이다.

"하진아, 이건?"

흐린 달빛을 의지하여 아이의 손바닥 위에 놓인 것들을 본 서 씨 부인의 눈이 커다래졌다.

조그만 손바닥에 넘치도록 가득 놓인 것은 청옥, 황옥, 홍옥, 금, 은, 상아 등으로 만든 값비싼 가락지들이었다. 서 씨 부인도 익히 잘 알고 있는 것들이었다. 십여 년 전, 서 씨 부인이 감 진사에게 시집올 때 만석꾼인 친정 부모가 서 씨 부인의 시어머니인 강 씨 부인에게 예단으로 준 것들이기 때문이었다.

"이건 모두 어머님께서 가지고 계신 것들인데…… 네가 이걸 어떻게?"

"낮에 훔쳤어요."

사내아이는 일상이 훔치는 게 도둑인 것처럼 대수롭지 않게 중얼거린 후, 가락지들을 든 손을 서 씨 부인 쪽으로 불쑥 더 들이밀며 턱을 치켜들었다. 얼른 받으라는 듯.

서 씨 부인이 주춤주춤 그 가락지들을 받아들자, 아이의 손은 나올 때 그러했듯 다시 불쑥, 방 문지방 너머로 들어갔고 이내 탁 하는 소리와 함께 방문이 닫혔다.

"진아, 하진아……"

"가세요."

왜 시어머니의 가락지들을 훔쳐둔 건지, 그걸 왜 자신에게 내민 것인지 물으려는 서 씨 부인의 말을 아이가, 아이의 담담한 말이 툭 잘라먹었다.

"하진아……."

울음에 찬 목소리로 딸아이의 이름을 부르던 서 씨 부인이 방문에 손을 가져가려다 말고 멈칫, 태서를 보았다.

딸아이보다 겨우 일고여덟 살밖에 더 먹지 않은, 소년으로 보기엔 지나치게 어른스럽고 청년으로 보기엔 아직도 조금은 어린 티가 나는 얼굴을 한, 태서는 팔짱을 끼고 서서 서 씨 부인을 보고 있었다. 조금은 귀찮고 짜증스러워 보이는 그 눈빛은 서 씨 부인에게 말하는 듯했다.

어쩔 거냐고. 당신이 결정하라고. 당신 딸이 저렇게 나오는데도 갈 수 있겠냐고. 잘 생각해 보라고. 당신이 포기하겠다면 나도 그만 돌아가겠다고.

어쩌면 이쯤에서 그만둬줬으면 하는 것 같이 보이기까지 하는 그 눈빛이 여인의 오기를 자극했다. 서 씨 부인은 보란 듯이 두 손으로 눈가를 쓸어 잠시나마 눈가에 고였던 눈물 자국을 닦아냈다.

"가자."

서 씨 부인의 얼굴엔 이제 딸아이에 대한 미안함이나 죄스러운 감정은 조금도 남아 있지 않았다. 태서의 도움을 받아 몰래 담을 넘고 집을 빠져나가, 미리 인근에 숨겨놓았던 말 위에 오를 때까지도 마찬가지였다. 아니, 오히려 더 마음이 급해져 태서를 재촉하기까지 했다.

"빨리. 빨리 날 그이에게 데려다줘."

"예에……."

심드렁하게 답한 태서가 날렵하게 말 위로 몸을 날려 서 씨 부인의 앞에 올라탔다.

"꼭 잡으십시오."

직접 여인의 손을 잡아 제 허리에 감은 뒤, 태서가 힘차게 말의 옆구리를 걷어찼다.

"이랴!"

두두두두, 흙먼지를 일으키며 밤을 달리는 말의 속도는 두 사람이나 등 위에 얹은 것치고는 제법 빨랐다. 오늘 밤을 위해 일부러 공들여 고른 보람이 있었다.

그런데도 그 속도가 영 성에 차지 않는 태서는 죄 없는 불쌍한 말에 괜히 더 사납게 박차를 가했다.

"하앗! 이랴! 이럇!"

집도 서방도 어린 딸도 버리고 야반도주를 치려는 제 등 뒤의 여인을 위해서가 아니었다. 뒤통수와 목덜미 언저리에 자꾸만 달라붙으려 하는, 들릴 리 없는데도 자꾸만 들리는 것처럼 느껴지는 아이의 울음소리를 떼어내기 위해서였다.

"엄마, 엄마아……" 하고 숨죽여 어미를 부르는 가느다란 계집아이의 울음소리를 떼어내기 위해서였다.

북촌에서 아니 도성 안에서도 알아주는 갑부인 진사 감이섭의 부인이 서방과 아이를 버리고 야반도주를 한 것은 의외로 아주 오랫동안 세상에 비밀로 숨겨졌다.

망신과 오욕을 피하고자 한 감 진사와 그 집안의 필사적인 노력 덕분이었다. 비밀을 지키기 위해 집안 하인 중 몇몇은 먼 섬이나 중국 혹은 왜로 까지 팔려갔고, 다른 하인들은 자신들도 그런 꼴을 당하지 않기 위해 죽어라 입을 다물었다. 하여 세간에서는 어디까지나 감 진사 부인이 급병이 들어 한적한 시골에서 요양하던 중 불행히도 젊은 나이에 목숨을 잃은 것으로만 알려지게 되었다.

그 모든 게 변한 것은 감 진사와 서 씨 부인의 무남독녀 하진의 열여덟 번째 생일이 갓 지난 어느 날이었다.

제 2 장

어머니의 딸

"진아, 빨리 와!"

"얼른!"

그날 낮, 하진은 동무들의 손에 이끌려 마지못해 운종가로 향하고 있었다. 아버지들끼리 서로 친분이 두터운 덕분에 어릴 때부터 막역한 사이로 지내온 동무들이었다.

그중에서도 형조 참판 임경직의 딸 정애는 동무들 사이에서 가장 우두머리 격인 존재라 할 수 있었다. 다른 동무들에 비교해 아비의 벼슬이 높기 때문이기도 했지만, 워낙 타고난 성격이 다혈질이기 때문이기도 했다. 제 뜻대로 되지 않으면 흥분하기 쉬운 성격인 탓에 다들 귀찮은 일이 생길까 싶어 대충 비위를 맞춰주다 보니 어느새 동무들은 자연스레 정애가 하자는 대로 따르곤 하였다.

이날도 동무들의 의견은 듣지도 않고 제멋대로 운종가 나들이를 결정한 정애는 시장통에 들어서자마자 눈에 보이는 대로 옷가게며 신발가게 등 이 가게에서 저 가게로 동무들을 끌고 다니기에 바빴다.

말로는 미처 챙겨주지 못한 하진의 생일 선물을 사주고 싶어서라고 했다. 하지만 이날 운종가에 온 목적이 그것만은 아님은 하진도 다른 동무들도 곧 알게 되었다.

정애가 모두를 끌고 선전(線廛, 비단가게)으로 가 호화찬란한 비단들을 몸에 걸쳐보고 있을 때였다.

선전 바로 앞, 거리에서 웬 사내아이가 양손에 서책을 들고선 머리 높이 흔들어대며 고래고래 소리를 지르기 시작했다.

"패설(稗說, 민간에서 떠도는 이야기를 주제로 한 소설)이요! 이제 막 나온 따끈따끈한 새 패설 책이요! 진사 댁 마님의 아찔한 야반도주! 만석꾼 재산과 딸까지 버리고 도망친 진사 댁 마님의 이야기가 궁금하지 않으십니까? 패설이요! 세책(貰冊, 책을 빌려줌)합니다!"

세책가(貰冊家. 책대여점)의 사동(使童. 가게에서 잔심부름하는 아이)들이 주로 하는 호객행위였다. 보통 때라면 선전 안의 하진이나 다른 동무들이 그다지 관심을 줄 만한 일이 전혀 아니었다. 그런데도 계속 이어지는 아이의 고함에 어쩐 일인지 하진의 낯빛은 조금씩 달라지고 있었다.

"실제로 있었던 모 진사 댁 마나님의 아찔한 탈선 행각! 죽은 것으로 위장하여 세상을 속인 대담한 양반댁 마님! 궁금하지 않으십니까! 패설이요! 세책합니다!"

사동이 외치는 패설의 내용은 분명, 많은 부분 하진의 어머니를 연상케 하고 있었다. 그것이 자신 혼자만의 생각이 아님을 알게 된 건, 문득 눈이 마주친 정애가 얄밉도록 은근히 미소를 짓고 있음을 보았을 때였다.

"왜?"

정애가 천연덕스럽게 물었다.

"여기 비단들이 마음에 안 드니? 아니면……"

"패설이요. 세책합니다! 진사 댁 마나님의 아찔한 야반도주!"

정애가 일부러 잠시 말을 멈춰 세책가의 사동이 떠들어대는 소리를 한 번 더 유심히 듣더니, 부러 눈을 동그랗게 떴다.

"어머, 너 저 애가 떠드는 게 신경 쓰이는 거야? 저 책 내용이 네 어머니 이야기일까 봐? 에이, 설마!"

말도 안 되는 일이라고 손까지 휘휘 내저어놓고선 정애가 금세 과장되게 고개를 갸웃하였다.

"근데 확실히 좀 많이 비슷하긴 하다, 그치? 외간 사내랑 밤도망을 친 것 하며 그 뒤에 죽었다고 세상을 속인 것 하며."

"허억……!"

정애와 하진의 곁에서 비단들을 뒤적거리던 동무들과 가게 안의 손님들 중 누군가가 거칠게 숨을 들이마시는 소리가 들려왔다. 방금 막, 새로운 비단을 꺼내 정애에게 건네주려 하던 가게 주인도 의도치 않게 듣게 된 얘기에 놀라 얼어붙었다.

"뭐야? 뭐? 무슨 얘기 중인데?"

비단 구경에 취해 있느라 정애의 얘기를 제대로 듣지 못한 눈치 없는 손님 중 하나가 반들반들 눈을 빛내며 정애와 하진을 주시하고 있는 제 동행에게 물었다. 그러자 그 동행이 얼른 귀엣말로 방금 자신이 들은 놀라운 이야기를 전했다.

"뭐어?"

"그럼 저 내용이 진짜란 말이야?"

"어머, 어머. 망측도 하여라!"

가게 안 여인들끼리 숙덕대던 속삭임들은 이내 금방 선전 밖에 있는 사람들에게까지 재빠르게 퍼져나갔다. 물론 그 속삭임들은 정애와 하진, 두 사람의 귀에도 분명하게 전달됐다.

"다들 되게 궁금해 하네. 그러니 네 입으로 한 번 얘기 해 봐. 맞으면 맞다. 아니면, 아니다. 할 말이 있을 거 아냐."

백기를 들고 투항한 장수라도 기어이 목을 베고 말 장수처럼 잔인한 얼굴을 한 정애가 계속 하진의 속을 긁어댔다. 지금의 제 말 한 마디, 한 마디가 어느새 선전 주변에 모여든 사람들에게 고스란히 전해지고 있다는 것을 뻔히 알면서 하는 짓이었다.

"저, 정애야."

동무 중 몇몇이 주변의 눈치를 보며 정애를 말리려 들었지만 이미 한껏 승리감에 도취 된 정애에겐 아무 소용없었다.

"아아. 아직 네가 아직 저 패설을 읽지 못해서 잘 모르겠는가 보네? 내 생각이 짧았어. 기다려. 내가 얼른 저 사동에게 가서 저 서책을 빌려……"

"굳이 이렇게까지 하는 이유가 뭐야?"

당장이라도 세책가의 사동이 들고 있는 패설 책을 빌려서 가져올 기세로 가게 밖으로 나가려는 정애에게 하진이 물었다.

억울하지도 분하지도 서럽지도 않은, 정말 궁금해서 묻는 것처럼 하나 흥분된 기색 없이 그 얼굴은 말갛기만 했다.

"하!"

침착하기 그지없는 하진의 태도에 정애가 기막히다는 듯 고개를 쳐들고 선 크게 콧방귀를 꼈다.

"몰라 물어? 이래야 네가 내 오라버니와 혼인하겠다는 꿈을 버릴 거 아니냐."

"…… 뭐?"

"하진이 네 어머니 말이야. 백정 놈이랑 바람나서 널 버리고 갔다며? 원래라면 자녀안(행실 나쁜 여자의 이름을 기록하는 문서)에 이름이 새겨졌어도 백번은 더 새겨졌을 그런 여자 딸이라며, 네가!"

만약 그 순간 두 사람 중 울음을 터트려야 할 사람이 있다면 그건 당연히 하진일 것이었다. 그런데도 정작 분함을 참지 못하고 먼저 눈물을 글썽인 건 정애 쪽이었다.

모욕을 당하고 있는 건 하진인데도 정애는 자신이 모욕을 당하고 있기라도 한 것처럼 새빨갛게 볼을 물들이고, 평소에도 감정이 고스란히 드러나는 커다란 눈에 가득 눈물을 머금었다.

"그런 행실 나쁜 여자의 딸인 네가, 그렇게 더러운 여자의 딸인 네가 어떻게 내 오라버니와 혼인을 해! 어떻게 내 새언니가 될 생각을 해! 싫어! 난 죽어도 그 꼴은 못 봐. 절대 안 봐! 그러니 성우……"

정애가 제 오라버니의 이름 자를 막 입에 담았을 때, 여태까지와 달리 하진이 당황한 기색으로 정애를 말렸다.

"정애야! 그러지 마."

"뭘 그러지 마? 주제에 창피한 건 알아? 그걸 알면서도 감히 세상은 물론 집안 식구들과 나까지 감쪽같이 속이고 성우……"

정애가 또다시 제 오라버니의 이름을 입에 담은 순간이었다.

철썩! 찰지고 청량한 싸대기 소리가 호기심 어린 침묵으로 채워졌던 가게 안에 울려 퍼졌다.

"뭐, 뭐?"

갑자기 날아든 손바닥 때문에 고개가 돌아갔던 정애가 불이 붙은 듯 화끈거리는 뺨을 감싸며 하진을 홱 돌아보았다.

놀란 눈으로 자신을 보는 다른 동무들과 가게 안팎의 손님들 때문에 뺨을 맞은 정애의 수치심은 더더욱 컸다.

"너! 네, 네가 가, 감히 날 쳤어? 미친 거야? 네가 이러고도 우리 성……."

정애가 또다시 성우의 이름을 입 밖으로 내려 하자, 하진의 손이 또 한 번 그 뺨을 후려칠 것처럼 높이 치솟았다. 그러자 겁먹은 정애가 본능적으로 움찔, 어깨를 움츠렸다. 하진은 그런 정애에게 다가가 보드라운 두 어깨에 손을 올려놓고는 바들바들 떠는 정애의 귀에 입술을 가져다 대어 작게 속삭였다.

"나 하나 망신 주자고 네가 이런 짓까지 벌인 것을 참판 어른께서 아시게 된다면 무어라 하시겠니? 성우 오라버니까지 뭇 사람들의 입에 오르내리게 할 뻔했다는 것을 아시게 된다면?"

나직한 위협에 새삼 정애의 얼굴이 새하얗게 질렸다.

하진의 말이 맞았다.

일부러 자신이 운종가까지 하진을 데려와 망신주려 한 것을 아버지가 아시게 된다면 큰 불호령을 내리실 것이었다. 하진의 말대로, 집안의 대들보인 오라버니의 이름까지 사람들의 귀에 들어가게 한 것을 아시게 된다면 그 노여움이 자신에게 어떤 형태로 돌아올지 감히 짐작도 되지 않을 정도였다.

"이제 깨달은 모양이네."

창백해진 정애를 본 하진이, 이번엔 당황한 눈으로 저를 지켜보고 있는 다른 동무들에게로 담담히 시선을 돌렸다.

"오늘 일에 대해선 함구해 주길 바라. 너흰 아무것도 보지 못했고 듣지 못했어. 그렇지?"

누굴 위해서인지, 무얼 위해서인지 따로 말하지 않았다. 그런데도 동무들은 일제히 끄덕끄덕 고개를 움직여, 하진의 말에 따르겠다는 의사를 분명히 나타내 보였다.

"고마워."

짧게 인사를 전한 하진은 여전히 호기심에 가득 찬 눈을 번들거리고 있는 가게 안 사람들을 지나쳐 선전 밖으로 나갔다.

"얘. 너희 가게가 어디니?"

하진이 말을 건 것은 호객을 위해 쉴 새 없이 소리를 지르고 있던 세책가의 사동이었다.

"세책하시게요?"

"…… 그래. 너희 가게가 어디니?"

"이쪽 골목으로 쭈욱 들어가시면……"

사동 아이가 서책을 들지 않은 다른 손으로 제 뒤편 골목 하나를 가리키자 서경이 천천히 고개를 저었다.

"앞장서 주지 않으련?"

한눈에 보기에도 저따위는 평생 만져볼 수도 없는 값비싼 옷을 걸친 양반댁 규수가 부드러운 목소리로 부탁을 해오자, 사동이 잠시 망설이는가 싶더니 얼른 골목 안 가게로 하경을 인도하였다. 선전의 앞에 모여 있던 이들 중 다른 사람들보다 유난히 키가 큰 사내 하나가 그런 하진의 뒷모습에서 눈을 떼지 못했다.

"또 뭘 하려고."

사내가 혼잣말로 중얼거린 후, 하진의 뒤를 따라 슬며시 골목 안으로 숨어 들어갔다.

🌹

"지금 무어라 하셨습니까?"

세책가의 주인인 함 서방은 난데없이 제집 사동을 데리고 들어온 양반 아가씨에게 놀라 물었다.

"그 패설 책을 전부 사들이시겠다고요? 도성 안에 깔린 것들까지 모두요? 아니, 그게 전부 몇 권이나 되는 줄은 아십니까? 또 서책 한 권에 얼만지는 아시고요?"

도통 세상 물정을 모르는 아가씨네. 장난하시나.

하진을 본 함 서방의 감상은 딱 그랬다. 안 그래도 장사가 안돼 죽겠는데 별 이상한 손님이 다 꼬인다 싶어 속이 부글부글 끓어 올랐다. 하지만 이내 하진이 우아한 손놀림으로 새하얀 손가락에서 굵은 황옥 가락지 두 개를 빼 그의 앞에 내려놓자, 생각은 단박에 바뀌고 말았다.

"일단 이걸 줄 테니, 되는 만큼 모두 다 사들이게."

하진이 내어놓은 가락지 두 개는 어른 남자의 손마디 하나만큼 굵은 것으로 장사판에서 오래 굴러먹은 함 서방도 거의 처음 보는 물건이다 싶게 귀한 것이었다. 아마 그 값어치로만 치면 사동이 들고 나갔던 패설 책은 물론이요, 함 서방 세책방 안에 있는 수천 권에 달하는 패설 책 중 거의 대부분을 사들이고도 남을 정도였다. 그보다 더 놀라운 건 그 비싼 황옥 가락지들을 빼고도 아직 다른 손가락들에는 그보다 더 비싸 보이는 가락지가 두 개나 더 남아 있다는 것이었다.

'아니, 가락지들만이 아니야. 몸에 걸치고 있는 비단옷도, 달고 있는 노리개들도 모두 이 운종가에서 쉽게 구할 수 없는 최상의 것들이야!'

눈앞의 양반 아가씨가 몸에 걸친 것들을 언뜻 눈대중으로 계산해 봐도 족히 북촌의 넓은 기와집 한 채를 사고도 남을 정도였다.

"진심이십니까?"

부유한 차림에 압도당한 함 서방이 새삼 허리를 곧추세워 앉은 뒤, 정색하고 물었다.

"진심이네. 부족할 것 같으면 말하게. 내 얼마든지 더 내어놓을 수 있으니."

"패설 책을 모두 사들여서 어쩌실 건데요? 설마…… 모두 불살라 없애시려고요?"

함 서방은 아까와는 다른 의미로, 조심스레 하진의 눈치를 살피며 물었다.

세책가를 하다 보면 간혹 그런 경우가 있었다. 패설 속의 이야기가 제 이야기 같다며 당장 패설 책을 모두 불사르라고 떼를 쓰는 이들이 있었다. 누가 자신의 이야기를 패설로 쓰라고 했냐며, 작자도 아닌 함 서방에게 돈을 내어놓으라 행패를 부리는 이들도 적지 않았다.

하지만 하진의 입에서 나온 답은 그의 예상과는 달라도 너무 달랐다.

"아니. 태워 없앨 걸 무엇 하러 돈 들여 사들이라고 했겠나? 내 집에 돈이 썩어나가는 한이 있어도 그런 짓은 하지 않네."

"그럼 왜, 일부러 다 사들이시려 하시는 것인지?"

"그야 당연한 거 아니겠나?"

답이 뻔한 걸 묻는 함 서방이 이상하다는 듯, 하진이 보일 듯 말 듯 미간을 찌푸렸다.

"돈을 벌 좋은 기회가 아닌가?"

"그게 무슨……"

"기다려보게. 당장 오늘 저녁부터 이 패설 책을 찾는 이들로 이 가게가 문전성시를 이룰 터이니."

하진이 장담한 대로, 함 서방의 세책가에는 그날 저녁부터 그야말로 손님들이 물밀 듯이 밀려오기 시작하였다. 이미 함 서방이 도성 안에 있는 그 패설 책들을 모두 모아 쟁여두었을 때였고, 또한 하진이 함 서방에게 책값을 하라 내주었던 가락지들이 모두 한 사내의 수중에 들어가 있을 즈음이었다.

.

.

.

"여인용 가락지들을 다 사들이시고. 어인 일이십니까?"

운종가에서 그리 멀지 않은 곳에 있는 어느 방 안이었다. 패랭이를 쓴 중년의 사내가 아랫목에 앉아있는 청년에게 꽤나 깍듯한 말투로 물었다. 스물 대여섯쯤 되어 보이는 청년은 가락지들을 손바닥 위에 올려놓고 빤히 내려다보는 중이었다.

"누구 주시려고요?"

"아니."

거듭된 질문에 청년이, 태서가 가만히 주먹을 쥐어 가락지들을 손바닥

안에 가뒀다.

"팔 거야. 그것도 아주 비싼, 입이 떡 벌어질 정도로 비싼 값에."

태서의 입꼬리가 살짝, 위로 향해 휘었다. 남들보다 훨씬 더 길고 시원하게 찢어진 눈매 끝에도 웃음이 머물렀다. 지켜보는 중년 사내의 눈이 휘둥그레질 정도로 기분 좋은 웃음이었다.

"너! 대체 무슨 짓을 하고 돌아다니는 것이야!"

운종가의 일이 있고 열흘쯤 지난 후였다.

오랜 벗들과 술 약속 때문에 출타하였던 감 진사는 여느 때보다 훨씬 빨리, 아직 밤도 되지 않은 초저녁에 돌아와서는 사랑채로 하진을 불러다 다짜고짜 큰소리부터 질렀다.

"왜, 왜 그러서요? 하진이가 무, 무슨 잘못이라도 저질렀나요?"

하진보다 겨우 일곱 살이 많은, 감 진사의 후처 홍 씨가 잔뜩 겁먹은 얼굴로 남편과 하진의 얼굴을 번갈아 쳐다보았다. 일곱 해 전, 딱 지금의 하진 나이에 마흔도 훨씬 넘은 감 진사의 후처로 들어온 홍 씨는 얼핏 보아서는 하진과 거의 동갑내기로 보일 정도로 어리고 가냘파 보이는 얼굴의 여인이었다. 실제로도 겨우 스물다섯에 불과한 나이니 감 진사와 나란히 앉아있으면 영락없이 부녀 사이로 보이기는 했다.

여리고 어여쁜 여인이었다. 꽃으로 비유하자면 사람들이 오가는 산길 한쪽에 홀로 조용히 피어나 작은 바람에도 산들거리는 조그만 들꽃같이 생긴 여인이었다. 생긴 것만 그러한 것이 아니라 성정도 그러하였다. 가녀린 모습답게 간도 콩알만큼 작은지 감 진사가 타고난 성질을 이기지 못해 버럭버럭 소리를 지를 때면 놀라 얼굴까지 창백해져서는 가쁜 숨을 몰아쉬기 일쑤였다.

이날도 마찬가지였다. 홍 씨는 감 진사가 하진을 향해 큰소리로 따져 물을 때마다, 마치 자신이 회초리질을 당하는 것처럼 움찔움찔 몸을 떨었다.

"네가 일전에 운종가에서 정애의 뺨을 쳤다며! 그 말이 사실이더냐?"

"예."

하진은 별로 숨기거나 거리낄 게 없다는 듯 선뜻 답했다.

"왜!"

"그냥 좀 다투었습니다."

"그냥 좀? 다투어? 한다고 하는 사대부 가문의 여식들이 천것들처럼 운종가 한복판에서 뺨을 치고 맞으며 싸운 것이 그냥 좀 다툰 것이야? 그래, 그 다툰 이유가 무엇이냐! 무엇 때문에 그런 짓까지 한 것이야!"

"지, 진사 어른. 고정하시어요. 하진이도 그럴만한 이유가 있었겠……"

"어허! 어딜 끼어드는 거요!"

감 진사가 하진이 편을 들려 하는 홍 씨의 말을 자르며 마치 파리라도 쫓는 것 같은 손놀림으로 휘휘 공중을 저었다. 귀찮게 굴지 말고 나가 있으란 뜻이었다. 이미 여러 번 겪어 그 손짓의 뜻을 잘 아는 홍 씨가 민망함에 새빨갛게 변한 고개를 푹 숙이고 방에서 나갔다. 그러자 감 진사가 다시 하진에게 버럭버럭 고함을 질렀다.

"말해! 도대체 대낮에 시장 한복판에서 임 참판의 딸을 때린 이유가 무엇이야!"

"이유가 중요한가요?"

방 안을 쩌렁쩌렁 울리는 감 진사의 노성에도 불구하고 하진이 기죽은 기색 하나 없이 태연히 물음을 되돌렸다.

"뭣이야?"

"솔직히 아버지께선 제 이유가 무엇이든 상관없으시잖아요. 어차피 제게 그 집에 가서 빌라고 시키실 테니까요."

정곡을 찔린 감 진사는 잠시 입을 다물고 빤히 하진을, 항상 그렇듯 이번에도 무덤덤 그 자체인 딸의 얼굴을 보았다.

하진이 말한 대로 이유가 무엇이냐는 사실 하나도 중요하지 않았다. 하진이 정애의 뺨을 쳤다는 임 참판의 이야기를 들었을 때부터, 내심 그럴 만한 일이 있었을 것이라고 짐작했다.

어린 시절부터 지금까지 쭉, 웬만해서는 흥분하는 일도 없는, 무뚝뚝하고 질긴 쇠심줄 같은 성정의 하진이 다른 사람도 아닌 정애를 대상으로 그리 난폭한 일을 저질렀을 때는 그만한 이유가 있지 싶었다.

무엇보다 하진과 임 참판의 외아들인 성우는 장차 혼인할 처지였다. 두 집안끼리 정식으로 혼약을 하지는 않았지만, 아주 오래전부터 두 집안 사이에 암묵적으로 결정된 사항이나 다름없었다. 지금 중국 사신단의 일원으로 심양에 가 있는 성우가 돌아오는 대로 정식으로 혼담을 진행할 예정이었다. 즉, 정애는 장차 하진의 시누이가 될 몸이란 뜻이었다. 그것을 누구보다 잘 아는 하진이 정애의 뺨을 쳤다는 것은 분명 그럴 만한 중대한 까닭이 있을 게 틀림없었다.

허나, 그렇다고 해서 임 참판에게 내 딸이 잘났네, 네 딸이 잘못했네 하고 배짱을 부릴 수 있는 처지는 아니었다. 아쉽고 숙이고 들어가야 할 처지는 하진이었다. 그러니 하진이 잘못했건 안했건 그 집에 가서 빌어야 한다는 사실은 변함이 없었다.

"날이 밝는 대로 임 참판의 집으로 가! 가서 정애 앞에 무릎을 꿇고 네 잘못을 빌고 용서를 받아 와!"

"그럴게요."

"…… 뭐?"

순간, 감 진사는 제가 무얼 잘못 들은 게 아닌지 제 귀를 의심하였다.

"뭐라고?"

"시키시는 대로 하겠다고요. 내일 날이 밝는 대로 정애의 집으로 가겠습니다."

"빌……러 가겠다고?"

"네."

마치 나들이라도 다녀오겠다는 듯, 아무렇지 않게 답하는 하진을 감 진사는 의심스럽다는 듯 눈을 가늘게 뜨고 보았다.

"임 참판에게 가서 네 잘못을 빌고 오겠다고?"

"네."

그 말이 믿기지 않아 거푸 묻는 감 진사에게 이번에도 하진이 간단히 답했다. 망설임이나 주저함의 무게 따위는 조금도 느껴지지 않는 산뜻한 대답이었다.

'도대체 무슨 꿍꿍이지?'

감 진사는 도통 하진의 태도가 이해가 되지 않았다. 여태 자라면서 아비인 자신한테도 잘못했단 소리 한마디 안 했던 고집스러운 딸이었다. 원래 성격대로라면 죽으면 죽었지 제 입으로 빌러 가겠다는 소리를 안 했을 것이었다. 그런데 왜 이리도 순순하게 가서 빌겠다고 하는지 감 진사는 도무지 알 수가 없었다.

.

.

.

"정말 대단한 아가씨입니다. 양반댁 어린 아가씨가 어찌 그리 이문과 상술에 밝은지. 그 아가씨가 시킨 대로 하였더니 며칠 만에 벌써 들인 돈의 몇 배는 더 벌어들였지 뭡니까?"

그날, 늦은 밤이었다.

세책가 골방에서 태서와 술상을 가운데 두고 마주 앉은 함 서방은 혀를 내두르며 감탄을 금치 못하고 있었다.

"그 이야기책이 그리도 잘 나가?"

자신은 술잔을 비울 생각도 않고 태서는 함 서방의 술잔이 빌 때마다 부지런히 술을 따랐다. 예상외의 큰돈을 번 대박의 여운에 취해, 흥에 취해, 분위기에 취해, 술에 취해 함 서방은 하진이 비밀로 하란 당부는 깜빡 잊고서 술술 입에서 나오는 대로 하진의 이야기를 늘어놓고 있었다.

태서의 앞이라 더욱 흥분했는지도 몰랐다. 함 서방의 맞은편에 앉은, 제 아들뻘의 이 젊은 사내는 운종가의 장사치들뿐만 아니라 도성에서 한다고 하는 사람이라면 누구나 알 수밖에 없는 이름을 가진 사내였다. 새하얀 얼굴에 선이 가는 섬세한 턱선, 시원하고 길게 찢어진 눈매와 높지도 낮지도 않은 곧게 뻗은 콧대 등만 보면 어느 고관대작 집 귀공자로 보이지만, 실상은 귀공자와는 거리가 멀어도 한참 먼 사내였다.

실제로 도성의 상단에는 그보다 더 많은 부를 가진 사람도 있었고, 그보다 더 큰 권력에 줄을 댄 사람도 있었고, 그보다 더 뛰어난 무예가 있는 사

30

람들도 있었다. 하지만 태서가 본격적으로 두각을 드러낸 근 다섯 해 동안, 도성 상단의 그 어떤 누구도 감히 그를 무릎 꿇리지 못하였다.

그는 태서였으니까.

태서(太鼠), 즉 큰 쥐를 뜻하는 그 이름처럼 새카만 어둠 속에 자리한 자였다. 누구의 은밀한 이야기도 몰래 들을 수 있는 자였다. 그러기에 모두가 숨기고 싶어 하는 비밀을 알고, 원하기만 하면 누구의 목숨 줄이라도 쉽게 갉아 먹을 수 있었다.

밤의 은밀한 속삭임을, 감춰야 할 비밀을 모두 엿듣는 쥐, 그것이 바로 태서였다.

그런 태서가, 좀처럼 사람들의 앞에 제 존재를 드러내지 않는 어둠 속의 사내가 이날, 함 서방 앞에 스스럼없이 제 정체를 드러냈다. 술을 샀고, 이야기를 청해 듣고 있었다.

"나를 알아둬서 나쁠 건 없을 거야. 신세건, 은혜건, 원수건 난 반드시 다 갚아주거든."

태서의 그 한마디에 입조심 해야 한다는 하진의 당부 따위는 이미 까맣고 잊어버리고 만 함 서방이었다. 물론 자신이 책을 사들이기 위해 급히 돈으로 바꾼 가락지들이 모두 태서의 수중에 있음은 전혀 알지 못하고 있는 상태였다.

"잘 나가냐고요? 호호호. 그걸 말씀이라고요? 요즘엔 새벽 댓바람부터 이 가게 앞에 기십 명이나 줄을 선답니다. 아가씨가 시키신 대로 하루에 따악, 열 명! 더도 말고 덜도 말고 딱 열 명에게만 빌려주기로 했다고 하니, 다들 그 열 명 안에 들려고 어찌나 안달복달하는지."

또다시 태서가 따라준 술 한 잔을 단숨에 비운 함 서방은 어느새 불과해진 얼굴로 나불나불 입을 털어댔다.

"어디 세책 값이나 쌉니까? 아가씨가 시키신 대로 다른 패설 책의 열 배로 값을 매겼는데, 그런데도 먼저 빌려 가겠다고들 아우성이지요. 아니, 열 배가 뭡니까요? 아깝게 열 명 안에 들지 못한 이들 중에서는 웃돈까지 더 얹어주겠다고 하는 이들도 있는데요!"

제가 직접 겪고도 믿기지 않는다는 듯, 함 서방은 절레절레 고개를 저었다.

"하긴 왜 안 그렇겠습니까? 그 이야기책 속에 나오는 내용이 전부 진짜라는데, 그것 때문에 두 양반댁 아가씨가 운종가 한복판에서 서로 뺨을 치고 싸웠다는 소문이 온 도성에 파다하게 퍼졌는데, 그 내용이 궁금해서라도 한 번쯤 빌려보고 싶을 테지요. 흐흐흐."

괜히 능글맞게 실실대다 말고 "그런데 말입니다!" 하며 함 서방이 술상에 바짝 다가앉고선 은밀하게 목소리를 낮췄다.

"정말로 그 책에 나오는 진사 부인이 그 아가씨 어머니가 맞을까…… 핫!"

함 서방이 긴장하여 얼른 입을 다물고는 태서의 눈치를 살폈다. 아무래도 제가 한 말이 태서의 기분을 언짢게 한 것 같아서였다. 그도 그럴 것이 지금 함 서방의 빈 술잔 위로 술병을 기울이던 태서가, 조그만 술잔을 가득 채우고도 모자라 콸콸 흘러넘치는 술을 빤히 보면서도 다시 술병을 거둘 생각을 안 하고 있었다. 반듯하고 훤칠하게 잘 생긴 이마에는 어느새 보일 듯 말 듯 가는 실주름이 져 있었을 뿐 아니라, 눈빛 역시 조금 전보다 확연히 더 그늘져 있었다.

'위험하다.'

오랜 경험의 장사꾼다운 눈치로 함 서방은 자신이 너무 많은 것을 나불거렸다는 것을 깨닫고는 술상 앞에서 주춤주춤 뒤로 물러나 앉았다.

"영감."

짙어진 눈빛만큼이나 어둡게 가라앉은 목소리로 태서가 함 서방을 불렀다.

"예, 예?"

"영감은 앞으로 술을 좀 자제하는 게 어떨까? 내 보니 영감은 술이 들어가면 너무 과하게 입이 가벼워지는 것 같아서 말이야."

태서는 그렇게만 말했을 뿐이었지만, 그 순간 함 서방은 속으로 맹세했다. 앞으로 평생, 이 남자 앞에선 술은커녕 술지게미조차도 절대 입에 대지 않겠노라고.

"그런데 오늘 오기로 했는데 안 왔다고?"

"예? 누가? 아…… 그 아가씨요? 예에. 오늘 초저녁에 오시기로 약조를 하셨는데 안 오셨지 뭡니까? 제 쪽에서 연락하려 해도 어느 댁으로 연락을 드려야 하는지 알 수가 있어야지요."

함 서방의 말을 들으며, 태서는 이젠 술잔에 손가락 하나 대려 하지 않는 함 서방 대신 함 서방의 술잔을 들어 단숨에 제 입안으로 털어버렸다. 그러고선 보일 듯 말 듯 희미한 미소를 지으며 혼잣말처럼 중얼거렸다.

"오늘 오기로 했으면 무슨 일이 있어도 올 거야. 오지 않고는 못 배길 성격이니까. 훗."

태서의 말이 끝나기가 무섭게, 후다닥 가게 안으로 뛰어들어오는 누군가의 급한 발소리가 들려왔다.

"오셨어요!"

함 서방네 사동의 목소리가 누군가가 세책가에 당도했음을 알렸다. 그

것이 누구인지는 함 서방도 태서도 금방 알아차릴 수 있었다.

"장부랑 그간 벌어들인 돈입니다."

세책가 안으로 하진을 들인 함 서방은 아직 술상과 태서가 남아 있는 방 대신, 가게 한중간에 놓인 기다란 책상으로 하진을 안내한 후 미리 준비해 놓은 것들을 내밀었다.

열흘 동안 세책을 한 내역을 적은 장부와 엽전들로 가득 찬 돈궤들이었다.

"그런데 오늘은 어찌하여 그런 행색으로?"

장부를 들어 이리저리 뒤적이는 하진을 보며, 함 서방이 조심스레 물었다. 이전 날 처음 세책가에 들이닥쳤을 때, 눈이 휘둥그레질 정도로 호사스러운 차림이었던 것과 달리 지금의 하진은 어느 집 계집종이나 가난한 양민의 딸로밖에 보이지 않는 초라하기 그지없는 몰골이었기 때문이다. 절대 본인 옷으로 생각되지 않는, 지나치게 품이 헐렁한 저고리의 소매는 그 끝단이 여기저기 헤진 채 하진의 유난히 하얀 손등을 절반 이상 덮고 있었다. 또한, 본래의 색이 무엇인지 짐작도 할 수 없을 정도로 빛바랜 치마 여기저기에는 크고 작은 기운 자국들이 나 있었다.

"아무래도 야행(夜行)을 하기에는 이편이 편하니까."

"아무도 아니 데리고 혼자 오신 것입니까?"

"응."

장부를 살핀 데 이어, 이번엔 돈궤를 뒤집어서 일일이 그 수량을 세어보며 하진이 건성으로 답했다.

"비밀도 좋지만, 그래도 위험하잖습니까? 이 돈들은 또 어떻게 가져가시려고요?"

"응."

하진이 계속 돈냥들을 세며 또 대충 응하고 짧게 말했다. 그 짧은 답에는 '귀찮다. 방해하지 마라'는 뜻이 섞여 있었다. 해서 함 서방은 하진이 찬찬히 두 번에 걸쳐 돈냥을 다 세고, 장부에 적힌 숫자와 다름이 없음을 확인할 때까지 입을 다물고 기다렸다. 그러면서도 눈은 자꾸만 기척을 숨기고 있는 태서가 들어있는 방 쪽으로 향했다. 분명 하진과 자신의 이야기를 엿듣고 있을 태서가, 지금 무엇을 생각하고 있을지가 궁금했다.

"누구?"

하진이 장부를 뒤적이며 함 서방을 보지도 않고, 무심하게 물었다.

"예? 뭐, 뭐가."

"저 방 안에 든 사람 말이네. 영감이 계속 신경 쓰는 것 같은데. 나도 그래야 하는 사람인가 싶어서."

"아, 아니요. 오랜만에 들른 조카 놈이랑 술을 마시던 중에 갑자기 아가씨가 오신 것이어서…… 아가씨께서는 신경 안 쓰셔도 됩니다."

함 서방이 대충 둘러대어 답하자, 하진이 고개를 들어 빤히 그의 얼굴을 쳐다보았다.

"아, 아가씨?"

"고맙네."

하진이 고개를 숙여, 함 서방에게 감사의 인사를 전했다. 그 생각지도 못한 뜻밖의 인사에 당황한 함 서방 역시 얼른 책상에 고개가 닿을 정도로 깊게 숙였다.

"별말씀을요. 공짜로 해 드린 일도 아닌데."

"그런데 한 가지 더 신세를 져야 할 것 같네."

함 서방의 인사를 듣는 둥 마는 둥 하진이 제 앞에 쌓인 엽전 꾸러미들을 크게 셋으로 나누고선, 그중 하나를 제 앞으로 끌어당겼다.

"사람 하나만 구해주게. 입이 무겁되 걸음은 빠르고 일 처리가 맺고 끊는 것이 확실한 사람이면 좋겠네."

하진은 책상 위에 놓인 엽전 꾸러미 중 하나를 함 서방의 앞으로 밀었다.

"아가씨?"

"이만한 돈이면 쓸 만한 사람을 구하고도 제법 남을 거네. 그리고 이건……."

하진이 나머지 하나를 함 서방의 앞으로 다시 밀어주었다.

"영감과 영감한테 그 책을 팔았던 다른 세책가 영감들 몫이네. 영감네에서만 세책을 해서 다른 세책가 영감들도 은근히 불만이 많을 것이네. 영감이 알아서 나눠주게."

"안 그래도, 다들 입이 댓 발로 나와서 구시렁대던 참인데, 이리 마음을 써주시니 감사할 따름이지 뭡니까?"

함 서방은 처음에 하진이 약조한 그 이상의 돈을 벌어들인 만족감에 자꾸만 침이 흐르려는 입가를 문지른 후, 얼른 제 앞에 있는 돈더미들을 끌어안았다.

"흐음. 근데 어떻게 쓰실 사람인지 알면 더 맞춤인 사람을 구해다 드릴수 있을 것 같은데요. 왈짜가 필요하신 것인지, 아니면 쥐도 새도 모르게 사람을 없앨 살수가……."

함 서방의 물음에 하진은 더는 아무것도 묻지 말라는 듯 입술을 꼭 다물고, 고개를 저어 보이더니 자리에서 일어섰다.

"사흘 후에 다시 오겠네. 그때까지 가능하겠는가?"

"예. 뭐. 그리 어려울 것 같지는 않은……"

"그 일."

함 서방이 하진을 따라 엉거주춤 일어나 답을 하려는데, 불쑥 태서의 목소리가 끼어들었다.

"내가 하면 어떨까요?"

말이 끝나자마자, 태서가 들어있던 방의 문이 활짝 열리더니 태서가 나와 하진의 앞에 가 섰다. 태서가 너무 가까이 선 탓에, 하진은 태서의 얼굴을 자세히 보기 위해 고개를 한껏 뒤로 젖혀야 했다. 하진의 신중한 눈길이 그 얼굴 곳곳을 훑었다.

양반이 아님을 증명해 보이는 테가 작은 갓 아래 조금 드러나 있는 반듯한 이마 아래 잘 정돈된 이목구비 하나하나에 차례대로 하진의 눈길이 가닿았다.

"어찌, 마음에 드십니까?"

태서가 제 얼굴과 몸통을 지나, 이제는 발끝으로 향하는 하진의 시선을 살피며 웃음기 어린 목소리로 물었다.

하진이 그런 태서의 얼굴을, 눈웃음을 지으며 재미있다는 듯 반짝이는 눈빛을 한 번 더 흘깃 본 후, 잠자코 자신의 손에 들린 낡은 장옷을 머리 위로 뒤집어썼다.

"사흘 후, 이 시간에 다시 오겠네."

태서는 아예 존재하지 않는 사람이기라도 한 것처럼 하진이 함 서방에게만 짧은 인사를 남긴 채 세책가의 문을 나섰다.

"왜 안 됩니까?"

흐린 빛을 발하는 등롱을 든 채 씩씩한 걸음으로 밤길을 걷는 하진의 곁에 태서가 따라붙어 말을 붙였다.

"날 쓰면 절대 후회는 안 할 텐데요?"

"따라오지 마."

하진이 차가운 말로 태서를 떼어내려 하였다.

"도대체 뭐가 마음에 안 드는데요. 왜요, 내가 지나치게 잘 생겨서 떨려서 그러십니까? 하긴 내가 좀 흔치 않게 잘 생기긴 했지요."

태서가 자신만만하게 빙긋 웃으며, 검지로 길고 시원하게 뻗은 제 아랫입술을 쓰윽 문질렀다.

"내 입으로 직접 자랑하는 게 뭣하긴 하지만 사실 좀 특출나게 잘 나긴 했죠. 이 내가 웃어주는 것만으로도 치마를 걷고 덤벼드는 여인들이 한둘이 아니니까요. 후훗."

태서의 능글맞은 농담이 이어졌지만, 하진은 대답할 가치도 없다는 듯, 걸음을 더욱 서둘렀다.

"거 참 이상하네. 내게 반하는 게 겁이 난 게 아니라면 나를 마다할 이유가 없지 않습니까? 입이 무겁되 걸음은 빠르고, 일 처리 하나는 확실한 사람이라면 나만 한 사람도 또 없다니까요?"

태서가 계속 하진을 설득하려 들었지만, 하진은 아무것도 보이지도 들리지도 않는 사람처럼 아무 반응도 하지 않았다.

"훗."

태서가 잠시 걸음을 멈추고는 낡은 장옷을 걸친 하진의 뒷모습을 보았다. 그러더니 조금 목소리를 높여, 불쑥 하진의 이름을 불렀다.

"감하진!"

순간, 분주하게 제 갈 길을 걷던 하진의 걸음이 제 자리에 멈춰서는가 싶더니, 천천히 태서를 향해 돌아섰다.

'이리 보니, 그때랑 똑같네.'

제 눈앞의 사내가 누구인지, 그 정체를 살피려는 듯 빤히 바라보는 하진의 눈을 보며 태서는 잠시 팔 년 전 그날 밤의 고집스러웠던 계집아이를 떠올려 보았다. 그때도 지금처럼 하진의 얼굴엔 아무 표정이 드러나 있지 않았지만 다른 사람들보다 유난히 더 크고 동그란 검은 눈동자는 보일 듯 말 듯 떨리고 있었다.

그날 밤.

태서가 서 씨 부인을 약속된 장소로 데리고 간 다음 다시 감 진사의 집 안채로 숨어 들어갔던 건 그 새카만 눈동자가 내내 마음에 걸린 탓이었다. 아이가 숨죽여 울고 있는 것 같은 환청이 자꾸만 태서의 귀를, 마음을 어지럽혔기 때문이었다. 하여 미친 짓인 줄 알면서도 감 진사 집으로 다시 돌아간 태서는 보았다. 아무도 없는 빈 마루에 홀로 나와 앉아 고집스럽게 아랫입술을 깨문 채 눈물을 참고 있던 어린 계집애를, 계집애의 붉게 달아오른 눈을 보고 말았다. 숨어서 지켜본 그날의 어린 계집애의 모습은 그날 이후 지금까지 단 한 번도 태서의 뇌리에서 떠난 적도 지워진 적도 없었다.

"너."

태서가 하진의 얼굴에서 예전의 어린 하진을 떠올리고 있을 때, 하진은 상것 주제에 감히 제 이름을 함부로 부른 남자를 노려보며 성큼성큼 그에게로 다가갔다.

"방금 뭐라고 했어?"

"감하진."

남자가 나지막한 목소리로 다시 한번 하진의 이름을 어루만지듯 속삭였다.

"그것이 아가씨의 이름이지 않습니까?"

제 잘못도 모르는 뻔뻔한 남자의 말대답에 하진의 눈썹이 불쾌함으로 꿈틀거렸다. 그저 이름을 불린 것뿐인데, 입고 있던 옷이 벗겨진 것처럼 수치심마저 들었다.

'누구지? 이 사내는?'

모든 당혹감과 수치심을 무표정 뒤에 감추고 하진은 감히 제 이름을 범한 낯선 남자의 얼굴을 다시 한번 꼼꼼히 살폈다.

'왜지?'

번듯하게 잘 정돈된 얼굴에 감탄할 새도 없었다. 남자의 눈매가 이상할 정도로 낯설어 보이지 않아서였다. 분명 처음 본 얼굴인데, 본 기억이 없는 얼굴인데 그 눈만은 꼭 어디서 본 것만 같은 느낌이 들었다.

기억과 느낌이 서로 달랐다. 둘 중 어느 것이 더 정확한 것인지 알 수가 없어 조금 혼란스러웠다.

"……내 이름은 어떻게 알았지?"

"이름만 알 것 같습니까?"

남자가 약을 올리기라도 하듯 으쓱, 양쪽 어깨를 들어 올렸다 다시 가라앉혔다.

"어디 사는 뉘 댁 따님이신지도, 또 아가씨 아버님이신 감 진사 어른에 대해서도 자알 알고 있는 것을요."

남자의 눈빛이 의미심장하게 빛났다.

"감 진사 어른께서는 인근에 그 불같은 성정으로 꽤 유명하시더군요. 그런 분께서 이번에 아가씨가 하신 일들을 아시게 되면 어찌 될는지."

"…… 협박이라도 할 셈이야?"

"협박거리가 되기는 합니까?"

"아니. 이르고 싶으면 일러."

하진이 딱 잘라 답한 후 더는 볼 일이 없다는 듯, 다시 돌아섰다. 말려들고 싶지 않았다. 상대가 뜻하는 대로 어울려 주고 싶지도 않았다. 그냥 그러기 싫었다. 뭔지도 왜인지도 모르지만, 무언가가 하진의 심기를 긁고 있었다.

"그럼 협박은 관두지요. 그냥 내가 얼마나 쓸모 있는지 증명한 것으로 하는 건 어떻습니까? 괜히 아가씨의 비밀을 아는 사람을 더 늘릴 필요는 없지 않습니까? 게다가 이미 내 삼촌과도 일을 하셨으니 이왕이면 나를 쓰시는 게……"

계속 따라붙는 남자를 무시하고자, 귀에 들어오는 말소리를 한 귀로 흘리고 있던 하진은 문득, 아까부터 남자의 말이 은근히 거슬리던 이유를 알아차렸다.

"내가"

남자는 계속 자신을 그렇게 말하고 있었다. 하진에게 꼬박꼬박 존댓말을 하면서도 "제가" "저를"이라고는 말하지 않았다. 계속 "내가", "나를"이라고 말하고 있었다.

'뭐지?'

'누구지?'

'왜지?'

강한 경계심과 강한 호기심이 하진의 안에서 열렬히 부딪쳤고 마침내 빌어먹을 당돌한 호기심이 조심스럽기 짝이 없는 경계심을 이겼다.

"태서."

하진이 태서라는 이름을 중얼거렸다. 순간, 하진은 제 눈앞에 선 남자가 긴장하는 것을 알 수 있었다. 남자의 눈매에서 웃음기가 사라졌기 때문이다.

"그 반응을 보니 너도 그 이름을 알고 있는 모양이네? 하긴 운종가의 뒷골목에서는 그 이름을 모르는 사람이 없다며?"

"태서……, 그 사람이 왜요?"

남자의 목소리가 조금 전과 달리 한층 더 낮게 가라앉았고, 그 모습에서 하진은 태서라는 이름이 가진 위력을 새삼 깨달을 수 있었다.

'그럴 정도의 사람이란 말이지? 이름만 들어도 누구나 긴장할 수밖에 없는?'

"굳이 나와 일을 하고 싶다면, 그보다 먼저 내게 그 사람에 대한 정보를 가져와. 나이는 몇 살인지, 어떻게 생겼는지, 어디에 사는지, 만나려면 어찌해야 하는지, 술, 돈, 여자, 권력 중 어느 것에 약한지. 약점이든 뭐든 알아올 수 있는 모든 것을 알아와."

"…… 왜?"

남자의 목소리가 미묘하게 갈라진 것이 신경이 쓰였지만, 하진은 내색하지 않고 제 본론을 마무리 지었다.

"사흘 후 초경(初更, 밤 8시), 이 자리에서 만나. 그때 네가 가져오는 정보를 보고 결정할게. 너를 내 사람으로 해도 좋을지 말지."

그게 다였다. 말을 마친 하진은 남자를 뒤로 한 채, 제집을 향해 부지런히 걸음을 옮기기 시작했다.

'내 사람?'

하진이 남겨놓고 간 '내 사람'이란 말에 태서의 입가에는 작은 경련이 일었다. 하진은 분명 별 뜻 없이 한 말일 터였다.

자신의 수족, 부리는 사람, 하인. 하진의 내 사람이란 말은 그 모든 말과 같은 뜻일 터였다. 그런데도 태서는 그 말의 여운에 사로잡혀, 어느새 자신에게서 멀어져가고 있는 하진의 뒷모습을 바라보고 섰다.

'왜지? 왜 나를 찾는 거지? 내 약점은 알아서 무엇에 쓰게?'

당장이라도 쫓아가 하진의 팔을 붙잡고 내가 바로 태서다 - 하고 나서고 싶은 마음을 꾹 참으며 태서는 눈치도 없이 자꾸만 웃음이 나오려고 하는 입매에 단단히 힘을 줬다.

그러고선 어느새 저만치 가고 있는 하진의 뒤를 따랐다.

이 밤, 누구도 감히 하진의 밤길을 방해하지 못하도록 지키기 위해서였다. 지난 수년간 하진의 눈에 띄지 않게 내내 그래왔던 것처럼.

.

.

.

"받아."

하진은 제 방으로 돌아오자마자 본래의 제 옷으로 갈아입은 뒤 오늘 밤의 야행에 옷을 빌려준 계집종 양금이에게 세책가에서 받아 온 돈궤를 건네주었다.

"또 '거기' 가져다드리면 되는 거죠?"

"응. 근데 그 절반만 가져다줘. 나머지는 네 것이야."

"아가씨?"

돈궤를 받아 든 양금이가 눈을 똥그랗게 뜨고 물었다.

"왜, 왜요?"

"옷 빌려준 값."

빗질하기 위해 경대 앞에 앉아 땋은 머리를 풀며, 하진이 대수롭지 않게 말했다.

"마, 말도 안 돼요. 낡아서 안 입는 옷을 드린 것뿐인데…… 너무 많아요. 이 돈이면 새 옷을 수십 벌은 더 사고도 남을 텐데요?"

"어멈 허리가 계속 시원찮다며? 지난번에 보니까 걷는 것도 많이 힘들어하더라."

"아니에요. 안 그래도 오늘 마님께서 의원을 불러다 주셔서 침도 맞은걸요? 곧 웬만해질 거예요."

양금이는 부엌어멈인 제 어미의 안부까지 챙기는 살뜰한 주인 아가씨의 마음에 감격하여 눈물까지 글썽였다.

"게, 게다가 약, 약값이래도 너무 많아요. 이 반이면 얼추 일백 냥은 더 될 것 같은데요?"

"누가 약값만 하래?"

"예? 그럼?"

"이거면 너랑 어멈, 속량 값은 충분히 될 거야."

"아, 아, 아……?"

생각지도 못한 이야기에 너무 놀란 나머지 양금이는 하진을 채 부르지도 못한 채 입을 떠억 벌리더니, 한참 만에야 간신히 하진에게 물었다.

"에…… 왜, 갑자기…… 왜, 왜요? 저희를 왜?"

"어멈 허리는 쉬어야 나. 어멈이 일을 쉬려면 우리 집에서 나가야만 하고, 그런데 어멈 혼자 나가려고 하겠어? 그러니 너도 같이 나갈 수밖에."

머리를 다 푼 하진이 이번엔 참빗으로 꼼꼼히 머리를 빗어 내리며 대수롭지 않게 답했다.

"일전에 아버지께 여쭤봤어. 너랑 어멈을 속량시키려면 속전(贖錢, 노비를 면하고자 바치는 돈)이 얼마나 필요한지. 이거면 부족하진 않을 거야. 아! 만약 아버지께서 네게 돈이 어디서 났냐고 물으시면 혼인할 사람이 생겨 그가 주었다고 해. 물론 다른 사람들에게도."

"아가씨…… 흐으윽."

양금이는 들고 있던 엽전 꾸러미에 얼굴을 묻고 "아가씨……" "아가씨……" 소리만 연발하며 계속 우는 소리를 내었다.

"양금아."

머리를 빗다 말고 하진이 양금이를 돌아보았다.

"흐흑, 예?"

양금이 눈물로 가득 젖은 얼굴을 들어 하진을 바라보았다.

"나가."

"흐으윽. 예?"

"나가서 울라고. 시끄러워."

"아…… 예. 흐흑. 죄송해요. 이제 안 울게요. 저는 그냥…… 흑……"

"아."

하진이 한 번 더 정색하여 저를 똑바로 바라보자, 할 수 없어진 양금이는 눈물을 뚝뚝 흘리며 돈궤를 치마폭에 소중히 감싸 안은 채 자리에서 일어나 방 밖으로 나갔다. 그제야 다시 경대를 향해 돌아앉은 하진이 무표정한 얼굴로 빗질을 계속하였다.

정성스러운 빗질은 다음 날 아침에도 마찬가지였다. 잠에서 깨어나자마자 세수를 한 후, 경대를 마주하고 앉은 하진은 전날 밤에 그러하였듯이 긴 시간을 들여 머리를 빗고 또 빗었다.

그러고선 조금 심하다 싶을 정도로 얼굴 앞에 내려와 있는 모든 머리카락을 바짝 모아 넘긴 후, 길게 땋기 시작하였다.

그로부터 잠시 후였다.

"아가씨, 조반 드셔야지요."

밤새 잠 한숨 제대로 못 잔 것처럼 퉁퉁 부은 눈을 한 양금이 아침상을 들고 들어왔을 때, 하진은 모든 외출채비를 다 마친 참이었다. 미색 저고리와 홍색 치마 차림에 화려한 금박무늬가 놓인 댕기를 드린, 한껏 치장한 모습이었다. 가슴께에는 길게 삼단 노리개를 늘어뜨리고, 손가락들에는 가지고 있는 모든 가락지 중에서 가장 비싸고 화려한 가락지들만 골라 끼었다. 또, 얼굴에는 평소엔 잘 하지도 않는 옅은 분칠을 하고, 입술에도 붉은 기를 더해주는 연지까지 칠한 상태였다.

"어딜…… 가시게요?"

아침상을 내려놓은 양금이 아침상도 본체만체하고 방을 나서려는 하진의 눈치를 살피며 조심스레 물었다. 평소에는 이렇다 할 치장을 좋아하지 않는 하진이 이렇게 공들여 치장하고 단장해서 부러 사치스러운 노리개와 가락지들을 착용하는 것은 꼭 무슨 일이 있을 때 만이었다. 하진의 공들인 치장과 단장은 하진 나름의 남다른 각오를 보여주는 셈이었다. 그러기

에 가타부타 별다른 말 없이, 어딜 간다는 말도 없이, 심지어 감 진사에게
고하지도 않고 집을 나서는 하진의 모습을 보며 양금이는 속으로 빌었다.
간절히 빌었다. 그게 무슨 일이건, 부디 제 아가씨가 바라고 뜻하는 대로
다 이루고 오시기를.

"너도 참 못 말린다. 이렇게 아침 일찍 식전 댓바람부터 남의 집에 오다
니, 도대체 너희 집에서는 예의를 어찌 가르치는 거니?"

사랑채에 함께 든 임 참판의 부인 민 씨가 불쾌한 기색을 숨기려 하지도
않고, 하진에게 대뜸 싫은 소리부터 하였다.

"그 꼴은 또 뭐니? 무릇 우리 같은 반가의 여인들은 검소하고 검약한 몸
가짐으로 만인들에게 귀감이 되어야 하거늘, 어찌 그런 사치스럽고 천박
한……"

"어허, 부인!"

임 참판이 짐짓 심한 말을 쏟아내는 아내를 부르며 나무라는 듯한 태도
를 보였지만, 사실 임 참판의 낯에도 불편한 기색은 가득하였다.

"그래. 이렇게 아침 일찍 우리 집을 찾아온 연유가 무엇이냐?"

묻는 목소리에도 굵은 가시가 맺혀 있었다.

"네 아버지에게 무슨 소리라도 들은 것이냐?"

"제가 정애와 다툰 일로 두 분의 마음이 상하셨다 들었습니다. 하여, 되
도록 빨리 찾아뵙고 사과의 말씀을 드리는 게 도리다 싶어, 이리 무례인
줄 알면서도 찾아뵈었습니다."

"다투어?"

민 씨가 어이없다는 듯, "하!" 하고 목을 울렸다.

"네가 이렇게 낯빛 하나 바뀌지 않고 거짓말을 하는 아이인 줄은 처음 알았구나. 송 진사 댁 부인이 다 이야기했다. 열흘 전, 운종가에서! 송 진사 집 딸도 있는 자리에서 네가 정애의 뺨을 쳤다면서!"

"언성을 낮추세요, 부인."

임 참판이 부인 민 씨에게 주의하라고 경고한 뒤 하진에게 물었다.

"사실이더냐? 네가 정말 많은 사람이 보는 앞에서 정애의 뺨을 쳤느냐?"

"그렇습니다."

방에 들어온 이후부터 줄곧 얌전히 눈을 내리깔고 있는 하진이 제 아버지에게 그리하였듯, 임 참판의 물음에도 순순히 답을 하였다. 그 대답에 무작정 화부터 내며 고함을 지른 감 진사와 달리 임 참판은 어깨를 들썩이며 크게 한숨을 쉰 뒤 다시 물었다.

"그렇다라……. 허면 왜 그리 하였느냐? 정애가 무얼 어찌했기에."

"그 말씀에 답하기 전에 두 분께 먼저 여쭐 것이 있습니다. 허락해 주시겠습니까?"

"…… 허락하마."

임 참판의 허락이 떨어지자 그제야 하진이 천천히 내리깔고 있던 눈을 들어 제 정면에 앉아있는 임 참판 내외를 보았다.

"운종가 인근의 세책가에……"

하진이 잠시 말을 멈추고 세책가란 말에 입가에 작은 경련을 일으키고 있는 민 씨 부인을 본 후 다시 천천히 말을 이었다.

"제 어머니를 욕되게 일컫는 난잡한 이야기책이 나돌고 있었습니다. 혹시 두 분은 그 일에 대해 아시는 바가 있으십니까?"

"네 어머니에 대해? 네 새어머니가 왜……"

임 참판이 묻다 말고 얼른 입을 다물었다. 하진의 눈빛이 제 아내 민 씨를 똑바로 주시하고 있는 것을 본 때문이었다. 그 심상치 않은 눈빛으로 임 참판은 하진이 말하는 어머니가 누구인지 알았다. 지금 감 진사 집안의 안주인인 홍 씨가 아니라, 팔년 전 죽은 것으로 되어있는 하진의 생모 서 씨를 일컫고 있다는 것을 알았다. 그러자 대번에 임 참판의 뇌리에 무언가 스치는 것이 있었다.

'설마, 당신이?'

아내를 돌아보는 임 참판의 눈빛에는 바짝 날이 섰고 부들부들 턱이 떨렸다. 그 모습에 부인 민 씨가 겁에 질린 듯 울상을 지었다. 그런 내외를 보며, 등허리를 꼿꼿하게 편 하진이 말했다.

"이전 날, 정애가 제 생일 선물을 해주겠다며 운종가의 비단가게로 저를 데리고 갔습니다. 때마침 그때 그 가게 바로 앞에서 웬 세책가의 사동이 팔 년 전 밤도망을 친 어느 양반 부인에 관한 이야기책을 빌려 가라, 떠들고 있더군요."

"그, 그것이 무어. 그래서 뭐! 그게 정애랑 무슨 상관이라고!"

민 씨 부인이 떨리는 마음을 감추며 일부러 소리 높여 하진을 닦달하였다.

"그 책 속에 나오는 그 밤, 밤도망을 쳤다가 죽은 것으로 알려진 양반 부인이 꼭 네 생모라는 증좌가 어디 있어? 또 설령 그렇다 치더라도 왜 그 화풀이를 죄 없는 우리 정애에게 한 것인데?"

"부인께서는 어찌하여 그 책의 내용을 알고 계십니까?"

하진의 침착하기 그지없는 목소리가 흥분한 민 씨 부인의 말을 가로질렀다.

"뭐, 뭐야?"

"저는 방금 팔 년 전 밤도망을 친 양반 부인에 관한 이야기책이라고만 말씀드렸습니다. 헌데 부인께서는 어찌하여 그 책 속의 양반 부인이 죽은 것으로 위장한 사실을 알고 있는지 묻는 것입니다."

"그야……"

민 씨 부인은 노기로 점점 더 하얗게 식어가는 남편의 눈치를 보며, 내심 큰일 났다 싶으면서도, 이대로 하진에게 밀려선 안 되겠다 싶어 부러 더 억울하다는 듯 목소리를 높였다.

"때, 때마침 나도 며칠 전 그 패설 책을 보았으니까!"

"세책을 하여 보신 것입니까?"

"그래!"

"며칠 전에요?"

"그, 그렇대도!"

"그건 좀 이상하군요."

하진이 고개를 갸웃거렸다.

"열흘 전부터 그 패설 책은 도성의 세책가 중 딱 한 곳에서만 세책을 놓고 있었습니다. 그 세책가에서는 이 집의 어느 사람에게도 그 패설 책을 빌려준 적이 없다고 했고요. 그런데 부인께서는 어디의 세책가에서 그 책을 빌려보셨는지요?"

"그, 그건…… 그건……"

대답할 말을 잃은 민 씨 부인이 도움을 구하듯 남편을 보았다. 하진이 돌아간 뒤에 남편에게 크게 혼날 일이 걱정되긴 했지만, 어찌 되었건 지금 이 순간만큼은 어린 것 앞에서 개망신을 당하는 일만은 피하고 싶었던 것이다. 그 눈길을 외면할 수 없었던 임 참판은 소리 나지 않게 한숨을 쉰 뒤 하진에게 말했다.

"허면, 그 책으로 너를 망신주려 하였다는 이유로 정애를 때린 것이냐?"

"아닙니다. 저 하나 망신 주는 것이 무어 그리 대수겠습니까? 그보다는 정애의 입에서 성우 도련님의 존함이 나오는 것을 막고 싶었을 뿐입니다."

"…… 성우의 이름을?"

"예. 정애는 제가 성우 도련님과 혼인을 하려 한다는 것을 안다며, 제 어머니와 같은 부덕한 여인을 어미로 둔 저를 도련님의 짝으로 용납할 수 없다고 하였습니다."

"끄응."

생니를 앓는 것과 같은 소리가 임 참판의 입에서 새어 나왔지만, 하진의 이야기는 끊기지 않고 계속되었다.

"그 와중에 정애가 성우 도련님의 이름을 입에 담으려 하여, 급히 그것을 막는다는 게 저도 모르게 흥분하여 그만 난폭한 행동을 하고 말았습니다."

사건의 정황을 모두 고한 하진이 임 참판 내외에게 깊이 허리를 숙였다.

"이유가 어떻건 정애에게 그런 난폭한 짓을 해서는 아니 되었습니다. 그러니 두 분께서 제 잘못을 나무라 주십시오. 이 잘못을 어찌 갚으면 좋을지 말씀해 주십시오. 큰 가르침으로 알고 그대로 따르도록 하겠습니다."

스스로 벌을 청하는 하진에게 임 참판도 그 아내 민 씨도 따로 무어라 할 말이 없었다. 해서 두 사람은 하진에게 허리를 들라고도, 어찌하면 용서를 해줄 것인지도 말하지 못하고 그저 난처한 얼굴로 서로를 마주 보기만 하였다.

.

.

.

"그럼 저는 이만, 가보겠습니다. 따로 전갈을 주시면 다시 찾아뵙겠습니다."

하진이 임 참판의 사랑채 방에서 나와 막 댓돌에 놓인 신을 신으려 할 때, 사랑채 전각 앞에 섰던 정애가 초조한 얼굴로 다가와 얼른 하진을 끌고 마당 한쪽 구석으로 갔다.

"너 뭐야? 이렇게 아침 일찍 와서 아버지께 무슨 말씀을 드린 거야?"

"운종가에서 있었던 일, 전부."

"저, 전부라니? 무슨 전부?"

정애가 초조하게 손톱을 깨물며 하진에게 답을 재촉하였다.

"응? 무슨 전부!"

"그날 네가 나를 운종가에 데려간 이유, 그리고 내가 운종가의 비단가게에서 네 뺨을 칠 수밖에 없었던 이유, 그 전부를 말씀드렸어."

"너…… 너! 그걸 다 말씀드리면 어떡해! 미쳤어?"

"글쎄. 아직 한 번도 내가 미쳤다고 생각해 본 적은 없는데?"

파르르, 약이 바짝 오른 정애에 비해 하진의 태도는 태연하기만 했다.

"너 지금…… 누구…… 약 올려?"

"아니. 안 그런데? 왜 내가 약을 올린다 생각해?"

언제나처럼 진지한 얼굴로 하진이 묻자, 정애가 기막혀 부들부들 떨며 자신의 주먹으로 제 가슴을 퍽퍽 소리가 나도록 내리쳤다.

"미쳐! 내가! 이래서 네가 싫어, 싫어 죽겠어! 넌 언제나 이러지. 너 자신은 그런 말짱한 얼굴을 하고 상대만 미쳐 날뛰게 하잖아! 너 같은 거, 죽어버렸으면 좋겠어! 어딘가로 떠나 영영 내 눈앞에 안 나타…… 핫!"

하진을 향해 악담을 쏟아내던 정애가 얼른 제 손으로 입을 가렸다. 하진의 등 뒤쪽에서부터 두 사람에게로 다가오고 있는 사람을 본 때문이었다.

"오……라버니!"

"……오셨어요?"

정애의 오라버니 소리에 얼른 뒤돌아본 하진이 씁쓸한 미소로 저를 보고 있는 성우에게 가볍게 목인사를 하였다.

"자리 좀 비켜주련?"

성우가 평소보다 조금 가라앉은 목소리로 정애에게 말했다.

"오라버니, 저기 하진이가요. 하진이가 나한테……"

정애가 울먹울먹하며 하소연을 하려는데, 성우가 좌우로 고개를 흔들었다.

"오라버니!"

정애가 너무하다는 듯 성우를 불렀지만, 성우가 씁쓸한 미소마저 거두고 굳은 얼굴로 보자, 낙담하여 고개를 푹 숙이곤 안채 중문 쪽을 향해 터덜터덜 걸어갔다.

"머리는 안 아파?"

마침내 둘만 남게 되자, 성우가 물었다. 하진이 그 물음의 뜻을 알 수 없어 빤히 바라보자, 성우가 손을 들어 팽팽히 당겨진 하진의 동그란 이마와 머리통을 쓰다듬었다.

"아프지 않아? 이렇게 바짝 머리를 넘기면 꽤 아플 것 같은데."

"괜찮아요."

하진이 한 발자국 뒤로 물러서서 지나치게 다정한 성우의 손길을 피했다.

"네가 안 괜찮은 적은 한 번이라도 있고?"

하진을 보는 성우의 눈빛에는 성우의 복잡한 마음이 그대로 담겨 있었다. 세상에서 가장 어여쁜, 세상 무엇보다 연모하는 정인을 향한 애틋한 마음과 그런데도 상처를 입힐 수밖에 없는 자신에 대한 죄책감이 한데 뒤섞여 있었다.

'내가 이제 와 너와 혼인할 수 없다고 하면 너는 그래도 괜찮다고 말할까?'

성우는 못내 궁금해졌다.

제 3 장

사내들

"임 참판의 아들이 돌아왔다고?"

뜻밖의 소식에 태서가 눈썹을 찌푸리며 인상을 썼다. 이날 태서는 언제
나처럼 아침 일찍부터 도성 여기저기를 돌아다니며, 필요로 하는 정보들
을 얻고 있었다. 운종가 사람들은 물론이요, 다리 밑 거지, 여러 관청에 드
나드는 갓바치, 북촌의 물장수들, 소금장수들, 아파(방물장수)들 모두가 태
서의 소중한 정보원들이었다. 이날 아침, 그들 중 한 명이 태서에게 전해
준 소식은 사신단의 일원으로 연경으로 갔던 형조 참판의 아들 성우가 이
틀 전, 은밀히 도성으로 돌아왔다는 것이었다.

원래 성우는 이년 전 과거에 급제한 후부터 줄곧 규장각에서 문서를 쓰
는 사자관(寫字官)으로 일해 온 터였다. 명필가 왕희지의 재래라 불릴 정도
로 유려한 성우의 서체에 감탄한 임금의 특명에 의해서였다. 석 달 전, 사
신단의 필사를 담당하는 일원으로 중국으로 떠난 것도 중국 황실 쪽에서
성우의 필체를 직접 눈으로 보고 싶어 파견을 요청한 때문이기도 했다.

'예정대로라면 아직 두세 달은 더 있어야 하는데, 왜 이렇게 빨리 돌아온 것이지?'

사실 사신단의 일원으로 갔어도 사정이 생겨 먼저 돌아오는 일은 그리 드문 일은 아니었다. 그런데도 태서는 성우의 이 갑작스러운 귀성이 어쩐지 찜찜하기만 하였다. 성우가 장차 하진과 혼인할 상대이기 때문인지도 몰랐다. 그래서 자꾸만 성우의 일거수일투족에 이렇게 신경을 곤두세우는 것인지도 몰랐다.

'설마 이대로 혼인까지 앞당기려는 건 아니겠지?'

두 집안이 성우가 사신단의 일을 마치고 돌아오는 대로 정식으로 혼인 준비에 들어갈 거란 건 이미 태서도 알고 있는 사실이었다. 태서가 무얼 어쩔 수 있는 처지가 아니란 것도 알고 있었다. 그런데도 태서는 성우의 이 갑작스러운 귀성이 못마땅해 견딜 수가 없었다.

"언제 오셨어요?"

"그저께 밤에."

그때, 성우와 하진은 여전히 임 참판 집 마당 구석에 서서 서로를 마주 보고 있었다.

"아직 오실 때가 아니잖아요."

"그럴만한 사정이 있어서."

"……예에."

그뿐이었다. 하진은 더는 아무것도 묻지 않고 "그럼." 하며 고개를 숙여 보이곤, 그대로 대문 쪽으로 향하려 하였다. 성우가 서둘러 그런 하진의 손목을 잡아, 제게서 멀어지려는 것을 막았다.

"그게 다야? 더 묻고 싶은 건 없어? 그 사정이란 게 뭔지, 왜 돌아와서는 연락도 안 줬는지. 언제까지 숨기려 한 건지 안 물어?"

"네."

성우의 손을 털어내며 이번에도 하진은 짧게 답했다. 성우는 언제나 그렇듯 하진의 짧고 무성의하고 차가운 대답에 서운함이 들었다. 이제 자신에겐 서운해할 자격이 없는 걸 알면서도 자꾸만 서운하고 원망스러운 마음이 들었다.

"왜 안 물어? 내게 무슨 일이 생긴 건지 하나도 안 궁금해?"

"안 궁금해요."

"왜?"

"제가 알아야 할 일이라면 묻지 않아도 말씀해 주실 테니까요. 오라버니가 굳이 말씀해 주시지 않는다는 건 정말 제가 알 필요가 없거나, 제게 알리고 싶지 않다는 뜻이겠지요. 그러니 궁금해해도 소용없잖아요."

"언제나 이렇지. 넌 정말 날 연……"

날 연모하기는 하니?

이성적이긴 하지만 무정하게 들리는 하진의 대답에 울컥하여 그리 물으려다 말고 성우는 쓴웃음을 지었다. 스스로가 생각해도 참 뻔뻔하기도 하다 싶었다. 인제 와서 그런 질문을 하려 하는 자신이 너무도 혐오스러웠다.

"오라버니?"

말을 멈춘 성우를 하진이 불렀다.

"으응. 아무것도 아니야. 가자. 바래다줄게."

"혼자 갈 수 있…… 그래요. 바래다주세요."

평소처럼 사양하려다 말고, 하진이 선뜻 성우의 제의를 받아들였다.

"웬일이야? 마다할 줄 알았더니?"

"오랜만이잖아요. 또 언제 나란히 걸을 수 있을지 모르니까."

그리 말하는 하진의 얼굴에 아주 살짝 옅은 붉은 기가 들었다. 보통의 처녀 아이 다운 부끄러움에 희미하게 아랫입술이 떨리는 것도 보였다. 그 모습에 흡 하고 급히 숨을 들이마신 성우가 입술을 깨물었다. 그러지 않으면 민망한 신음이 터져 나올 것 같았다.

하진은 모를 것이었다. 언제나 무표정을 가장하고 있기에, 그 무표정을 뚫고 간간이 보이는 찰나의 진심이 얼마나 어여쁜지, 얼마나 사랑스러운지, 얼마나 사내의 욕정을 들끓게 하는지.

지금도 마찬가지였다.

만약 밤이었다면, 만약 사방이 막힌 공간이었다면, 만약 성우가 공맹의 도를 익힌 선비가 아니었다면, 성우는 당장에라도 하진의 새하얀 얼굴을 감싸 제게로 들어 올린 후, 바르르 떨고 있는 지극히 여인다운 입술을 탐하고 말았을 것이다.

아니, 아니. 다 틀렸다. 다 새빨간 거짓말이다. 설령 밤이라고 해도, 설령 사방이 꽉 막혀있어 아무도 보는 이가 없다고 해도, 설령 성우가 공자 왈 맹자 왈을 알지 못하는 무지렁이라 해도, 성우는 감히 그러지 못했을 것이었다.

왜냐하면, 성우는 이제 하진을 버릴 것이니까. 하진을 버리고 살아야만 하니까.

'너는 과연 나를 용서할 수 있을까?'

이제 장옷을 머리 위로 뒤집어쓰고 저와 나란히 걷기 시작하는 하진의 옆모습을 보며, 성우는 어금니를 꽉 깨물었다. 처음 만난 이후부터 지금까지 단 한 순간도 연모하지 않은 적이 없었던 고운 여인이었다. 함께 있는

매 순간 순간, 혼인하고 아이를 낳고 함께 정답게 늙어가는 것을 꿈꾸고 소망하게 한 여인이었다. 아마 그 꿈은, 이루어지지 못한 그 소망은 앞으로 평생 성우를 괴롭힐 것이었다.

반드시 후회할 것이었다. 죽을 만큼 후회할 것이었다. 죽을 때까지 후회할 것이었다.

그러나 그렇다고 해도 하진을 버리기로 한 성우의 결정은 바뀔 수 없었다. 이젠 성우의 마음대로 바뀔 수 있는 일이 아니게 되어 버렸다.

"쯧쯧쯧. 쓸데없는 짓을 하였구려."

하진이 방을 나가고 나서도 한참 동안 침묵을 지키고 있던 임 참판이 계속 제 눈치만 살피고 있는 부인 민 씨를 탓하였다.

"제, 제가 무엇을 어찌하였다고요. 전 그냥 정애가 하진이한테 맞았다는 이야기를 전해드린 게 다인 것을요."

민 씨가 남편의 책망하는 눈길을 피하며 변명을 하였다.

"지금 그 이야길 하는 게 아니질 않소. 그 패설인가 뭔가 하는 거 말이요. 그거, 부인이 꾸민 짓이 아니요?"

"천부당만부당한 말씀이십니다. 제가 무슨 재주가 있어 그런 짓을 꾸민단 말입니까?"

임 참판의 의심이 가당치도 않다는 듯, 민 씨가 펄쩍 뛰며 그런 일이 없다고 부인하였다. 하지만 그런 민 씨를 보는 임 참판의 얼굴은 이미 확신에 가득 차 있었다.

"예전에 부인이 그런 이야기를 하지 않았소? 처남이 패설 나부랭이를 쓰는 자들과 가까이하며 허랑방탕하게 살고 있다고. 돌아가신 장인어른 뵐

면목이 없다고."

"아, 아유. 그걸 다 기억하고 계셨습니까? 예. 그, 그야 그런 일이 있기는 했지요. 그, 그렇대도 어디 세상에 패설 쓰는 작자들이 한두 명이랍니까? 그걸로 저를 의심하시면……"

"부인이 그러하다면 정애를 불러다 물어볼 수밖에요. 그 패설의 존재를 어찌 알았는지, 그 패설이 하진의 생모에 관한 일임을 어찌 알았는지, 한 번 물어볼까요?"

"여, 여, 영감. 뭐, 그럴 것까지야……"

임 참판이 정애까지 들먹이며 추궁하자, 민 씨는 더는 발뺌할 재간이 없음을 인정할 수밖에 없었다.

"아, 그래요! 제가 했습니다. 제가 친정 아우를 시켜 패설 쓰는 이에게 은근슬쩍 하진의 생모 이야기에 대해 흘리도록 하였습니다. 그런 작자들은 그런 이야기라면 환장하고 덤벼들 게 뻔하니까요."

"부인!"

"저는! 저는 그냥, 이 혼사를 없었던 일로 하고 싶었던 것뿐이에요. 아무리 그 아이가 들고 올 지참금이 많아도, 전 그런 아이 며느리로 삼고 싶지 않다고 수십 번을 말씀드렸지 않습니까? 그런데도 들어주시질 않으니 이런 수까지 쓴 거지요."

"그렇다고!"

홧김에 언성을 높인 임 참판이 애써 다시 말소리를 죽였다. 혹시나 만에 하나 아랫것이라도 엿듣게 되면 곤란하기 때문이었다.

"그렇다고 그런 패설을 퍼트릴 생각을 다 하다니! 자칫하면 우리 쪽에도 불똥이 튈 거란 생각은 못 한 거요? 잊었소? 팔 년 전, 그 일을 덮는데 나

또한 가담했다는 것을?"

　그랬다. 팔 년 전 감 진사네 집안에서 하진의 어머니가 밤도망을 친 사실을 숨기고 병사했다고 속이는 데 도움을 준 것이 바로 당시 지방의 수령으로 나가 있던 임 참판이었다. 병사한 시신을 구해 서 씨 부인의 시신으로 위장하고 검시를 받게 하여, 감 진사 부인이 병사하였음을 공식적으로 인증해 준 것이 바로 당시의 임 참판이었다.

　"그때의 일이 들통 나면 망하는 것은 감 진사네만이 아니라 우리 집안도 마찬가지란 말이요. 어찌 이리 생각이 짧은 게요!"

　"아무려면 제가 그만한 생각도 없을까 봐서요. 그래서 일부러 하진이 생모의 난잡한 음행에 대해서만 이야기를 흘렸습니다. 제 아우조차도 영감이 이 일에 연루된 건 모른다고요."

　민 씨는 계속된 남편의 추궁에 제 억울함을 하소연하였다.

　"어떻게든 혼담을 거부할 명분이 필요했어요. 적어도 그런 책이 시중에 떠돌고 있다고 하면 우리가 그 혼담을 거부한다고 해도 딱히 원한을 사진 않을 것 아닙니까?"

　"그거야 하진이나 감 진사가 그 패설에 부인이 관련되어 있음을 모를 때의 이야기지요. 하진이는 이미 다 알아챈 것 같은데, 인제 와서 그런 변명이 다 무슨 소용이란 말이오?"

　"저도 몰랐다고요. 설마하니 그 이야길 정애가 엿듣고 하진일 거기까지 데려갈 줄 제가 어찌 알았겠습니까? 정애가 얻어맞은 이유가 그 때문이란 것도 오늘 처음 알았는데요."

　민 씨 부인이 억울하다는 듯 목소리를 높였다. 그리고 사실 민 씨 부인의 말은 거짓말이 아니었다. 하진과 정애가 다른 동무들의 입을 단단히 틀어막은 덕분에, 민 씨는 정애가 운종가에서 하진에게 뺨을 맞은 것만 알았지, 그 이유에 대해서는 전혀 모르고 있었다. 그러기에 송 진사 부인에게 정애가 맞았다는 이야기를 듣자마자, 분을 참지 못하고 남편에게 감 진사 쪽에 강력히 항의하라고 부추겼던 것이었다.

"아유. 몰라요. 전 모르는 일이라 할 것입니다. 그러니 영감도 혹여 감 진사가 무어라 따지거든 모르는 일이라고 하세요."

변명하기도 지쳤다는 듯, 민 씨가 이젠 배 째라는 식으로 어깃장을 놓았다.

"뭐 어쩌겠습니까? 설마하니 감 진사가 이 일로 관청에 발고를 하겠습니까? 대놓고 저희를 원망할 것입니까? 차라리 잘 됐어요. 이참에 혼인이고 뭐고 다 없었던 일로 하지요."

"부인, 부인!"

임 참판은 조금도 사태를 이해하지 못한 부인이 안타깝다는 듯 절레절레 고개까지 저었다.

"잊은 게요? 이 혼인을 누구보다 고대하고 있던 게 성우였다는 사실을? 그런데 인제와 그런 이유로 혼인을 엎는다고 하면 성우가 과연 순순히 받아들이겠소?"

"그건 뭐 영감이 맡아주셔야지요. 어차피 이젠 깨진 그릇입니다. 다시 붙여봐야 꼴만 더 우습게 될 뿐이에요."

온화한 성품이긴 하지만 한 번 마음먹으면 하늘이 무너져도 결코 자신의 결정을 바꾸지 않는 아들 성우를 잘 알면서도 민 씨는 그리 말할 수밖에 없었다.

오늘 제 앞에서 뻔뻔히 낯짝을 들고 저를 몰아세우듯 하는 하진을 보고서, 새삼 죽어도 하진을 며느리로 맞이하지 않겠다고 생각했기 때문이다.

해서, 민 씨 부인은 난생처음 남편인 임 참판이 부르는데도 먼저 방을 나가 버렸다. 이제는 결국 남편도 자신과 뜻을 함께 할 수밖에 없을 것이라는 확신에 찬 태도로.

.

.

.

"다 왔네."

생각보다 더 긴 것 같기도 하고, 짧은 것 같기도 한 성우와 하진의 동행이 끝났다. 하진의 집 대문 앞에 당도한 성우는 들어가라는 말을 건네지 못하고 잠시 머뭇거렸다.

"인제 그만, 말씀하시죠?"

집까지 오는 동안 내내 말 한마디 않고 있던 하진이 성우에게 권했다.

"응?"

땅바닥만 쳐다보고 있던 성우가 하진을 보았다.

"할 말이 있는데 계속 못 하고 계시잖아요. 되었으니 그만 말씀하세요."

"그래…… 보였어?"

성우가 머쓱하게 웃어 보였다.

"하긴 네 눈은 속일 수가 없지. 그래. 감히 그럴 수 있다고 생각도 못 했어."

그리 말하고 나서도, 제 말을 기다리며 저를 보는 하진의 눈을 마주 보면서도 성우는 선뜻 말을 꺼내지 못했다.

말이 목구멍에 걸린 것 같았다. 목구멍 저 아래에서 무엇인가가 말의 꼬리를 잡고 놓아주려 하지 않았다.

"오라버니?"

"있잖아. 나는…… 나는 너와…… 너와……"

고뿔이라도 걸린 양 잔뜩 쉰 목소리로 성우가 힘들게 말을 뱉어내려 할 때였다. 끼이익, 소리와 함께 하진의 집 대문이 열리고 하인들의 배웅을 받으며 감 진사가 대문을 나섰다.

"진……사 어른."

"아니, 이게 누구야? 성우가 아니더냐?"

처음엔 하진과 함께 나란히 선 작자가 누군지 험상궂은 얼굴로 노려보던 감 진사가 금세 성우를 알아보고는 호쾌한 웃음을 띠며 성큼성큼 성우와 하진에게로 다가왔다.

"오랜만에 인사드립니다."

"도성에는 언제 돌아온 것이냐? 왔으면 진작 연락을 줄 것이지."

감 진사가 성우의 등을 자상하게 두드리며 반가워하였다.

"그간 평안하셨습니까? 인사가 늦어……"

"하하하하. 여기서 이러지 말고 안으로 들어가자꾸나. 안 그래도 언제 도성에 돌아오나, 목이 빠지게 기다리던 참이다."

"출타하시던 참이 아니십니까?"

"아무리 바쁜들 성우 네가 왔는데 차 한 잔 마실 시간이 없겠느냐? 하하하. 들어가자. 어서 들어가. 하진이 너도 뭣하고 섰느냐. 얼른 따라오지 않고."

감 진사는 연신 벙싯벙싯 웃음 띤 얼굴로 성우를 데리고 대문 안으로 걸음을 옮겼다. 그 뒤를 무거운 발걸음의 하진이 따랐다.

'무슨 말씀을 하려 하신 거예요?'

솔직히 하진은 걸음이 내키지 않았다. 집 안으로 들어가기 싫었다. 집 안으로 들어가면, 왠지 듣지 말아야 할 이야기를 들을 것 같은 예감이 들었다. 성우는 아직 아무 말도 하지 않았지만 어쩐지 하진은 성우가 할 말을 알 것도 같은 생각이 들었다. 임 참판의 집에서 하진 자신의 집까지 오는 동안 성우는 몇 번이고 한숨을 쉬었더랬다. 하진에게 들키지 않으려 애써 소리를 죽이긴 했지만, 그래서 하진도 끝끝내 모르는 척을 해 주긴 했지만, 그 자그마한 한숨 소리는 커다란 북소리가 되어 하진의 마음에 크게 울렸다.

둥둥둥.

적군의 침입을 경고하는 국경의 북소리처럼, 좋지 않은 일이 생길 거란 걸 그 북소리가 경고해 주는 듯하였다. 물론, 그 경고는 이내 사실로 증명되었다.

"방금 무엇이라 했느냐?"

성우와 하진과 함께 사랑채에 든 감 진사는 인사가 끝나자마자 어렵게 입을 뗀 성우에게 다시 한번 분명히 말할 것을 주문하였다.

"뭐가 어쩌고 어쨌다고?"

"…… 하진이와…… 혼인할 수 없다고 말씀드렸습니다."

성우가 감 진사에게 말한 뒤, 저릿한 마음을 감추고 애써 무덤덤한 눈으로 하진을 보며 말했다.

"미안하다. 나는 너와 혼인할 수가 없어."

탕! 감 진사가 제 앞에 놓인 서탁이 부서져라, 거세게 손바닥으로 내리쳤다.

"지금 무슨 소리를 하는 것이야! 혼인을 안 하다니! 누구 마음대로! 네 아비가 시킨 일이더냐? 네 아비가 이 혼인을 없었던 일로 하자더냐!"

"아닙니다. 아직 저희 부모님께도 말씀드리지 않았습니다. 비록 정식으로 혼담이 오간 처지는 아니더라도 이 댁에 먼저 말씀을 드리는 게 옳은 수순이라 생각하였습니다."

흥분한 감 진사와 달리 침착하기 그지없는 말투로 성우가 답하였다.

"너엇!"

분노로 이성을 잃은 감 진사가 단번에 서탁을 풀쩍 뛰어넘어 성우에게로 덤벼들었다. 갑작스러운 습격에 몸을 지탱하지 못하고 뒤로 벌러덩 넘어질 뻔한 성우의 멱살을 잡고 흔들어댔다.

"왜! 왜 못한다는 것이야! 이미 많은 사람이 너와 하진이 혼인을 할 것이라 알고 있거늘, 왜 인제 와서 못한다는 것이야!"

"하지 마세요!"

"저리 치워!"

하진이 성우의 멱살을 잡은 감 진사의 손을 뜯어내려 하자, 분노로 이성을 잃은 감 진사가 손을 거칠게 휘둘렀다.

그 순간, 퍽 하고 살과 살이 부딪치는 둔탁한 소리가 방 안을 울렸고 동시에 "윽!" 하는 비명을 지르며 하진이 고개를 숙였다. 저를 방해하는 하진을 떼어내고자 아무렇게나 휘두른 감 진사의 주먹이 그만 하진의 눈을 강타한 것이었다.

"하진아!"

힘없이 감 진사에게 휘둘려주던 성우가 다친 하진을 보고는 놀라, 단번에 감 진사의 몸을 뒤로 확 밀어 넘어뜨리고는 얼른 하진에게로 다가갔다.

"하, 하진아?"

놀란 건 자빠진 감 진사도 마찬가지였다. 제 손으로 제 딸을 때린 것이 믿기지 않아서였다. 워낙 불같은 성격이라 하진에게 종종 회초리질도 많이 하고, 험하게 소리 지른 적도 많았지만 직접 때린 것 같은 모양새가 된 건 처음이라, 감 진사는 얼떨떨하기만 했다. 그런 감 진사를 뒤로 하고 성우는 눈을 감싼 채 고개를 숙이고 있는 하진의 얼굴을 들어보려고 애를 쓰고 있었다.

"좀 봐! 어디 좀 봐! 다쳤어? 많이 다쳤니? 다친 거야?"

"괜…… 찮아요."

고개도 들지 않고 답하는 하진의 목소리는 희미하게 울음이 섞인 채 가늘게 떨리고 있었다. 완연한 아픔이 묻어나는 목소리였다. 평소에는 단 한 번도 흔들림이 없는 하진의 목소리가 그리 떨려 나오는 것에 성우는 반은 미칠 것 같은 심정이 되어 소리를 쳤다.

"어디 좀 보자고!"

그제야 하진은 성우가 순순히 물러나지 않을 것을 알고는 손을 내려, 조금 전 아비의 주먹에 맞은 눈을 드러내 보였다.

"보셨죠? 그러니 그만 가세요."

"읏……!"

성우는 눈살을 찌푸리며 제가 맞은 것처럼 아픈 소리를 내었다. 맞은 게 언제라고 어느새 하진의 눈꺼풀은 부어올라 있었고 불그죽죽하게 멍이 생기려 하고 있었다.

"하진아……"

성우가 울 것 같은 표정으로 하진의 얼굴에 손을 뻗으려 하였다. 하지만 그 손끝이 채 닿기도 전에 하진의 손이 찰싹, 성우의 손을 쳐냈다.

"혼인할 사이도 아닌 외간 아녀자의 몸에 어찌 이리 함부로 손을 대려 하십니까? 물러서세요."

하진의 냉정한 말이 시퍼렇게 날 선 비수처럼 성우의 마음을 잔인하게 찢었다. 그러나 성우에게는 그 찢어진 마음을 추스를 찰나의 시간도 주어지지 않았다. 자신이 딸의 얼굴을 쳤다는 충격에서 벗어난 감 진사가 거칠게 성우의 목덜미를 잡고 강제로 일으켜 세운 탓이었다.

"이놈! 앞장서거라. 네 아비에게로 가자. 도대체 이게 다 무슨 헛짓거리인지, 네 아비에게 물어볼 것이다."

감 진사의 우악스러운 손아귀에 목덜미를 잡힌 성우가 비틀대며 자리에서 일어섰고 이내 강제로 방문 쪽으로 내몰렸다.

하지만 감 진사가 방문을 열려 하기도 전에, 하진이 발딱 자리에서 일어나서 방문과 성우의 사이를 비집고 들어섰다.

"놓으세요."

하진이 얼굴이 시뻘겋게 달아올라 씩씩, 거친 숨을 내쉬고 있는 제 아버지에게 말했다.

"너는 빠져 있어. 이 아비가 다 해결할 것이다."

저 때문에 눈가에 멍이 든 딸의 얼굴을 차마 보지 못하고 감 진사가 하진을 옆으로 밀쳐내려 하였다. 하진은 그런 아버지의 눈앞에서 두 팔을 활짝 펼치고 서서, 순순히 비킬 의사가 없음을 드러내 보였다.

"무얼 어찌 해결하시게요? 정식으로 두 집안 사이에 혼담이 오고 간 것도 아닌데 이분이 저랑 혼인하지 않겠다고 해서 어찌 비난할 수 있습니까? 다른 사람들이 이 일을 알아보세요. 저와 우리 집안의 멍청함만 비웃을 것입니다."

거의 십 년 가까이 오라버니라 불러온 성우를 하진은 이제 "이분"이라

칭했다.

성우에게 그 말은 곧 하진의 작별인사처럼 들렸다. 당신은 이제 나와 아무 상관없다, 선언하는 것처럼 들렸다. 그래서 성우는 제 목덜미를 잡고 있는 감 진사의 손아귀에 힘이 빠졌음에도 불구하고 좀처럼 방을 나설 생각을 하지 못했다.

"가거라. 네 아비에게는 내가 퍽 실망했다고, 이번 일에 대해서는 반드시 책임을 져야 할 것이라고 잊지 말고 전하거라."

감 진사가 방문을 열어젖히곤 꼼짝 않고 서서 움직이려 하지 않는 성우의 등을 있는 힘껏 방문 밖으로 밀어낸 후, 쾅 소리를 내며 방문을 닫아버렸다.

'왜 너는 묻지를 않니?'

감 진사 집을 나서 제집으로 돌아오는 내내, 성우의 머릿속은 온통 하진에 대한 질문으로 가득 차 있었다.

'왜 나를 잡으려 하지 않니?'

하진이 미웠다. 원망스러웠다. 하진이 물었다면, 안 된다고 했다면, 한 번이라도 제 마음을 돌리려고 했다면, 잡으려고 했다면, 어쩌면, 정말 어쩌면, 만에 하나의 확률로 성우는 결정을 뒤집었을지도 몰랐다.

'하지만 넌 안 그랬어. 날 안 잡았어. 나를 연모하는 마음이 조금이라도 있다면 내게 이럴 수는 없다. 나를 이렇게 보내서는 안 되는 거잖아.'

치졸하고 뻔뻔스럽다는 걸 알면서도 성우는 또다시 제 잘못을 하진에게 떠넘겼다.

나쁜 것은 하진이다. 둘 사이를 저버린 것은 하진이다. 둘이서 평범한 남편과 평범한 아내로 백년해로할 수도 있었을 가능성을, 둘이서 행복할 수도 있었을 모든 가능성을 지워버린 것은 하진이다. 치사하고 몰염치하고 뻔뻔하게도 그리 믿기로 했다. 그렇게 믿어야만 했다. 그래야 진짜 나쁜 놈다울 테니까. 앞으로 남은 평생 나쁜 놈으로서, 절대 행복하겠다는 희망 따위 품지 않고 살 수 있을 테니까.

"어딜 갔다 오는 건가?"

터덜터덜, 무거운 발을 끌며 집 앞에 도착한 성우에게 기다렸다는 듯 낯익은 얼굴 하나가 접근해 왔다. 우의정, 강헌영이었다.

"대감. 어찌하여 이곳에?"

"어쩐 일이라니. 자네가 결심하였으니 이젠 자네 춘부장과 의논을 해야 하지 않겠나?"

성우는 질끈, 눈을 감았다. 인정하고 싶지 않은 현실이 들이닥친 것을 조금이나마 부인하고 싶은 마음에서였다.

"뭐야, 그럼 임 참판의 아들이 급히 도성으로 돌아온 게 우의정의 딸과 혼인을 하기 위해서라고?"

그때, 태서는 규장각 외벽 밑 그늘에 숨어서 규장각의 잡일을 보는 사령(使令, 관청의 심부름꾼)에게 성우에 대한 정보를 듣고 있었다.

"예. 지금 안 그래도 규장각 안팎이 그 이야기로 떠들썩합니다. 곧 임 사자관이 우상 대감의 사위가 될 것이라고요."

"왜!"

태서의 거친 물음에 사령은 새삼 주변을 두리번거리며 지켜보고 있는 사람이 없는 것을 확인하고선 은밀하게 속삭였다.

"아시다시피 우상 대감은 슬하에 아들도 없이 오직 따님 한 분만 두고 계시지 않습니까? 그 따님의 짝으로 진작부터 임 사자관을 눈여겨보신 모양인데, 소문에 듣자 하니 그 따님께서 지난번 사신단의 행렬에서 임 사자관을 보고 한눈에 반하신 듯합니다."

사령은 말했다. 아내가 일찍 죽고, 그 딸 하나만 보고 살아온 우의정이다 보니, 딸의 소원을 이뤄 주려고 일부러 사람을 중국으로까지 보내 임 사자관을 설득한 것 같다고.

"그런데 돌아올 날짜가 한참이 남았는데 중간에 도성으로 돌아왔다는 게 참 신기하지 뭡니까? 혼인이야 돌아와서 해도 되는 것을, 굳이 이리 서두르는 까닭을 모르겠단 말입니다."

사령이 전해 준 얘기는 거기까지다. 그 귀한 정보에 대한 값을 두둑이 치러주고, 사령과 헤어져서 운종가로 향하는 동안 태서는, 기분이 안 좋을 때면 나오는 습관대로 아랫입술을 질근질근 깨물었다.

'딴 여자랑 혼인을 해? 우상의 사위가 되겠다고? 그럼 그 애는? 그 애는 어쩌고!'

"읏."

분노에 휩싸여 거리를 걷던 태서가 문득, 눈살을 찌푸리며 하늘을 올려다보았다. 후두둑, 제법 굵은 크기의 빗방울들이 태서의 어깨를 두드린 탓이었다. 그 빗방울들은 이내 날카로운 빗줄기가 되어 하늘을 향해 있는 태서의 얼굴을 사정없이 후려치기 시작하였다.

"젠장!"

태서의 입에서 욕설이 튀어나왔다. 오늘처럼 이렇게 아무 전조도 없이 갑자기 비가 왔던 넉 달 전 그날이 떠오른 탓이었다.

.

.

.

"심양에요?"

하진의 집에서 그리 멀지 않은 곳에 있는 호젓한 강가였다. 그날 보통 때라면 규장각에 있어야 할 성우가 하진을 찾아와 둘은 함께 강가를 거닐었다.

"응. 아마 갔다 오는 데 몇 달은 걸릴 거야."

"언제 가시는 데요?"

"이레 뒤에."

"그렇게 빨리요?"

"갑자기 그렇게 결정이 되었어."

"…… 조심해서 다녀오세요. 아프거나 다치지 마시고요."

성우와 하진은 나란히 보폭을 맞추어 걸으며 그렇게 주거니 받거니 일상적인 대화를 계속하였다. 그 걸음들이 멈춘 건, 몸통이 우람하기 그지없는 늙은 회화나무들이 줄지어 서 있는 곳이었다. 그곳은 둘이 사람들의 시선을 피해 강변 산책을 나설 때마다 찾던 곳이기도 했다.

"그리 오랫동안 집을 비우시게 되면, 정애가 많이 쓸쓸해 하겠어요."

"정애만?"

성우가 느릿한 손길로 하진의 어깨를 잡아, 저를 향하게 하였다.

"너는? 너도 쓸쓸하다고 생각해 줄까?"

"네."

하진이 짧지만 분명한 대답으로 성우를 기쁘게 하였다.

"나를 보고파 해 줄 거니?"

"그럴게요."

"많이 기다려 줄 거야?"

"그럴게요."

"그럼……"

묻는 대로 망설임 없이 바로바로 내어놓는 하진의 답에 만족한 성우가 긴장을 털어버리듯 "후!" 하고 작게 숨을 내쉬고는 다시 하진에게 물었다.

"나와 혼인해 줄래?"

"……"

이번엔 하진의 입에서 "그럴게요."란 말이 바로 나오지 않았다. 대신 하진은 망설이듯 긴 속눈썹을 아래로 내려뜨렸다. 그런 하진에게 성우가 졸랐다.

"심양에 다녀오는 대로 부모님께 너희 집안에 정식으로 혼담을 넣으라고 말씀드릴 거야. 하지만 그 전에 네 답을 듣고 싶어. 네 대답을 품고 다녀오고 싶어. 그러니 진아, 대답해 주지 않을래? 나의 아내가 되어주지 않으련?"

"…… 제 어머니의 일이 장차 오라버니의 발목을 잡을지도 몰라요."

"상관없어. 어차피 우리 부모님도 다 아시고 있는 일인데 뭐. 거기다 우리 집도 너희 집도 우리가 언젠가 혼인할 것임은 이미 다 알고 있잖아. 그러니 문제 될 게 뭐야?" '

'오라버니의 마음이요.'

하진은 제 생각을 소리 내어 말하지 못했다. 눈물이라도 흘릴 것 같은,

간절한 눈으로 성우가 자신의 답을 기다리고 있었기 때문이었다. 자신도 그런 성우를 믿고 싶었기 때문이었다.

"하진아."

"…… 그럴게요."

"진아!"

간절히 기다리던 답을 들은 성우가 감격하여 와락, 하진을 안았다. 그러나 금세 물러날 수밖에 없었다. 하진이 완곡한 거부의 뜻을 담고 성우의 가슴을 지그시 밀어냈기 때문이었다.

"미, 미안. 너무 좋아서 나도 모르게 그만."

성우가 조금 머쓱하게 웃으며 사과하였다. 오랫동안 서로 연모해 온 사이였지만 아직도 성우의 손길이 닿을 때마다 하진이 흠칫흠칫 놀라고, 불편해하는 것을 알아서였다.

"하지만 이렇게 내외를 하는 것도 얼마 안 남았어. 정식으로 우리 혼담이 진행되고 나면, 내가 너의 혼약자임을 세상에 떳떳이 공표하게 되면, 그땐 네가 아무리 부끄러워한들 물러서 주지 않을 거야. 그리고……"

그리고 무얼 어쩔 것인지 말하는 대신, 성우는 대신 욕망에 일렁이는 눈빛으로 만개한 붉은 꽃잎을 닮은 하진의 입술을 더듬었다. 그 눈빛을 읽은 하진의 귀밑이 발갛게 물이 들 때까지, 갑작스레 떨어지기 시작한 빗방울들을 핑계로 하진이 먼저 자리를 뜰 때까지 진하고 끈질긴 시선으로 하진의 입술을 더듬었다.

그 모든 걸 태서가 지켜보았다.

점점 빗방울이 굵어지고, 앞서거니 뒤서거니 하면서 성우와 하진이 머물렀던 자리를 떠난 이후에도 태서는 홀로 그곳에 남아 자신의 쓸쓸함과 열패감을 마주하고 서 있었다. 아랫입술을 찢을 기세로 질겅질겅 깨물면서 아프게 온몸을 때리는 빗줄기를 고스란히 맞고 서 있었더랬다.

.

.

.

'그래 놓고서, 그래 놓고서 인제와 우의정의 딸과 혼인을 하겠다고? 하진이를 버리겠다고?'

바로 그날처럼 온몸으로 빗줄기를 맞고 선 채 태서가 질끈 입술을 깨물었다. 제 출세와 영달을 위해 하진에게 상처 입히려 하는 비겁한 사내를 원망하고, 저주하면서. 또한, 어찌해야 그 앙갚음을 해 줄 수 있을지 궁리하고 또 궁리하면서.

"이미 문중 어르신들께서도 매우 흡족하게 생각하고 계십니다. 제 딸아이 또한 기꺼이 임 사자관의 배필이 되겠노라 말하였고요. 그러니 혼인의 절차를 최소화하여 하루라도 빨리 임 사자관을 사위로 맞고 싶은데, 임 참판의 뜻은 어떠시오?"

갑자기 들이닥친 우의정의 말에 임 참판은 얼떨떨해하며 웃지도 울지도 못하고 있었다. 단 한 번도 생각해 본 적 없는 일이 목전에 닥친 탓이었다.

"성우가 대감의 사위라니요? 그만한 재목이 아닙니다. 거기다 성우에게는 따로 혼약한 규수가……"

"영감."

우의정은 감히 제가 성우를 사위로 맞아주겠다는데도 기꺼워하지 않는 임 참판을 못마땅한 얼굴로 불렀다.

"우리 집안과 사돈이 되시는 겁니다. 설마, 우리 집안이 마뜩잖아 이러시는 건 아니겠지요?"

"그럴리가요. 다만 성우가……"

"임 참판!"

임 참판이 계속 미적대는 태도를 보이자, 우의정의 눈이 사납게 치켜 올라갔다.

"임 사자관 본인이 혼약하지 않은 상태라 하였거늘, 어찌하여 참판 영감께서는 있지도 않은 정혼녀를 핑계 삼아 우리 집안과의 혼인을 마다하려 하시는 게요? 우리 집안이나 저나 그리 만만한 상대는 아닐 터인데요?"

완연한 협박의 말에 임 참판의 얼굴은 벌겋게 달아올랐다. 감히 우리 집안과의 혼인을 마다하겠느냐, 그리고도 네가 무사할 것 같으냐는 노골적인 우의정의 협박에 임 참판은 당황하여 우의정 옆에 앉아있는 아들 성우를 보았다.

'어쩌자고 이러는 것이냐? 어쩌자고 이런 선택을 해!'

"임 사자관 본인은 이미 뜻을 정하였습니다. 그러니 영감께서는 임 사자관의 뜻을 존중하여 혼인 준비를 하여 주시지요. 내 수일 안에 정식으로 매파를 보내드리리다."

그렇게 우의정은 의논도 상의도 아닌 일방적인 통보를 하고선, 임 참판의 뜻을 더 듣지도 않고 돌아가 버렸다.

"잘 생각해 보거라. 섣불리 결정 내릴 거 없어. 열 번, 스무 번 거듭 생각하거라. 네가 왜 이러는진 모르겠지만 이건 네 혼인이야. 네가 싫다고 하면 이 아비가 어떻게 해서든……"

"이미 결심하였습니다."

성우가 담담히 제 뜻을 내비쳤다.

"이미 감 진사 어른께도…… 하진이에게도 통고하였습니다. 혼인의 뜻이 없노라고."

"너 그 아이를……"

하진이를 연모하고 있으면서 왜 그런 결정을 내린 것이냐, 물으려던 참판은 성우의 참혹한 심정이 담긴 굳은 얼굴을 보고 입을 다물었다.

"저는 우의정 대감의 사위가 될 것입니다. 되기로 하였습니다. 그러니 더는 아무 말씀 마세요."

말을 마친 성우는 불손한 줄 알면서도 그대로 말없이 자리에서 일어섰다. 앉은 자리에 뾰족뾰족한 철 가시가 돋아 허벅지와 엉덩이를 있는 대로 찔러대는 기분이 들어서였다.

"왜? 무슨 일인데?"

그때, 감 진사의 후처 홍 씨는 하진의 방에 들어 하진의 멍든 눈에 생고기를 붙여주고 있었다.

"넌 왜 이 꼴이 된 거고, 진사 어른은 또 왜 그렇게 화가 나신 건데?"

성우가 다녀갔을 때, 홍 씨 부인은 절에 치성을 드리러 간 바람에 집에 없었다. 그래서 집에 오자마자 시퍼렇게 멍든 하진의 얼굴을 보았을 땐 정말 그 자리에서 기절할 듯 놀랐더랬다.

"얼굴이 왜 이렇게 됐냐니까?"

"아버지는…… 또 술 드셔요?"

"…… 응."

짚이는 것이 있는 양, 감 진사에 대해 묻는 하진에게 홍 씨 부인은 자신이 겁에 질린 것을 들키지 않으려고 애써 웃어 보였다. 그런데 마음만큼 제대로 웃어지지 않았다. 무서웠다. 평소에도 다른 사람들보다 훨씬 언동이 난폭한 편에 속하는 감 진사는 무언가 화가 나는 일이 있거나, 기분이 나쁜 상태에서 술에 취하고 나면 한층 더 말과 행동이 사나워지곤 했다. 그 피해의 대부분은 으레 감 진사의 가장 가까이에 있는 홍 씨의 몫이 되곤 했다. 어떤 땐 거칠게 머리채를 휘어 잡히는 일도 있었고, 어떤 땐 밤새 모욕적인 말로 가난한 친정을 욕하고 가진 것 하나 없이 시집온 홍 씨의 처지를 비웃으며 별로 남지도 않은 자존심을 산산조각내곤 하였다.

오늘도 마찬가지일 것이었다. 여느 때보다 더 많이 화가 났으니, 홍 씨가 겪어야 할 고초도 필경 더 험할 것이었다.

"마님! 주인어른께서 찾으시는데요? 빨리 오시라고. 고함을 치시는 게 여간 화난 게 아니신 것 같아요."

아니나 다를까, 감 진사가 저를 찾는다는 소리를 전하는 계집종의 목소리에 홍 씨가 부리나케 일어난 것도 감 진사의 성미를 더 북돋지 않기 위해서였다. 그래야 자신이 겪을 고초가 조금이라도 덜해질 테니까.

"나, 난 가볼게. 생고기는 좀 더 붙여두는 게 좋아. 그나마 멍이 좀 빨리 가실 테니까."

벌써부터 사정없이 떨리기 시작한 목소리로 겨우 하진에게 당부한 뒤, 홍 씨가 방문 쪽으로 걸어갔다. 그때였다. 하진이 홍 씨 부인의 가냘픈 등에 대고 말했다.

"제가 갈게요."

"지, 진아?"

"오늘은 그냥 제 방에서 저랑 함께 주무세요. 아버지께도 그렇게 말씀드리고 올게요."

하진이 얼굴에 붙은 생고기 조각을 떼어내며 자리에서 일어났다.

"나, 난…… 괜찮아. 하진아."

"제가 안 괜찮아서 그래요."

하진이 홍 씨 부인의 사양을 단칼에 거절하곤 방을 나섰다.

"밖에 아무도 없느냐! 어찌하여 그년을 부르러 간 년마저도 오지 않는 것이냐! 푸! 푸우! 못된 것들! 감히 네깟 것들이 나를 감히 이 나를 능멸하는 것이냐! 후우! 후!"

하진이 안채 쪽 중문에서 나와 막 사랑채 앞마당에 당도했을 때였다. 감진사는 저고리를 활짝 열어젖힌 흐트러진 차림으로 사랑채 방문을 열고 서서 마당에서 허리를 숙이고 있는 노비들을 향해 고래고래 소리를 지르고 있었다.

"그년을 데려와라! 얼른 내 앞에 그년을 끌고 와! 끄윽! 이것들이, 푸, 푸우!"

소리를 지르는 것만으로 성이 풀리지 않는지, 감 진사는 씩씩대며 방 안으로 들어가 술상을 들고나와 마당의 노비들을 향해 내동댕이쳤다.

"예끼! 이놈들아!"

"으악!"

"아, 아구구구!"

노비들이 재빨리 몸을 피했지만, 늙은 노비 두엇이 날아온 그릇들을 피하지 못하고 어깨와 머리 등에 맞고선 비명을 지르며 몸을 움츠렸다.

"아, 아가씨?"

그 사람들 틈에서 겁에 질려 발을 동동 구르던 양금의 어미가, 엉망진창이 된 마당 한가운데를 가로질러 다가오는 하진을 보고선 질겁하고 달려왔다.

"어, 여기 왜 오셨어요! 얼른 들어가 계세요. 괜히 여기 계시다 아가씨마 저 봉변당하면 어쩌시려고요."

"오 서방."

하진이 양금 어미를 보지도 않고 감 진사 집안에서 가장 오래된, 그리고 충직한 하인 중 한 명을 불렀다.

"예. 아가씨."

"여기 있는 사람들 다 물리고."

"예."

"약방 가서 의원 데려다 다친 사람들 돌보게 하고."

"예에."

"그리고 전에 말했던 거 있지? 그대로 준비해."

"예? 아, 아니. 그러면…… 저기…… 주, 주인 어르신께서 많이…… 화내 실 텐데요?"

"내가 책임질게."

그 한 마디만 남기고, 하진은 사랑채로 다가가 마루로 올라섰다. 감 진사는 여전히 방 안에서 서책이며, 도자기들을 들고 나와 연신 마당으로 내던지고 있었다.

"어서! 어서 빨리 그년을 데리……. 너엇!"

감 진사가 제게 다가오고 있는 딸을 보고선 핏발 선 눈을 하고 비틀비틀, 하진에게로 다가왔다.

"너! 그 꼴을 하고 누가 나오래! 꼭, 네 방에 틀어박혀 꼼짝도 하지 말랬

지? 얼마나 더 이 아비의 얼굴에 먹칠을 할 셈이야! 얼마나 더 수치를 줄 셈이야! 푸! 푸우!"

감 진사가 거친 숨을 몰아쉬며 손가락으로 쿡, 쿠욱 기분 나쁘게 하진의 이마를 밀어댔다.

"멍청한 것. 오죽 못났으면 그깟 놈한테 그런 수치를 당해! 너 때문에 내가 이제 얼굴을 들고 다닐 수가 없게 되었다! 도대체 그놈이 왜……! 너, 뭐야?"

밀어도, 밀어도 계속 본래의 제자리로 머리를 가져다 대는 하진 때문에 더 열이 올라 버럭버럭 소리를 지르던 감 진사가 뭔가 이상한 낌새를 눈치챘다. 술에 취해 흐려진 눈으로도 하진이 제 등 너머의 무엇인가를 살피고 있음을 깨달은 것이다.

"너 지금 뭘 보고 있는……?"

하진의 시선을 따라 뒤를 돌아보던 감 진사는 복면을 써서, 얼굴을 가린 서너 명의 사내가 저를 덮쳐 오는 것을 보았다.

"뭐, 뭐 하는 놈들이냐!"

사내 중 둘은 재빨리 감 진사의 어깨를 잡아 움직이지 못하게 하였고, 다른 한 사람은 검은 천으로 그대로 감 진사의 눈을 가리고 입을 틀어막았다.

"읍! 으으읍!!"

심하게 발버둥 치던 감 진사는 사내들이 어깨를 짓누르는 바람에 그대로 마루에 주저앉게 되고 말았다. 그러는 동안 오 서방이 어딘가에서 가져온 호리병 두 개를 나란히 들고 사랑채 마루로 올라왔다. 계속 꿈틀대며 자유로워지려 용을 쓰는 감 진사의 앞에 선 오 서방이 조금은 찜찜한 기색으로 호리병의 마개를 열었다. 하진이 그런 오 서방에게 손을 내밀었고, 잠시 머뭇거리던 오 서방은 그대로 호리병을 내어주었다.

82

"잘들 봐."

하진이 긴장한 눈빛으로 저를 주시하는 복면의 사내들과 오 서방 앞에서 호리병을 높이 들어 올려 그 안의 내용물을 자신의 입안으로 두어 모금 쏟아 넣었다. 마셔도 죽지 않는, 그저 독한 술일 뿐이라는 것을 모두에게 증명해 보이기 위해서였다.

'읏······.'

시중에서 구할 수 있는 술 중에서도 가장 독한 술답게 마시자마자 목이 불타는 듯하여 하진의 얼굴은 저절로 일그러졌다.

하지만 이내 무표정한 얼굴로 되돌아와서는 감 진사를 제압하고 있는 사내들에게 고개를 끄덕여 보였다. 그제야 사내들이 감 진사의 입을 틀어막고 있던 손을 놓았다.

"푸하. 이것들! 지금 무슨 수작을······ 읍! 꼴깍, 꼴깍, 꼬르륵!"

틀어막혀 있던 입이 풀려나자마자 고함을 지르려던 감 진사는 제 의지와 상관없이 입안에 퍼부어지는 독한 술을 연신 꼴깍꼴깍 목 안으로 넘길 수밖에 없었다. 하진이 제 아비의 입안으로 강제로 술을 들이부었기 때문이었다.

"읍······ 놔, 놔라! 으프······ 꼴깍, 꼴깍!"

술 한 병을 다 비웠는데도 감 진사의 발버둥은 쉽게 멈추지 않았다. 그러나 하진이 다시 오 서방에게서 건네받은 호리병을 먼저 두어 모금 마신 후, 좀 전과 똑같이 억지로 감 진사에게 술을 들이붓자 차츰 그 요란한 발버둥도 힘이 빠지기 시작했다. 그로부터 잠시 후였다.

"흐냐····· 흐냐····· 노아····· 놔라·····이거, 이·····. 크르르릉!"

이미 거하게 전작이 있던 데다 하진이 강제로 들이부은 술기운까지 더한 덕분에 감 진사는 완전히 곯아떨어져 버리고 말았다. 팔과 어깨를 붙잡고 있던 사내들이 물러났는데도 그대로 대자로 쭉 뻗어버리고 말았을 정도였다.

"크르르릉. 푸우! 크르르릉. 푸우!"

감 진사의 코 고는 소리가 온 마루에 진동하였다.

"안으로 모셔."

"예, 아가씨!"

하진의 명에 따라 복면을 벗은 사내들이 얼른 감 진사를 둘러업고선 사랑채 방 안으로 데려갔다. 사내들은 모두 감 진사 집안의 하인들로, 하진이 오 서방을 통해 복면을 쓰고 데려오라 명해두었던 자들이었다.

"하라고 하셔서, 하기는 했는데 주인 어르신이 아시게 되면……"

감 진사를 방 안에 눕히고, 어지럽혀진 방까지 대강 치우고 나온 감 진사 집 하인들이 난처한 얼굴로 하진을 보았다.

"과음하신 다음 날에는 종종 전날의 일을 기억 못 하실 때가 많으니, 이번에도 분명 그러실 거야. 설사 기억하신다고 해도 너희가 누구인지는 절대 모르실 거고."

그럴싸한 하진의 설명에 그제야 하인들의 얼굴에서 불안한 기색들이 가셨다. 하진은 그런 하인들에게 그래도 혹시 모르니 사용한 복면을 모두 태워 없애버리라는 명까지 내렸다.

"그럼, 다들 가 봐. 오 서방은 잠깐 남고."

"예, 아가씨!"

다른 사내종들이 모두 물러가고 난 후, 하진이 오 서방에게 단단히 일렀다.

"입단속 잘 시키고."

"전부 무던하고 입이 무거운 아이들입니다. 함부로 발설하고 다니면 자기들부터 치도곤을 당할 걸 뻔히 아는데, 함부로 입 놀리진 못하지요."

"응."

믿는다는 말 대신 하진이 짧게 고개를 끄덕였다.

"이만 자네도 가 봐. 난 아버지 잠자리 좀 봐 드리고 안채로 들어갈게."

"예에, 아가씨."

충직한 하인이 깊게 허리를 숙인 후, 행랑채 쪽으로 걸음을 옮기기 시작하였다. 잠시 마루에 서서 그런 오 서방의 뒷모습을 보고 있던 하진은 마당이 비고 나서야 방 안으로 들어갔다.

"푸우, 으으으. 푸우. 크르르르."

방 안에 눕혀진 감 진사는 정신없이 코를 골며 자고 있었다. 하진은 그런 아비 얼굴 위에 휘휘 손을 저어 한 번 더 의식이 없음을 확인한 후, 큰 소리가 나지 않도록 조용히 방문을 닫았다. 그리고선 한두 번 해본 게 아닌 익숙한 솜씨로 얼른 서탁 아래를 뒤지기 시작했다. 서탁만이 아니었다. 방 모서리에 세워진 두 개의 장식장과 그 밑의 서랍들과 벽장 안까지, 하진은 방 안 곳곳을 꼼꼼히 뒤지며 무언가를 찾느라 한참 동안 분주히 움직였다.

.

.

.

다음 날 아침 골이 깨질 것 같은 숙취와 함께 잠에서 깨어난 감 진사는 하진이 말했던 대로, 지난밤 자신이 무슨 일을 당한 건지 전혀 기억해 내지 못했다.

덕분에 그 전날 밤에 있었던 일은 철저히 비밀에 부쳐졌고, 감 진사는 그날은 물론 다음 날까지 온종일 내내 방에 누워 끙끙 술병을 앓아야만 했다.

"이번엔 유독 숙취가 더 심하시네. 이제는 아예 머리까지 싸매고 누워

계셔. 어제, 오늘 설사는 또 얼마나 하셨는지 몰라."

그날 저녁, 홍 씨는 걱정스러운 얼굴로 하진에게 감 진사의 편치 않은 상태를 전했다.

"연세도 있으신데 독한 술을 과음하신 게 탈이죠. 안 그래도 낮에 의원에게 탕제에 수면 약을 좀 섞어달라고 했어요. 오늘 밤에 좀 푹 주무시고 나면 한결 나아지실 거예요."

수를 놓느라 수틀과 마주 앉은 하진은 홍 씨에게도 일부러 자신이 취한 감 진사를 잠재우기 위해 강제로 독한 술을 마시게 했다는 소리를 하지 않았다. 그래 봐야 이 마음 착한 새어머니는 항시 그랬듯 또 자기 탓이라고 죄책감을 느낄 것 같아서였다.

"이왕이면 의원한테 네 멍이 좀 빨리 사라질 수 있는 탕제도 좀 달라 하지 그랬어. 아니면 뭐 바를만한 약제를 좀 달라 하던가."

의원이란 말에, 홍 씨는 아직도 가시지 않은 하진의 멍을 걱정해 주었다. 지난 이틀 꼬박 틈틈이 달걀로 문지르고, 생고기를 붙여두었는데도 하진의 오른쪽 눈에는 여전히 볼썽사나운 멍 자국이 그대로 남아 있었다.

"곧 사라지겠죠."

"…… 임 사자관한테서는 아직 아무 연락 없고?"

성우의 얘기가 나오자, 부지런히 바늘을 움직이던 하진의 손이 잠시 멈칫하였지만 이내 다시 제 속도를 찾아 움직였다.

"아버지가 말씀하셨어요?"

"응. 왜 그렇게 술을 드셨느냐고 여쭤보니까, 좀 전에야 말씀해 주셨어. 그래서 그쪽 집에서는 달리 아무 말도 없고?"

"뭐라 하겠어요. 정식으로 혼약한 처지도 아닌데."

"그래도 그건 아니지이."

홍 씨가 괜히 자신이 다 억울하다는 얼굴로 목소리를 높였다.

"혼약은 안 했어도 둘이 혼인하기로 한 것은 양쪽 집안이 다 아는 기정사실이었잖아. 그런데 인제 와서 없었던 일로 하자니. 그러면 안 되지! 어떻게, 나라도 임 참판 댁에 가서……"

"그러지 마세요. 그러면 우리 쪽에서 혼인해 달라고 매달리는 것 같잖아요."

"…… 많이 연모했잖아. 정말 괜찮겠어?"

홍 씨는 자신이 실연을 당한 당사자이기라도 한 양 목이 메어, 눈물까지 글썽였다.

"연모…… 하는 것처럼 보였어요?"

"그럼, 아냐?"

"글쎄요."

하진이 쓴웃음을 지었다. 단순히 새어머니를 안심시키기 위해서 그리 말한 게 아니었다. 정말 알 수가 없어서였다. 연모를 아니 했다면 거짓말일 것이었다.

성우를 좋아했다.

어린 시절, 처음 정애의 집에 놀러 갔을 때, 다른 아이들과 섞여 놀지 못하고 혼자 마당에 나와 있던 제 곁에 가만히 다가와 내내 아무 말 없이 함께 있어 주었던 그때부터 성우를 좋아했다. 그것이 연모란 감정인지도 모를 때부터 성우를 보면 가슴이 뛰었다. 함께 있는 시간이 좋았다. 조금 떨어져서 나란히 걷는 것만으로도 가슴이 뛰어 헛말이 튀어나올 것 같아 일부러 더 말수를 줄여야만 했다. 그러면서도 늘 마음 한구석에선 성우가 어려웠다. 불편했다. 성우의 따뜻한 눈빛이, 성우와 있을 때 느끼는 그 나른한 행복감이 제 몫이 아니란 생각이 들어 좀처럼 편해지지 않았다. 이유도 없이, 그저 어렴풋하게, 언젠가 성우가 저를 떠날 것이라는 예감 아닌 예감 같은 게 늘 머리 뒤 꼭지에 달라붙어 있었다. 성우가 혼인할 수 없다고 하는데도, 그렇게 저릿한 눈으로 일방적으로 이별을 선언하는데도 태연할 수 있었던 건, 무너지지 않고 평정을 지킬 수 있었던 건 아마 그래서였을 것이다.

"진아, 그러지 말고 다시 한번 임 사자관과 잘 얘기해 봐. 무슨 까닭이 있어서 그런 건지 물어보고, 함께 해결책을 강구해 봐. 이대로 헤어지고 나면…… 분명 후회할 거야. 자존심 같은 건 세우지 말 걸 하고, 후회할…… 흐윽."

하진을 설득하던 홍 씨가 자기감정에 취해 제가 눈물을 쏟고 말았다.

"미, 미안. 흑…… 내, 내가 참 주책이지. 흐으으윽. 울어야 하는 건…… 정작…… 울고 싶은 건…… 흐흐흑. 내가 흐으으윽. 내가 왜 이렇게…… 흑!"

미안하다면서도 좀처럼 울음을 그치지 못하던 홍 씨는 하진이 건네준 면포 수건을 흠뻑 적시고 난 후에야, 잔뜩 풀죽은 얼굴로 감 진사에게로 돌아갔다.

바로 그 밤, 하진은 사흘 전 건방진 남자와 약속한 장소로 나갔다. 물론 이날 밤에도 하진은 양금이의 옷을 입고, 계집종으로 신분을 위장한 채였다. 사흘 전, 남자와 헤어진 바로 그 장소에 하진이 섰을 때 둥! 하고 멀리서 초경(初更, 밤 8시)을 알리는 북소리가 들려왔다. 그 남자와 만나기로 약속한, 바로 그 시간이었다. 하여 북소리가 들림과 동시에 하진은 남자의 모습을 찾아 사방을 휘휘 둘러보았다. 그러나 하진의 주변을 바삐 오가는 사람 중에 그 건방진 남자는 없었다.

"이미 갔을 줄 알았는데……"

혼잣말을 중얼거리며 어둠 속에서 불쑥, 남자가 튀어나온 건 하진이 우두커니 서서 기다린 지 약 반 시진(半 時辰, 한 시간)이 지난 후였다.

"늦었어."

"죄송합니다. 오는 중에 일이 좀 있어……"

이전과는 달리 조금 해쓱한 얼굴을 하고 숨소리도 조금 거칠어져 있는 남자가 갑자기 미간을 찌푸리더니, 하진의 손에서 낡은 등롱을 홱 뺏어서는 하진의 얼굴 높이까지 들어 올렸다.

"웃!"

너무 등롱이 가까운 것에 놀란 하진이 불빛을 피하느라 고개를 돌렸다.

"얼굴이 왜……?"

충격을 받은 듯 중얼거린 남자는 등롱을 들지 않은 손으로 고개를 돌린 하진의 머리 위에서 장옷을 끌어 내렸다.

"웃, 무슨 짓이야!"

거친 행동을 항의하려 돌아본 하진의 얼굴 바로 앞으로 남자가 고개를 들이밀었다. 그 바람에 하진과 태서의 얼굴은 하마터면 코와 코가 맞닿을 정도로 가깝게 붙고 말았다.

지나치게 가까웠다. 하진이 내쉰 숨이 바로 상대의 흐트러진 숨과 한데 뒤섞일 정도였다. 너무 가까워서 웬만해서는 별로 당황하는 일이 없는 하진이 잠시 숨을 멈추고 말았을 정도였다.

"무슨 일입니까!"

뿌드득, 남자가 이를 갈며 물었다. 하진은 그런 남자의 성난 물음을, 성난 태도를 이해할 수 없었다.

"왜 화를 내는 거지?"

"……얼굴이요. 멍이 들었잖습니까!"

울분을 터트리듯 목소리를 높인 남자의 손이 하진의 턱을 잡았다. 그저 멍든 눈가를 자세히 보려 무심결에 한 행동이었다.

"놔."

하진이 남자의 손을 쳤지만, 남자의 손은 계속 하진의 턱을 잡고서 놓아주지 않았다.

'내가 지금 무슨 짓을 한 것이야!'

태서는 즉각 자신의 잘못을 깨달았다. 하진은 함부로 손을 대서는 안 되는, 저와는 신분이 다른 여인임을 깜빡 잊고 만 제 멍청함을 저주하였다. 당장 하진의 턱에서 손을 떼고 잘못을 빌어야 했다.

그런데 그러기가 싫었다. 하진의 눈빛 때문이었다. 놓아주지 않으면, 그 눈빛이 또 어찌 변할지 궁금해져서였다. 하진이 또 무어라 할지, 어떤 행동을 할지 궁금해서 견딜 수가 없었다.

"싫다면요?"

"죽일지도 몰라."

"어떻게요?"

태서가 한쪽 눈썹을 들어 올리며 물었다. 바로 그 순간, 태서의 배를 날카롭고 뾰족한 무엇인가가 지그시 눌러왔다.

"이렇게."

하진은 품속에서 꺼내든 은장도의 끝을 조금 더 힘주어 무례한 남자의 배에 대고 눌렀다.

"이 은장도로 나를 죽이겠다고요?"

"감히 반가의 아녀자 몸에 함부로 손을 대었으니, 이대로 죽어도 할 말은 없을 것이다."

눈앞의 남자가 저를 놀렸다고 생각한 하진의 눈빛과 목소리는 다시 냉정함을 되찾았다.

"흐음."

하진의 위협에 태서의 눈빛이 번쩍 빛을 발하는가 싶더니, 태서의 혀가 제 아랫입술을 빠르게 훑고 지나갔다.

"겨우 얼굴에 손 좀 대었다고 죽이겠다고요? 그럼, 당신 얼굴을 이렇게 만든 작자는 어떻게 하였습니까? 벌써 죽이고 왔겠지요?"

험악한 눈빛과 달리 공손히 존댓말로 묻던 태서가 금세 흥 하고 코웃음을 쳤다.

"웃기고 있네."

하진을 비웃는 태서의 말에서는 이제 저보다 신분이 높은 양반 딸을 향한 최소한의 존중과 예의도 없었다.

"이까짓 짧은 칼로 뭘 할 수 있는데? 알잖아, 너도. 이런 은장도 따위로는 자신을 지킬 수 없다는 거. 설마 그게 가능하다고 생각해? 그렇다면 넌 내 예상보다 훨씬 더 멍청한 여자고."

태서가 막말과 함께 한 발 더 성큼 다가왔다. 그러고선 은장도를 잡은 하진의 손등을 제 손으로 덮더니, 그대로 제 배에 그 칼을 찔러 넣었다.

"무슨 짓이야!"

하진은 낮게 부르짖으며 남자에게 잡힌 손을, 제 은장도를 도로 빼려고 힘을 주었다. 그러나 남자의 손은 하진의 손을 놓아주려 하지 않았다.

"후우. 명심해 둬."

태서가 눈도 하나 깜빡이지 않고 하진의 눈을 빤히 내려다보며 낮게 읊조렸다.

"정말 너 자신을 보호하고 싶다면, 앞으론 절대 그렇게 미숙한 경고 따윈 하지 마. 위협 같은 것도 하지 마. 말할 틈도 주지 않고 그대로 찌르는 거야. 이렇게."

태서의 눈에 사로잡힌 하진도 눈 하나 깜빡이지 않고 태서를 마주 보았다. 지금 하진의 손끝에는 태서의 살을 가르고 들어간 칼날의 느낌이 생생히 전해지고 있었다.

딱딱하지도 무르지도 않은 팽팽한 무엇인가의 사이를 뚫고 지나간, 태서가 숨을 내쉬고 들이마실 때마다 미세하게 꿈틀대는 칼의 느낌은 마치 그 자체로서 살아있는 생명체 같기도 하였다.

"비틀어."

하진이 자신이 쥐고 있는 칼이 전해준 생경한 느낌에 당황하고 있자니, 태서가 또다시 하진이 쉽게 이해할 수 없는 말을 하였다.

"살 속에 박아 넣었으면, 다음엔 힘껏 비틀라고. 그럼 적어도 죽이진 못할망정 제법 고통스럽게 할 수 있을 테니."

태서는 이번에도 직접 하진의 손을 움직여 제 배에 박힌 칼을 비틀려 하였다.

"이렇게."

하지만 그보다 빨리, 하진이 은장도를 팽개치듯 놓아버리고선 뒤로 물러섰다.

"싫어? 그럼 할 수 없고. 이건."

책망하듯 저를 보는 하진과 눈을 마주친 채, 제 살에 박힌 은장도를 잡아 빼내며 태서가 말했다.

"당분간 내가 간직할게. 나 같은 천한 놈의 피가 묻은 칼 따위 너 같은 귀한 아가씨가 가지고 있을 순 없잖아."

태서가 제 옷자락에 은장도를 쓱쓱 문질러 칼날에 묻은 제 피를 닦았다. 그런 태서의 눈은 여전히 저를 보고 있는 하진을 향해 있었다. 하진의 얼굴에 혐오감이 떠오르는 것을, 그대로 몸을 돌려 제게서 도망가는 것을 지켜볼 셈이었다.

그런데도 하진은 빤히 태서를 보고 있기만 할뿐, 움직일 생각이 없어 보였다.

"뭘 계속 보고 서 있는 거야? 무슨 생각으로 그러고 있는데!"

어느새 줄줄 피가 흐르기 시작한 배를 움켜쥐며, 태서가 조금 짜증을 내었다.

"너는 참, 고약하고 한심한 작자구나."

"뭐?"

하진이 한심해 마지않는 얼굴로 태서에게로 가까이 다가왔다.

"일부러 나를 부추겨서 어쩔 셈이지? 내게 일을 시켜 달라 하지 않았나? 근데 이게 다 뭐야? 너 같으면 너같이 감정적이고 제멋대로이고 자기가 화가 났다는 걸 증명하기 위해 제 배에 스스로 칼을 꽂아대는 아둔하고 한심한 작자에게 일을 시키고 싶겠어?"

하진이 멍하니 저를 보고 있는 남자의 손에서 은장도를 도로 거두어 간 후, 본래의 칼집에 끼워 넣으며 말을 이었다.

"거기다 예의까지 말아먹었으니 한심하고 고약하달 밖에. 알아둬. 만약 네가 내 일을 하게 된다면, 그 감정적인 태도부터 고쳐야 할 거야. 화가 나서 눈앞의 일도 제대로 못 보는 멍청한 작자는 딱 질색이거든."

"아직도 내게 일을 시킬 생각이 있다고?"

태서는 이번에야말로 정말 놀라 물었다.

아직도 자신을 '내 사람'으로 쓸 생각을 하는 하진에게 놀란 것이다. 하진의 말대로 저는 지극히 고약하고 한심하게 굴었다. 하진의 멍든 얼굴에 화가 나서 저답지 않게 잠시 이성을 잃었고, 하진이 어찌 반응하는지 보고 싶단 마음에 미친놈처럼 이미 칼에 베이고 온 제 배에 직접 은장도까지 꽂아 넣었다. 자신이 하진이더라도 이런 미친 인간과는 두 번 다시 상종하고 싶지 않을 것 같았다. 그런데 왜 이 여자는?

"왜?"

어안이 벙벙한 태서가 입 밖에 낼 수 있었던 말은 그것뿐이었다.

"두 가지 이유가 있어."

몸을 돌려, 칼집에 가둔 은장도를 다시 저고리 밑 가슴께에 집어넣으며 하진이 쌀쌀맞게 답했다.

"우선 네 발소리."

"발소리?"

"그래. 네 발소리."

하진이 다시 태서를 돌아보았을 때, 하진의 눈에는 아주 조금이지만 제 앞의 남자에 대한 감탄이 조금 섞여 있었다.

"조금 전, 네가 나타났을 때 난 분명히 이 주변을 둘러보고 있었어. 언제 네가 나타날까 온 신경을 곤두세웠지. 그런데 너는 그 어떤 기척도 없이 불쑥 나타나더군. 내 눈앞에 나타날 때까지도 나는 네 발소리 하나 듣지 못했어. 어떻게 한 거지?"

어떻고 자시고 할 게 없었다. 태서가 어둠 속에 모습을 숨기고, 제 기척을 숨기는 것은 숨 쉬듯이 밥 먹듯이 흔하고 일상적인 일이었으니까. 쥐로 산다는 건, 어둠 속에 산다는 건 결국 그런 것이니까.

"다른 이유는?"

"네가 정해진 시간에 내 앞에 나타났다는 건, 내가 알아오라 시킨 일을 해왔다는 뜻일 테니까. 만약 그게 맞는다면 내 사람으로 안 쓸 이유가 없잖아."

사실 하진은 미리 말하진 않았지만 여태까지 몇 번이나 몰래 사람을 사서 '운종가의 큰 쥐'라는 '태서'라는 사내에 대해 알아오라 시킨 적이 있었다. 허나, 지금껏 그 누구도 하진에게 만족스러운 답을 가져다주지 못했다.

"그야말로 쥐새끼 같은 사내입니다. 꼬리를 잡았다 싶었는데도 막상 그 정체를 캐보려 하면 손에 든 꼬리 자체가 무의미해 보이는 그런 사내이지요."

"모두가 그를 안다고 하지만, 또한 모두가 그를 모른다고 합니다. 그의 현재를 알아도 그의 과거나 그의 실체를 아는 자가 거의 없습니다."

모두들 그리 말하며 저들 쪽에서 먼저 손을 들곤 하였다. 그래서 세책가 영감의 조카라는 이 건방진 사내가 일을 시켜달라고 했을 때, 시험 삼아 태서에 대해 알아오라고 한 것이었다. 만약 이렇다 할 성과가 없으면 더는 자신에게 일을 시켜 달라 조르지 못할 것으로 생각했다. 설령 낯짝 두껍게 그런데도 일을 시켜달라고 조른다고 하면, 일을 제대로 해내지 못한 것을 거절할 이유로 삼을 만하다고 생각했다. 그래서 이 밤, 그를 기다리면서도 반쯤은 나타나지 않을 것이라 예상했었다.

'태서'란 사내에 관해 쓸 만한 정보를 알아내지 못할 테니 하진 앞에 나타나진 못할 것이라고.

"그런데 넌 조금 늦긴 했지만, 분명히 나타났어. 태서란 사내에 대해 알아온 것이 있다는 뜻일 테지. 그러니 만약 그것이 내가 만족할 정도의 정보라면 널 내 사람으로 안 쓸 이유는 없잖아."

"내가 내 배에 칼을 쑤셔 넣는 미친놈이래도?"

"네가 네 배에 스스로 칼을 쑤셔 넣는 미친놈이래도."

하진이 태서의 말을 똑같이 그대로 받아, 제 단호한 의지를 보여주었다.

.

.

.

그 뒤 하진과 태서는, 태서가 아는 어느 약방으로 자리를 옮겼다. 야밤에 남녀가 언제까지 길 한복판에 서서 이야기를 나눌 수는 없는 노릇이었고, 또한 태서의 배에서 점점 더 피가 많이 나기 시작한 때문이었다.

머리가 새하얗게 센 늙은 의원은 전부터 태서와는 아는 사이인지 약방안에 들어서는 태서를 보고는 인상부터 찡그리며 잔소리부터 쏟아냈다.

"왜 왔어. 고뿔 같은 게 걸려서 왔을 놈은 아니고, 뭐 또 누구한테 칼이라도 맞았냐?"

"흐흐. 내가 말했지? 영감은 의원 노릇을 할 게 아니라 사내무당을 해야했다고. 이젠 얼굴만 보고도 딱 알아맞히네."

"썩을 놈, 주둥이를 나불나불하는 걸 보니 죽을 정도는 아닌가 보네, 얼른 와서 보여 봐."

늙은 의원의 말에 태서가 의원 앞에 가서 털썩 주저앉고선, 피에 젖은 저고리 앞섶을 젖혀 칼에 찔린 상처를 보여주었다.

"쯧쯧. 또 제대로 한바탕 하고 온 모양이네. 어디 보자"

허리를 굽혀 상처에 거의 얼굴을 맞대다시피 하고 살핀 후, 의원이 허리를 펴고 앉았다.

"그래도 깨끗하게 베여서 그나마 다행이다. 안에까지 휘저어졌으면 어쩔 뻔했어. 자, 얼른 저고리 벗고 이리로 누워."

"······ 그냥 이대로 하지?"

"얼어 죽을. 꼴에 내외까지 하려고? 처음 보는 얼굴인데 누구냐? 뭐, 정인인지 그런 거? 설마 저 얼굴의 멍은 네가 낸 건 아니지?"

의원이 하진을 턱으로 가리키며 태서에게 물었다.

"늙어서 그런가, 왜 이리 군소리가 많아. 그런 거 아냐. 괜한 소리 말고 치료나 빨리해."

태서가 의원을 타박하고는 에라 하는 심정으로 피 묻은 저고리를 훌러덩 벗어 맨살을 노출하고선 그대로 의원 앞에 드러누웠다. 의원이 그런 태서를 보고 피식 웃고는 깨끗한 면포를 물에 적셔 연신 피가 흐르는 상처 위와 이미 피가 말라붙은 상처주위를 깨끗이 하였다. 이어 마른 면포를 여러 겹으로 접어서 피가 흐르는 상처를 덮고 태서의 손을 끌어 그 위를 누르게 한 후, 자신의 등 뒤에 있는 약장에서 여러 가지 약초들을 꺼내, 조그만 약절구 안에 넣고선 빻기 시작했다.

"뭐야? 이번엔 오적골이 아니네?"

태서가 고개를 들어 의원이 쓰는 약초를 보고선 조금 실망한 낯으로 말했다. 오적골은 오징어 뼈를 말하는 것으로, 이 오징어 뼈를 가루 내어 병에 담고 그것을 반 시진 동안 시루에 쪄서 보관해 두었다가 상처에 뿌리면, 피도 잘 멎고 새살이 빨리 차오르는 등 칼에 찔린 상처에 특히 효험이 좋은 약재다.

"지난번엔 오적골 덕분에 오래 고생도 안 하고 좋았는데."

"겨우 요만한 상처에 오적골은 무슨. 그게 얼마나 손이 많이 가고, 공이 들어가는 것인데. 이번엔 그냥 이것들이나 잘 빻아 붙이고, 해열탕이나 한 그릇 먹고 푹 자면 돼."

늙은 의원이 그리 구시렁대며 부지런히 약초들을 빻으려 할 때였다. 갑자기 밖에서 후다닥, 누군가가 약방 대문 안으로 뛰어들어오는 소리가 들려왔다.

"의원니임! 의워니이임! 우리, 마누라 좀! 우리 마누라 좀 살려주세요! 다 죽어가요!"

다급한 소리에 의원이 얼른 방문을 열고 내다보았다.

"자넨 덕쇠가 아닌가? 이 밤중에 웬일인가?"

"아이고, 의원님. 우리 마누라가, 애를 낳는데요, 마누라가 다 죽어갑니다. 산파가 얼른 의원님을 모셔오라고…… 아이고! 어쩝니까? 의원님. 마누라 좀 살려주십시오. 내 마누라 좀."

"알았네. 잠시 기다리세."

의원이 얼른 다시 방문을 닫고는 침통을 챙기고, 약장들 속에서 이것저것 약재들까지 꺼내 챙기기 시작하더니 "어이, 거기 처자!" 하고 보지도 않고 하진을 불렀다.

"네?"

"방금 같이 들어 알겠지만, 내가 지금 옆 마을 산모에게 가 봐야 해서 말이네. 이놈을 처자 손에 좀 맡겨도 되겠는가?"

"영감?"

태서가 놀라 몸을 일으키려는데, 영감이 정신없는 와중에도 그런 태서의 가슴을 밀어 다시 눕히고는 다다다다, 빠른 말투로 오늘 밤 하진이 해야 할 일을 일러주었다.

"요기 내가 찧다 만 요것들은 지혈초들이니, 이것들을 진액이 나올 때까지 골고루 빻은 뒤에 저놈의 환부 위에다 손바닥 크기만큼 펴서 붙여주게나. 아 또, 열이 좀 많이 날지 모르니, 찬 물수건 좀 만들어다 중간중간 몸을 닦아서 열 좀 식혀주고."

"아이고 의원님! 급하다니까요!"

의원이 짐을 챙기며 하진에게 이것저것 이르는 와중에도 밖에서는 사내의 울음 섞인 재촉이 계속되었다.

"알았네! 곧 나감세!"

짐을 다 챙긴 의원이 일어서며 하진에게 마지막 당부 한 마디를 더 남겼다.

"열이 제법 많이 날 걸세. 그러니 신경 좀 써주게."

그런 후 늙은 의원은 그대로 방문을 열고 나가, 저를 이끄는 사내의 손에 붙잡혀 약방을 나갔다. 소란스러움이 지나간 후, 약방 안에 감도는 어색한 고요함 속에 먼저 입을 뗀 건 태서였다.

"그만 가 봐. 이만한 상처쯤은 나 혼자서 대강 처치할 수 있어."

누워있던 태서가 끙 하고 신음을 토하며 힘겹게 몸을 일으켜 벌거벗은 맨몸 위에 저고리를 꿰입으며 말했다. 한 손으론 여전히 상처 위에 면포를 누르고 있는 채라, 그 움직임은 더딜 수밖에 없었다. 하진은 그런 태서를 도울 생각도 않고, 침착하게 물었다.

"태서란 사내에 대해선 뭘 얼마나 알아왔지?"

"두 가지 설이 있어."

저고리를 입긴 했지만, 지혈을 위해 면포를 누르고 있어야 하기에 앞섶을 열어젖힌 태서는 조금 전 의원이 그랬듯, 약절구 통 속의 약초들을 빻으려 들었다.

"스물 대여섯 살의 젊은 청년이란 말도 있고, 그건 그자가 내세운 가짜일 뿐 진짜는 마흔이 넘은 중년의 늙은이란 말도 있어. 네가 찾는 건, 어느쪽이지?"

"…… 둘이라고?"

이제껏 그 누구도 알아오지 못한, 그래서 전혀 예상 못 했던 말에 하진은 잠시 생각을 정리하기 위해 입을 다물었다.

'그럼 내가 그날 밤에 본 것은 어느 쪽이지?'

팔 년 전이었으니 둘 중 어느 쪽이라 해도 말이 되긴 하였다. 열여덟, 열아홉의 소년일 수도 있었고, 서른 중반의 장년일 수도 있었다. 밤중에, 그것도 복면으로 가렸기 때문에 겨우 눈만 본 게 전부인 사내였다. 말소리 또한 들은 건 짧게 한두 마디 정도가 다였다. 그러니 아무리 생각해 봐도 그 복면 사내의 나이가 좀처럼 가늠이 되지 않았다.

'그래도 그 날랜 움직임을 생각해 보면 좀 더 젊은……'

"칫!"

자신만의 생각에 젖어있던 하진은 불만스럽게 혀를 차는 소리에 문득 눈앞의 남자를 보았다. 남자는 한 손으로 배의 면포를 누른 채 조금 짜증스럽게 약절구 통을 노려보고 있었다. 아마 제대로 절구질이 되지 않아 신경질이 난 듯 보였다.

그도 그럴 것이 약재를 찧으려면 절구통을 잡아 고정한 뒤 절굿공이로 내리쳐서 빻아야 하는데, 한 손으로는 배의 면포를 붙잡고 있다 보니 다른 한 손만으로 절구질이 될 턱이 없었다.

결국, 남자는 누르고 있던 면포를 내려놓고선 한 손으로는 약절구 통을

100

단단히 잡고, 다른 한 손으로는 절굿공이를 들어 절구통 안의 약초들을 빻기 시작했다. 그 바람에 남자의 상처가 좀 더 자세히 보였다. 바깥에서 흐린 등롱 불에 언뜻 보았을 때보다 남자의 상처는 더 심해 보였다. 옆구리에서 배에 이르기까지 살이 길게 베여 있었고, 그 상처에서는 계속 피가 흐르는 중이었다. 어쩌면 상처에서 계속 흘러나오고 있는 붉은 피가 그 상처의 정도를 더욱 심하게 보이게 하는지도 몰랐지만, 어찌 되었건 그 피의 양만 봐도 지금 눈앞의 사내는 당장 누워있어야만 할 것 같았다.

"피가 나. 그것도 꽤 많이."

"……"

제 말을 들었는지 마는지 계속 절구질을 하는 데 여념 없는 태서에게 하진이 다시 말했다.

"피가 많이 난다고. 계속 지혈하는 편이……"

"알아! 그러니까 이러고 있잖아. 이것들을 빨리 빻아야, 상처에 붙이고, 그래야 지혈을 할 것 아냐."

거듭된 하진의 말에 짜증스럽게 말을 받으며 절구질을 하던 태서가 무슨 생각에서인지 들고 있던 절굿공이를 내려놓더니 그대로 약 절구통을 들어 하진에게 내밀었다. 하진더러 빻으라는 뜻 같았다. 하진은 그 손을 외면하고 자리에서 일어나, 그대로 방문 쪽으로 다가가 문고리로 손을 뻗었다.

"어이!"

태서가 하진을 불렀다. 감히 자신을 "어이"라고 지나치게 허물없이 부르는 상것 사내의 무례함에 하진의 눈썹이 잠시 꿈틀하였지만, 하진은 그것을 무시하고 다시 문고리를 잡았다.

그러자 태서가 좀 더 큰 소리로 하진을 불렀다.

"어이, 감 진사 집 따님!"

불편한 심경을 감추려 더 무뚝뚝한 얼굴로 하진이 돌아보았다.

"왜?"

"가랬다고 진짜 가는 거야?"

"그래."

"거 참 너무하네. 보통 이런 상황을 보면······"

태서가 고갯짓으로 제가 든 절구통을 가리켰다.

"내가 도와줘야 하겠다던가 뭐 그런 생각을 하지 않나?"

"너는 참······ 뻔뻔스러운 자구나."

진심으로 하진은 그리 생각했다. 상것인 주제에 양반인 자신에게 말을 놓는 것에 아무 스스럼이 없는 것이나, 자기가 자초한 일이면서 왜 자기를 도와주지 않는지 섭섭해하는 것이나, 도무지 보통의 상식으로는 그의 감정과 생각들을 헤아릴 수가 없었다.

"그래서 안 도와준다고?"

태서가 보란 듯이 제 저고리 앞섶을 펼쳐 여전히 피를 흘리고 있는 상처를 드러내 보였다.

"이런데도?"

"······ 나와는 아무 상관없는 일이다."

"그쪽 은장도에 찔린 건데?"

"먼저 만들어 온 상처 위에 네 멋대로 찌른 거야."

"영감은 분명 그 쪽에게 맡긴다고 하고 갔는데?"

"난 맡겠다고 대답한 적 없어."

퐁당퐁당 이어지는 말싸움에 귀찮아진 하진은 진짜 이젠 그만하고 나갈 생각으로 다시 방문을 향해 돌아섰다. 그 등에 대고 태서가 기어이 한 마디를 더 보탰다.

"태서란 자에 대해 더 알고 싶지 않아?"

"······다음에 들어도 돼."

"다음이란 게 언젠데? 오늘 이후로 날 어디서 볼 건데? 내가 만약 뒤늦게라도 귀한 양반님네한테 무례하게 굴고, 감히 반가의 여인에게 겁을 준 것이 중죄임을 깨닫고 꼭꼭 숨어 버리기라도 하면, 날 어디 가서 찾을 텐데?"

"내가 왜 널 찾아야만 하지?"

등을 돌려 선 채로 하진이 물었다. 그 꼿꼿한 뒷모습에 대고 태서가 말했다.

"그야. 지금 현재로선 나만큼 그 태서란 남자에 대해 잘 아는 사람은 없을 테니까."

"네가 아니라도 돈만 주면 정보를 캐어다 파는 정보상들은 얼마든지 있어."

"오, 그래? 그런데 왜 지금까지는 그런 사람들을 안 썼대? 아니, 안 쓴 게 아니지? 썼는데도 이렇다 할 성과가 없었던 거지? 그러니 태서란 자에 대해 알아왔다는 이유만으로 오늘 밤 나의 무례를 용서하고 넘어가려 했던 것 아냐?"

태서가 조금의 미동도 없는 하진의 뒷모습을 보며 눈을 빛냈다. 하진이 지금 속으로 얼마나 갈등하고 있을지 알 것 같았다.

"솔직히 말해 봐. 알고 싶어 죽겠잖아. 왜 태서란 자가 두 명이나 있는지, 그중에서 네가 찾는 태서가 누구인지 알고 싶어서 안달이 났잖아. 그러니 나 같은 놈을 다음에라도 다시 한번 보려는 거고. 안 그래?"

"······ 맞아."

마침내 하진이 제 패배를 인정하며 느린 몸짓으로 뒤로 돌아섰다.

"네 말이 다 맞아. 그래서?"

"내가 도망쳐서 태서에 대한 정보를 영영 손에 넣지 못하게 되는 걸 바라지 않는다면, 날 도와달라는 거지. 그럼 나도 널 도울 거고. 그럼 또 그 뒤에 네가 날 돕고. 난 또 널 돕고. 이런 게 양반님네의 고상한 말로 치자면 상부상조? 뭐 그런 거 아니겠어?"

피를 많이 흘려 해쓱해진 주제에 의기양양한 얼굴로 태서가 하진을 향해 절구통을 내밀었다.

"그러니 이젠 이 미천한 놈을 좀 도와주실 마음이 들어?"

하진은 잠시 그 내민 절구통과 여전히 피를 흘리고 있는 남자의 배를 보았다. 선택해야만 했다.

"조건이 있어."

하진이 중얼거리며 태서의 곁으로 다가와 앉고선, 태서의 손에서 절구통을 뺏어 들었다.

"뭔데?"

작은 승리감에 도취하여 벌러덩 드러누우며 태서가 물었다.

"네가 알아온 그 남자에 대한 모든 이야기를 들려줘. 네 이야기가 멈추면, 난 그 즉시, 그대로 돌아갈 거야."

본래의 무표정한 얼굴로 돌아온 하진이 절구통 속의 약초들을 빻으며 저의 요구사항을 말했다.

"그러하지요. 어느 분의 분부라굽쇼. 훗."

태서는 다시 존댓말을 썼지만, 왜일까? 하진에겐 어쩐지 그 말투가 훨씬 더 저를 조롱하고 얕잡아 보는 것 같아 기분이 나빠졌다.

제 4 장

경고

"그자가 도성에 처음 그 모습을 드러낸 건 십여 년 전부터야. 그전까지는 어디서 무얼 했는지 정확히 밝혀진 바가 없어."

하진이 절구통 안의 약초를 빻는 동안 태서는 아직도 계속 피가 흐르는 상처를 지혈하기 위해, 상처 위에 면포를 누른 채 '태서'란 사내에 대해 말하기 시작했다.

"혹자는 암살을 전문으로 하는 검계였다고도 하고 또 혹자는 원래는 고귀한 핏줄을 타고났으나 집안이 하루아침에 역적 가문으로 몰려 멸문지화를 당하고 그 뒤 다 쓰러져 죽어가는 것을 백정 마을에서 거두어 키워줬다고도 하더군. 뭐 그래 봤자 지금은 쥐새끼에 불과하지만."

"태서라 불리는 건 두 사람이라며? 지금 말하는 건, 어느 쪽?"

묻는 와중에도 하진의 손은 부지런히 약재를 찧고 있었다.

"그것까진 모르겠어. 태서란 이름을 가진 사내가 둘이라는 건 나도 나중에서야 알게 된 사실이라서."

태서가 모르는 척 시침을 떼었다. 아직 하진에게 제 정체를 완전히 밝힐 순 없었다. 적어도 하진이 자신을 찾는 이유를 알기 전까지는 최소한의 정보만 줄 작정이었다.

"그래서, 사는 곳은?"

"알아본 바에 의하면 집은 따로 없고, 필요할 때마다 주막이나 아는 객관의 방을 빌려 묵고는 한 대. 그래서 몇몇 수하들 빼고는 그날그날 어디에서 자는지 혹은 어디에서 묵는지 아는 사람이 거의 없다던데?"

그건 사실이었다. 태서는 어렸을 때 아주 잠시 빼고는 평생 집이란 걸 가져본 적이 없었다. 밤의 쥐로 살기 위해서는 당연한 일이기도 했다. 정해진 거처가 있는 쥐라면, 언제든 그 거처가 습격당하고 말 테니까. 실제로 한때 꽤나 마음에 든 거처가 있어서 한 달 넘게 한 곳에 머물렀을 때, 태서는 한밤중에 습격해 온 자객에 의해 목이 달아날 뻔했던 적도 있었다. 도성 안에는 태서의 도움을 구하는 자들이 많은 만큼, 그 이상 태서를 없애려고 하는 자들도 상당히 많았다. 비밀을 움켜쥐고 있으니, 비밀과 함께 태서를 없애고자 하는 이들이 많은 것은 어쩌면 당연한 일일 것이다.

"가족은? 젊은 쪽이건 나이든 쪽이건 둘 다 이미 아내는 있고도 남을 나이잖아. 그자가 정해진 거처가 없다면 그 식솔이라도 사는 곳이 따로 있을 거 아냐."

"혼인했다거나 따로 아내나 자식이 있다는 얘기는 못 들었는데?"

"…… 그래?"

하진이 들릴 듯 말 듯 혼잣말처럼 중얼거리더니, 금세 잡생각을 쫓듯 고개를 휘휘 젓고는 새삼 빤히 태서를 보았다. 태서는 저고리의 앞섶을 대충 열어놓은 채, 면포를 상처 위에 대고 계속 누르는 중이었다. 벌써 반 이상이 피에 흥건하게 젖어있는 미색 면포를 보고 있던 하진의 눈은 자연스레 저도 모르게 가슴과 배 위에 여기저기 남아 있는 흉터 자국들을 훑었다.

"왜……?"

세책가 주인의 조카로 여기저기에서 허드렛일이나 도우며 살아왔다는, 남자가 제 입으로 밝힌 정체와 전혀 어울리지 않는 흉터들에 대해 하진이 물으려 할 때였다.

"뭐!"

하진의 눈에 담긴 의혹을 읽은 태서가 부러 과장된 행동으로 제 피 묻은 저고리 앞섶을 여미고선 몸을 틀어, 하진의 눈에서 제 몸을 가리려고 시늉하였다.

"뭘 그리 빤히 보는 건데. 사내 몸 처음 봐?"

말 같지도 않은 말을 하는 태서를 하진은 잠시 한심하게 쳐다보더니 태서의 곁에 놓인 대야를 들고 일어났다.

"흐음?"

태서가 흥미롭다는 듯 눈을 빛냈지만, 하진은 그런 태서를 뒤로하고 방문 밖으로 나갔다가 잠시 뒤 깨끗한 물이 담긴 대야를 들고 들어왔다. 물이 찰랑대는 대야를 태서 옆에 내려놓고, 방 안을 두리번거려 구석에 놓인 여러 장의 깨끗한 면포들까지 챙겨 태서 곁으로 다가오는 하진의 몸짓에는 어색함이라곤 조금도 없었다. 귀한 양반댁 따님이니 세수할 때 외에는 손에 물 한 방울 묻혀본 일이 없을 텐데도, 면포를 물에 적셔 깨끗이 짜내는 손짓은 제법 야무지기까지 하였다.

"벗어."

하진이 태서를 보지도 않고 짧게 명했다.

"뭐?"

태서는 제가 뭘 잘못 들은 건 아닐까 귀를 의심하며 하진에게 되물었다.

"그 피 묻은 옷 벗고 제대로 누우라고."

하진이 조금 귀찮다는 듯, 다시 명한 뒤 방금 물에 적신 면포를 들고 태서의 바로 옆에 앉았다.

"어서."

하진이 방바닥을 향해 고갯짓하였다. 그 짧지만 단호한 명령을 어기지 못하고 태서는 괜히 아랫배에 힘을 꽉 준 후, 피에 물든 저고리를 벗어냈다.

"흐, 흠."

하진 앞에서, 비록 상체이긴 하지만, 벌거벗고 맨살을 노출했다는 점 때문에 민망해진 태서가 괜히 목이 아픈 듯 헛기침을 하며 자리에 누웠다. 분명 조금 전, 의원이 있을 때도 똑같이 한 행동들이었지만 태서는 지금 제 몸 여기저기가 신경 쓰여 견딜 수가 없었다. 험하게 살아온 인생을 증명하듯 몸 여기저기에 아로새겨진 흉터와 상처들을 하진의 눈앞에 드러내는 게 새삼 부끄럽게 느껴졌다. 그런 태서의 마음을 아는지 모르는지 하진은 이제 태서의 상처에서 흘러나오는 피들과 그 주변에 말라붙은 핏자국들을 젖은 면포로 조심스레 닦아내기 시작하였다.

"그래서? 그자는 어디 가면 찾을 수 있는데?"

상처를 깨끗이 한 뒤, 마른 면포에 젖은 손을 문질러 닦은 후 하진이 절구통에서 다 빻아진 약초들을 퍼내며 물었다.

"…… 사는 곳은 알려지지 않았는데 한 달에 한 두어 번? 모습을 드러내는 곳은 있대. 나도 아직 가보진 않았지만 용두골에 있는……"

제 이야기를 마치 남의 이야기처럼 전하던 태서가 급히 "흡!" 하고 숨을 들이마셨다. 하진이 절구통 안에서 덜어낸 약초를 태서의 상처 위에 펴 바르기 시작한 때문이었다. 약초 범벅인 손끝인데도 하진의 살갗이 제 맨살에 와 닿자 갑자기 입안이 바싹 마르는 것 같았다. 혀와 입천장이 찰싹 달라붙어 숨도 제대로 쉬어지지 않았다.

"용두골? 삼각산 아래에 있는 동네 말이야?"

아랫배 쪽에 피가 몰려 점점 뜨거워지는, 그래서 괜히 민망해지는 상황을 피하려고 죽을힘을 다해 참고 있는 태서의 사정도 모른 채, 하진이 물었다.

"흠…… 흠. 어. 거기 주가(酒家)가 하나…… 웃…… 있는데, 달에 두어 번 정도는 꼭 그곳에 들른다고…… 웃…… 하더군."

말하는 중간에도 계속 숨을 들이마시던 태서가 마침내 길게 "후우" 하고 길게 숨을 내쉰 건, 태서의 상처 위에 약초를 펴 바른 뒤 하진의 손이 태서에게서 물러난 다음이었다.

"거기가 어딘데?"

약초 범벅이 된 손을 닦으며 하진이 물었다. 그런데 이제껏 계속 꼬박꼬박 답하던 태서가 입을 굳게 다물고는 답을 하려 하지 않았다.

"어디냐고."

"나가."

다시 묻는 하진에게서 고개를 돌리며 꽉 눌린 목소리로 태서가 말했다.

"뭐?"

"나중에 다 말해줄 테니까, 지금은 빨리 나가라고!"

태서가 짜증을 내는데도 하진은 멀뚱멀뚱 태서를 바라볼 뿐이었다. 답답해진 태서는 충동적으로 몸을 일으켰다.

"여기 더 있으면 무슨 꼴을 당할지도 모르는데, 그래도 있을래?"

"있으라고 한 건 너였어. 도와달라고 한 것도 너였고. 근데 갑자기 왜 이러는 거지?"

"그래. 도와달라고 해서 도와줬으면 이젠 가라고 했으니 가야 할 거 아냐!"

태서의 계속된 고함에 하진의 눈이 가늘어졌다. 도대체 이 맹랑하고 발칙한 사내가 갑자기 태도를 바꾼 이유가 이해되지 않았다.

"네가 왜 이러는지 나는 도통……"

"바보야? 멍텅구리야?"

윽박지른 태서가 위협적으로 하진에게로 몸을 기울였다. 두 손을 하진 등 뒤의 벽으로 뻗어 제 몸과 벽 사이에 하진을 가두었다.

"반가의 아녀자가, 이 야심한 밤에 벌거벗은 낯선 사내와 함께 있으면서, 아무렇지도 않아? 사내의 맨살에 거리낌 없이 손까지 대고, 사내를 열에 들뜨게 해서 도대체 무슨 생각을 하는 거야!"

"열이 나는 건 상처 때문이다. 그리고 난 널 딱히 사내라고 생각……"

"내가 사내가 아니라고?"

또다시 하진의 말을 잘라먹은 태서의 눈이 분노로 조금 붉어졌다. 동시에 자신이 왜 이렇게 갑자기 화가 치밀어 오르는지 좀 더 확실하게 깨달았다.

"아아. 그래. 귀한 양반댁 아가씨한테는 나 같은 건 사내도 사람도 아니겠지. 그냥 상처 입은 개나 마소와 다름없이 보이시겠지. 그러니 그리 태연하게 옷을 벗으라 하고 살을 만지고 별짓을 다 한 거겠지. 그런데 어쩌나?"

뜨겁게 흐트러진 숨을 내쉬며 태서가 얼굴을 하진의 얼굴 가까이 들이대며 속삭였다.

"짐승 같은 놈이라서 이렇게 천한 놈 주제에 분수도 모르고 짐승같이 아가씨한테 욕정 하게 되어 버렸는데……"

은밀하게 속삭이는 태서의 입술이 하진의 입술을 향해 천천히 전진하였다. 동시에 벽을 짚고 있던 한쪽 손을 거두어 그 손으로 하진의 저고리 고름을 당기려 하였다.

"무슨!"

이번에야말로 정말, 진심으로 놀란 하진이 태서의 가슴팍을 밀어젖히고선 벌떡 일어섰다.

"너는…… 생각보다 훨씬 저열한 자구나."

분노와 실망으로 하진의 목소리가, 몸이 부들부들 떨렸다.

"나는 선의(善意)로 너를 보살피려 하였는데 어떻게 내게 이럴 수가."

"선의 좋아하시네."

태서가 한껏 이기죽거렸다.

"선의는 내가 지금 베풀어주는 게 진짜 선의야. 알기나 해? 알았으면 기회 줄 때 지금 얼른 닥치고 도망치시라고. 다시는 뭘 알아보니 마니 하며 나 같은 천것들에게 접근하지 말고."

그렇게까지 말하는데도 여전히 저를 노려보고만 서 있는 하진을 보다 못해 태서가 이번엔 보란 듯이 거칠게 제 아랫도리를 움켜쥐었다.

"아니면, 정말 이걸 원해? 선의라는 건 보통 대가를 바라기 마련인데, 얌전한 양반 아가씨께서 바라는 대가가 이런 건가? 그런 거라면 나도 마다할 생각은 없고."

말만이 아니라 정말로 그럴 작정이기라도 한 것처럼 태서가 바지춤을 내리려 하자, 그제야 하진이 황급히 방문 밖으로 뛰쳐나갔다.

"진작 그랬어야지!"

마당을 가로지르는 하진의 등에 대고 태서가 경고하였다.

"다시 한번 내 몸에 손만 댔단 봐! 그땐 너를 내 계집으로 삼아도 좋다는 허락으로 알 거야! 알았어? 지금처럼 운 좋게 도망갈 수 있으리란 기대는 꿈도 꾸지 말라고!"

쾅! 그런 태서의 경고에 대한 답이기라도 하듯, 약방 대문이 큰 소리를 내며 닫혔다.

'용두골의 주막이라고?'

집으로 돌아가는 내내, 하진은 한 가지 생각만 했다. 일부러 자신이 이 밤에 만난 그 이상한 남자에 대한 생각은 젖혀두었다. 지금 하진에게 중요한 건 그가 자신을 얼마나 무례하게 대했는지, 자신에게 무슨 짓을 하려 했는지가 아니었다. 제일 시급한 건, 빨리 '태서'란 남자를 찾는 일이었다. 팔 년 전에 사라진 하진의 어머니 행방을 아는 이는, 팔 년 전 그날 밤 하진의 눈앞에서 어머니를 데리고 사라진, 그자밖에 없었다.

'태서를 찾아야 해.'

괜한 일로 감정 소모를 할 기운도, 시간도 없었다. 이상하고 무례한 남자는 다시 안 보면 그뿐이었다. 그가 제게 준 모욕과 무례는 잊으면 그뿐이었다. 모욕이든 무례든 떠올리는 순간 다시 제 몫이 되는 법이다. 한 번 당했으면 되었다. 굳이 두 번 세 번 분해하며 그 일을 되새기며 재차 모욕 당하고 싶지 않았다. 필요한 정보는 알 만큼 알아냈으니, 더는 그와 얼굴을 마주하지 않으면 그뿐일 터였다.

'이제 어쩐다? 일단 사람을 시켜 용두골 주막들을 찾아……. 읏!'

제 생각에 취해 걷던 하진은 맞은편에서 술에 취해 갈 짓자 걸음으로 비틀비틀 걸어오고 있던 선비 하나와 몸이 부딪치고 말았다.

"끄윽. 누구냐! 감히 누가 내 앞을 가로막는 것이냐. 끄윽!"

온몸에서 술 냄새를 풀풀 풍기는 젊은 선비가 게슴츠레한 눈을 껌뻑이며 들고 있던 등롱으로 하진을 비추었다.

"네 이년! 행색을 보아하니 어느 집 계집종년 같은데, 감히 네 따위가 누구의 앞길을 가로막는 것이야! 끄윽!"

"……송구합니다."

취객과 길게 실랑이를 하기 싫어 하진은 깊게 고개를 숙여 인사한 뒤 재빨리 그 자리를 벗어나려 하였지만, 취객들이 으레 그렇듯 한번 붙은 시비를 순순히 그만둘 선비가 아니었다.

"이년! 천한 것이 끅, 감히 양반에게 상해를 입혔으면 머리를 끅, 조아리고 용서를 빌 것이지 어딜 그냥 내빼려고! 끅, 이년! 그냥은 못 간다. 끅. 내 네년을 엄히 꾸짖어…… 끅!"

취한 선비가 하진의 어깨를 잡고 거칠게 흔들어대며 윽박질렀다. 그 바람에 머리 위에 씌워져 있던 장옷이 벗겨져 하진의 얼굴을 드러냈다.

"끅, 어라?"

낡은 장옷 아래에서 드러난 하진의 얼굴을 보는 선비의 눈에 금세 선명한 욕정의 빛이 떠올랐다.

"요것 봐라? 한쪽 눈탱이가 밤탱이긴 하다만 상것치고는 제법 반반히 생기질 않았느냐. 끄윽"

"놓으시오!"

하진은 취한 사내에게서 벗어나기 위해 몸을 뒤틀었지만, 어깨를 쥔 사내의 손가락은 더욱 깊이 살 속에 박혔다. 하여 하진은 이번엔 두 손으로 사내의 가슴팍을 힘껏 밀었다. 좀 전에도 똑같은 방법으로 위기에서 벗어났던 것을 떠올렸다.

그러나 이번엔 달랐다. 아무리 하진이 힘주어 가슴팍을 밀어도 취한 선비는 꿈쩍도 하지 않았다. 꿈쩍하기는커녕 반항하는 하진의 몸을 와락 끌어안기까지 하였다.

"끽. 이년. 이 고약한 년. 감히 양반을 능멸하다니, 아니 되겠다. 따라오너라. 내 네년의 잘못을 하나하나 따져볼 터이니. 끄윽."

"놓으시오! 놓으란 말이오! 놓아!"

하진이 목소리를 높이며 반항하자, 이번엔 선비의 두꺼운 손바닥이 하진의 입을 틀어막았다.

"읍! 으읍!"

하진이 자유를 되찾기 위해 거세게 몸을 뒤흔드는 동안, 취한 사내가 사방을 두리번거리더니 마침 멀리 떨어져 있지 않은 디딜 방앗간을 보고는 옳다구나 하고 눈을 빛냈다.

"마침 네년을 벌주기에 마땅한 장소가 저기 있구나. 가자, 요년! 흐흐흐!"

이어 선비가 강제로 하진을 끌고서 방앗간 쪽으로 향했다. 끌려가지 않으려 하진이 발버둥을 쳤지만 아무 소용이 없었다.

"으으으읍! 으읍!"

"요년!"

방앗간까지 하진을 질질 끌고 들어온 선비는 하진을 바닥으로 밀어 쓰러트린 다음 있던 갓을 귀찮다는 듯 던져버리고선 서둘러 그 몸 위에 올라탔다.

"놔! 죽여버릴 거야! 놔! 놓으라고!"

"조용히 하지 못해!"

격렬히 반항하는 하진의 배에 선비의 주먹이 꽂혔다.

"윽!"

얻어맞은 것도 맞은 것이지만 숨이 쉬어지지 않는 고통에 하진의 입에서 비명이 사라졌다. 대신 온 얼굴이 충격으로 한껏 일그러졌다.

"흐흐. 그러게 진작 조용히 할 것이지. 괜히 얻어맞지 않았느냐."

마침내 조용해진 하진을 본 선비가 만족스럽다는 듯 웃더니 한쪽 손을 내려 하진의 치맛자락을 잡아 들춰 올리려 하였다.

그 순간!

"응? 이건 뭐야?"

갑자기 목에 닿는 서늘한 무엇인가의 느낌에 선비가 고개를 돌리려 하였다. 그러자 이를 악문 사내의 목소리가 선비의 뒤통수 쪽에서 들려왔다.

"이대로 목을 베이고 싶지 않으면 그대로 얌전히 일어나."

"헉!"

그제야 선비는 제 목에 닿고 있는 것이 칼날임을 깨달았다.

"누, 누, 누구냐?"

"하아… 정 궁금하면 돌아보시던가."

낮게 가라앉고 잔뜩 갈라진 목소리가 이제 얼굴이 허옇게 질려버린 선비에게 말했다. 그 말이 떨어지자마자 조심스레 고개를 돌리려다 말고 선비가 금세 마음을 고쳐먹었다.

"아, 아니요. 어, 얼굴을 보면 주, 죽일 거 아니요? 나, 난 그, 그쪽이 누군지 모르고 또 알고 싶은 생각 없으니까 이대로 아니 보겠소."

생명의 위협 앞에 순식간에 취기에서 깨어난 선비가 천천히 하진을 깔고 앉았던 몸을 일으켰다.

"그, 그쪽이 왜, 왜 화가 난지 대충 알 것 같으니까…… 내 술에 취해 잠시 실수한 것 같으니까 그만 요, 용서해 주시오."

"글쎄, 어쩔까?"

어둠 속 목소리와 함께 선비의 목에 겨누어졌던 칼날이 선비의 등 뒤로 물러났다. 하지만 선비가 안도의 한숨을 내쉬기도 전에 그 칼끝이 선비의 등을 꾸욱 눌렀다.

"천천히 벽 쪽을 향해 돌아서."

당장이라도 들고 있는 칼로 놈의 목을 베어내고 싶은 마음을 꾹 누르며, 태서가 명했다.

"왜, 왜요?"

선비가 두려움에 덜덜 떨며 물었지만, 또다시 제 등을 꾸욱 눌러오는 칼끝을 느끼고는 주춤주춤 방앗간의 흙벽을 향해 돌아섰다. 태서는 그런 사내에게서 주의를 놓치지 않은 채, 사내에게서 자유로워지자마자 얼른 몸을 일으켜 앉아 흐트러진 옷을 여미는 하진에게 말했다.

"흉한 꼴 보기 싫음, 눈 돌려."

태서의 말에 사내의 입에서 "히이익!" 하는 허파에서 바람 빠진 것 같은 비명이 새어 나왔다. 제 등에 칼을 겨누고 있는 사내가 자신을 벽을 향해 돌아서게 한 이유가 무엇인지 알 것 같았기 때문이었다. 좀 전에 제가 덮치려 한 여인에게 저를 베는 모습을 보이지 않으려고, 제 피가 여인에게 튀지 않게 하기 위해서일 것이었다.

"사, 사, 살려주시오. 대, 대인. 사, 살려만 주시면 내 뭐든……"

"시끄러워. 입 다물지?"

태서가 다시 짧은 위협을 하고는 그대로 손에 든 칼을 높이 들어 올렸다. 그대로 단숨에 놈의 명을 거둘 셈이었다. 하지만 어느새 일어선 하진이 그런 태서의 소매를 붙잡았다.

"왜? 하…… 이런 것도 양반이라고 살려주고 싶어?"

"아니. 더 합당한 벌이 생각났거든."

떨리는 손으로 저고리 앞섶을 움켜쥔 하진이 여전히 벽을 향해 돌아서서 어깨를 움츠린 채 바들바들 떨고 있는 선비에게 말했다.

"벗어."

그 말이 저를 향한 명인 줄 알지 못한 선비가 움직이지 않자, 하진이 이를 갈듯이 말했다.

"옷 벗으라고."

선비가 이게 다 무슨 소린가 싶어 고개만 돌려 보려 하는데, 태서가 그런 선비의 등을 칼끝으로 또 한 번 꾸욱, 눌렀다.

"잠자코 시키는 대로 하지? 그나마 이 여자가 널 살려줄 생각인가 본데. 싫으면 얌전히 내 칼에 죽든가."

"아니오! 그, 그리 하겠소. 시키는 대로 하겠소."

선비가 떨리는 손으로 갓을 벗은 뒤 도포와 저고리, 바지와 신, 버선 등을 서둘러 벗었다. 그리하여 이제 사내의 몸에 남은 건 속바지와 그 밑의 속곳과 속속곳밖에 남지 않았다.

"됐어?"

태서가 이젠 만족하냐는 듯, 하진을 보고 물었다. 하진이 고개를 저어, 불만족스럽다는 뜻을 전했다.

"다?"

"다."

하진이 단호하게 답했다. 그 답에 태서가 재미있다는 듯 눈썹을 올렸다 내린 후 다시 사내에게 명했다.

"그렇다는데? 그러니 나머지 것들도 다 벗어줘야겠어."

"아, 아무래도 그, 그거는 좀."

완전한 알몸이 되라는 태서의 주문에 사내가 쉽게 벗을 생각을 못 하고 꾸물거리기만 하였다. 태서는 이번엔 그런 사내의 귀밑에 날카로운 칼날을 들이밀었다.

"그거 알아? 여기서부터 힘을 주어 베면 아주 깔끔하게, 단번에 그 두꺼운 목에서 못생긴 얼굴을 떼어 낼 수 있다는 거?"

"아, 아, 아흑……! 버, 벗습니다. 벗고말고요!"

태서의 위협에 선비는 기겁하여 우는 소리를 내더니, 몸에 남은 속바지와 속곳 등을 벗어내고는 태어난 그대로의 알몸이 되었다.

"이젠 만족해?"

두 손으로 고간을 움켜쥐고 납작한 알 엉덩이를 드러낸 채 바들바들 떠는 선비 사내의 뒷모습을 보며 태서가 하진에게 물었다. 그러자 하진이 방앗간 안을 잠시 두리번거리더니, 구석에 아무렇게나 말려 있는 밧줄 두 개를 가져와 태서에게 내밀었다. 본래는 방앗간 천장에 매달아, 방아를 찧을 때 몸의 균형을 잃지 않도록 잡는 용도의 것일 터였다.

"하. 꼼꼼하기도 하지."

태서가 속내와는 달리 조금 귀찮다는 듯 투덜댄 후, 들고 있던 칼을 하진에게 건네준 후, 밧줄을 받아들고는 양손으로 팽팽히 당겨 그 단단함을 확인하였다.

"히이이익!"

벽을 향해 선 벌거벗은 선비의 입에서 기괴한 비명이 터져 나왔다. 그의 등 뒤에서 불쑥 튀어나온 손이 선비의 알몸을 거친 밧줄로 꽁꽁 옮아 매기 시작한 때문이었다.

두 팔과 함께 몸통, 그리고 두 발목까지 꽁꽁 묶은 후, 그 밧줄을 디딜방앗간의 나무 창살에 매어 둔 후에야 태서의 손은 벌거벗은 선비에게서 떨어졌다.

"입은 안 막아도 돼?"

사내가 쉴 새 없이 "으흐흐흐흐. 흐흐흐흑!" 하는 울음소리를 내는 걸 들으며 태서가 하진에게 물었다.

"소리 지르고 싶으면 어디 한 번 질러보라지. 포졸들이라도 와서 관아로 끌고 가게 되면 많은 사람이 이 야밤에 아주 재미있는 구경을 하게 될 테니. 뭐, 나라면 조용히 있다가 새벽녘에 제일 먼저 이 앞을 지나다니는 사람에게 살려 달라고 은밀히 청해 보겠지만."

하진의 말이 끝나자마자, 사내의 울음소리가 거짓말처럼 뚝 그쳤다. 대신 끅, 끅 하며 억지로 울음을 참는 소리만이 간간이 들려올 뿐이었다. 태서는 쓴웃음을 지은 후, 바닥에 아무렇게나 내팽개쳐진 하진의 장옷을 들어, 홀홀 먼지를 털고선 하진의 머리 위에 조심스럽게 씌워 주었다.

하진은 잠자코 장옷을 쓴 후, 조금 전 저를 능욕하려 했던 선비의 옆으로 가더니 조용히 말을 걸었다.

"나를 봐."

"왜…… 왜……"

선비가 조금 겁에 질린 얼굴로 돌아본 순간, 하진의 손바닥이 그대로 선비의 뺨을 후려쳤다. 한 번만이 아니었다. 두 번, 세 번 거듭하여 하진의 손이 선비의 뺨을 후려갈겼다.

"으윽!"

계속되는 하진의 매질을 피하려, 선비가 고개를 돌렸다. 하진은 그런 선비의 상투를 잡아, 제게로 억지로 고개를 돌린 후 어금니를 꽉 깨물고선 또다시 몇 번이나 그의 뺨을 때렸다. 철썩, 철썩, 철썩! 파도처럼 연이어 쉴 새 없이 밀려드는 매질에 선비의 얼굴이 벌겋게 부어오르고, 입술이 터져 입가에 피가 맺혔을 때야 하진의 매질이 그쳤다. 그것으로 끝이 아니었다.

"쯔읍!"

소리까지 내면서 입안 가득 침을 모은 하진은 선비의 옆얼굴에 카악 하고 굵은 침을 뱉었다.

"휘유-우!"

태서의 입에서 감탄사처럼 휘파람 소리가 새어 나왔다. 그러는 동안 하진은 자신이 뱉은 침이 아픔과 굴욕감에 얼굴을 일그러뜨린 선비의 눈꺼풀에 맞아 속눈썹 사이에 대롱대롱 매달린 것을 보며 중얼거렸다.

"네가 불쌍해서 살리자고 한 게 아니야. 너 같은 개돼지보다 못한 작자를 죽여도 사람을 죽인 죄로 똑같은 취급을 받을 게 억울하고 원통할 것 같아서 살리자고 한 거야. 그러니 나중에라도 오늘 밤의 요행에 대해 떠올리거든 꼭 명심하길 바라. 넌 사람이 아니라 개돼지만도 못해서 산 거라고."

그런 후 바닥에 떨어져 있던 사내의 옷가지들을 그러모으려 하였다.

"됐어. 뭐 이런 더러운 것에 직접 손을 대려고."

태서가 하진의 손을 밀어내고선 자신이 직접 사내의 도포며, 저고리, 바지, 속곳들에서 옷을 벗을 때 떨어진 호패며, 버선과 신발까지 하나하나 다 주웠다.

"됐……? 응?"

챙길 걸 다 챙긴 태서가 허리를 폈을 때, 하진은 막 급한 걸음으로 방앗간을 벗어나는 중이었다.

.

.

.

방앗간을 벗어난 하진은 연신 가쁜 숨을 내쉬며 걸음을 빨리하였다. 끔찍한 기억을 준 방앗간에서 잠시라도 더 빨리 더 멀어지고 싶었다. 마음 같아선 뛰어서 도망치고 싶은데, 제 뒤를 바짝 따라오는 사내 때문에 그러지 않았다. 도망치는 제 모습을 보이고 싶지 않았다. 제 등 뒤에 바짝 붙어 따라오는 사내에게 이런 일 따위는 별일 아니라는 듯 의연해 보이고 싶었다.

'그런데 저자는 왜 아무 말도 안 하지?'

괜찮냐는 물음을 기대한 건 아니었다. 다치지 않았느냐, 많이 놀랐겠다 하는 위로를 기대한 것도 아니었다. 그보다는 오히려 밉살스러운 한 마디를 늘어놓을 것이라 예상했다.

'사내를 우습게 보다니 꼴좋다. 그러니 앞으로는 사내 무서운 줄 알고 함부로 설치고 다니지 말아라.' 하고 빈정대고 경고하고도 남을 사람이었다. 그런데 무슨 까닭인지 사내는 한마디도 하지 않고 있었다.

"난 잘못한 거 없어."

누가 보는 사람도 없는데 새삼 장옷 앞을 단단히 여미며 하진이 혼잣말처럼 조그맣게 중얼거렸다. 딱히 등 뒤의 사내에게 한 말이 아니라 저 자신에게 한 말이었다.

"잘못한 건 그 작자야. 나쁜 건 금수만도 못한 그자야. 난 아무 잘못도 하지 않았어. 난 아무 일도 없었……"

목소리가 떨리자 하진이 말을 멈췄다. 하진이 제 귀로 듣기에도 제 목소리는 저답지 않게 참 나약하고 감정적으로 들렸다. 그런 제 목소리가 등 뒤의 사내에게 만족감을 줄 것 같아 울컥, 짜증이 치밀었다.

"좀 놀란 것뿐이야!"

이번에는 명확히 등 뒤의 사내에게 한 말이었다.

"그러니 귀찮게 졸졸 따라오지 마. 여기서부터는 나 혼자 갈 수 있으니까!"

말을 마친 하진은 좀 더 걸음을 빨리하였다. 떨리는 두 다리에 힘을 주고선 이를 앙다물고 빨리 걸었다. 사내에게 제 경고가 통한 덕분일까? 좀 전과는 달리 등 뒤에 바짝 붙어 따라오는 발소리가 들리지 않았다.

'응?'

몇 걸음 걷던 하진이 문득, 뒤를 돌아본 건 뭔가 털썩하고 희미하게 땅에 부딪히는 소리를 들었기 때문이었다.

"뭐야? 왜 그래?"

놀라 물으며 하진이 얼른 사내에게로 뛰어갔다. 사내는 옆구리를 움켜쥔 채 땅에 한쪽 무릎을 꿇고 있었다. 가까이 다가가 보니 이미 온 얼굴은 땀범벅인 데다 "훗, 흐윽" 하고 숨소리마저 고르지 못했다.

"왜 이래? 어디 아파?"

123

묻던 하진은 자신이 멍청한 질문을 했음을 금세 깨달았다. 약방을 비우며 의원은 분명 경고했었다. 오늘 밤은 열이 많이 날 거니 신경을 좀 써달라고.

"웃…… 신경……쓰지 말고 가. 가버……려."

눈꺼풀 위로 연신 흘러내리는 땀과 현기증 때문인지 눈도 제대로 못 뜨는 주제에 사내가 하진을 쫓아버리려 하였다. 하진은 그런 사내의 말을 무시하고 사내를 일으키기 위해 사내의 겨드랑이에 손을 집어넣었다.

"일어나. 어서 다른 데로 자리를 옮겨야 해."

아직 방앗간에서 그리 멀리 떨어지지 못한 곳이었다. 날이 밝아 방앗간에 있는 선비의 일이 밝혀지면 여기에서 이러고 있는 사내가 곤란해질 게 분명하였다.

"여기 있다가 잡혀갈 셈이야? 정신 똑바로 차려."

하진은 일으키려고 힘을 주는 데도 좀처럼 꿈쩍도 하지 않는 사내의 몸 안으로 좀 더 파고 들어가 아예 제 어깨로 사내의 겨드랑이를 힘껏 밀었다.

"자, 셋 세면 일어서는 거야. 하나, 두울, 셋!"

"으…… 윽!"

하진의 구령에 맞춰 사내가 간신히 몸을 일으켰지만 몇 걸음 채 옮기기도 전에 다시 무릎이 풀썩, 꺾이려 하였다. 그런데도 넘어지지 않은 건 하진이 단단히 사내의 몸을 안아 부축한 덕분이었다.

"끙! 제대로 힘주고 걸어! 이 정도 열도 감당 못 할 거면 왜 따라왔어?"

하진이 모진 말로 질책하였다. 이 사내가 아니었다면, 오늘 밤 자신이 무슨 일을 겪었을지도 아는데, 이 사내가 제게는 은인인 걸 알면서도 말이 곱게 나가지 않았다. 사내의 겨드랑이 아래를 단단히 받치느라 바짝 밀착

된 몸 때문에 사내의 몸 상태가 어떤지 더 잘 알게 되었다. 온몸이 불덩이 같았다. 엄연히 두 사람 각자의 옷이 중간에 있는데도 뜨거운 사내의 체온이 고스란히 하진에게 전달될 정도였다.

'이 몸을 하고 왜 따라온 거야! 그렇게 쫓아 보냈으면 모른 척할 것이지!'

그렇게 원망을 해봐도 사내가 제 뒤를 따라온 이유쯤 모르는 거 아니었다. 아마도 밤길을 가는 저를 걱정해서 뒤를 따라온 것일 터였다. 열은 아마 약방 안에서부터 계속 났을 것이었다. 방앗간 안에서도 별달리 아픈 기색은 없어 보였지만, 방앗간을 나와 얼마 안 돼 이 지경이 된 걸 보면 그때도 분명 열이 꽤 오르고 있었던 게 분명했다.

"약방까지 갈 수 있겠어? 아님, 이 근처에 다른 약방이 어디 있는지 알아?"

사내를 부둥켜안고 힘겹게 걸음을 옮기며 하진이 혹시나 하여 물었다. 본래 있던 약방까지는 거리가 꽤 멀었다. 도저히 사내를 거기까지 옮길 자신이 없었다.

"저기…… 저쪽 밤나무 있는 데서…… 흐으…… 아래 샛길 쪽에 하아하아…… 주막이 있어. 거기까지만 옮겨줘. 읏……"

앞을 보지도 않고 가야 할 길을 일러준 후 사내의 고개가 앞으로 꺾였다. 그러면서도 어떻게든 하진과 보폭을 맞추려 질질 발을 끌며 힘겹게 한 걸음, 한 걸음을 옮겼다.

"아니, 아니. 이게 누구래요? 세상에, 세상에!"

사내를 부둥켜안은 하진이 간신히 주막 앞에 도착해 싸리문을 흔들었을 때, 처음엔 수상쩍은 눈으로 야밤의 방문객을 살피던 주모가 사내를 알아봤는지 금세 호들갑을 떨며 두 사람을 맞았다.

"이쪽, 이쪽으로요!"

하진이 부축하지 않은 다른 쪽 어깨에 달려든 주모가 함께 사내를 부축하고선 제일 안쪽 구석에 있는 손님방 쪽으로 두 사람을 이끌었다.

"아닌 밤중에 이게 무슨 일이람? 아주 온몸이 펄펄 끓어, 끓어! 여기 잠시 계슈. 내, 얼른 사람시켜 의원을 불러올 터이니!"

하진을 도와 힘겹게 방 안에 사내를 눕히자마자 주모는 얼른 밖으로 뛰어나갔다.

"후우…… 앗차!"

잠시 허벅지에 두 손을 짚고 숨을 고르던 하진이 퍼뜩 고개를 들고선 얼른 밖으로 나갔다. 주모가 의원을 부르러 사람을 보내기 전에 사내의 상태가 어떤지 알려줘야 할 것 같아서였다.

"주모……"

하진이 밖으로 나갔을 때 주모는 벌써 주막 싸리문 앞에 서서 자다 깼는지 연신 하품을 늘어놓는 어린것에게 작은 소리로 신신당부하고 있었다.

"알았어? 절대 약방에 다른 사람들한테는 태서가 여기 있단 소리를 하지 말고 최 의원님만 살짝 모셔오는 거야? 알았지?"

"하아함. 예에."

"누구한테만 말하라고?"

"하아아암, 최 의원님이요."

"그래. 가서 의원님한테 태서가 여기 있다고 어디 많이 아픈 것 같으니 빨리 오시라고, 그리 전해…… 아이구야! 어, 언제 나왔수?"

찬찬히 아이에게 할 일을 일러주고 있던 주모가 제 가까이 다가오는 하진을 보곤 화들짝 놀랬다.

"…… 태서는 달리 아픈 게 아니라 칼에 찔렸소. 그 상처를 치료하느라 약재를 썼는데 그 때문에 열이 많이 나는 것 같으니 의원에게 그리 일러주면 될 것 같소."

하진의 말이 끝나자 주모가 다시 아이에게 일렀다.

"너도 들었지? 가서 최 의원님한테 뭐라고 한다고?"

"태서가 칼에 찔렸고요. 약재를 썼는데요. 열이 많이 난다고요."

"어이구 똑똑도 하지. 자, 그럼 후딱 갔다 와."

아이가 전해야 할 말을 제대로 기억하고 있는지 확인한 후 주모는 아이의 엉덩이를 가볍게 때려 주막 밖으로 내보냈다.

"아유 참, 내 정신 좀 봐."

아이가 뛰어가는 양을 근심스레 지켜보고 섰던 주모가 무언가를 떠올렸는지 종종걸음으로 부엌으로 향했다.

"저 지경이 된 사람을 데려오느라 땀 꽤나 흘린 것 같은데, 여기 물 한 잔 들어…… 어? 어디 갔지?"

부엌에서 냉수 한 사발을 들고나온 주모는 어느새 아무도 없는 빈 마당을 보며 고개를 갸웃거렸다.

"다시 방에 들어갔나?"

"하아, 하아."

그 밤, 힘겹게 제집 제 방으로 돌아온 하진은 방문을 닫자마자, 방문에 기대서서 가쁜 숨을 내쉬었다.

'그 사람이, 그 사람이 바로 태서였어!'

처음 그 이름을 듣고는 혹시나 했다. 주모의 입에서 '태서'란 이름이 나왔을 때만 해도 제 귀를 의심하였다. 제가 잘못 들었던 걸 수도 있다고 생각했다. 그래서 일부러 원래부터 알고 있는 사이인 것처럼 태서의 이름을 입에 담았다. 만약 주모가 태서가 누구냐고 되물어 오면 잘못 말했다고 할 참이었다. 그런데 주모는 그러지 않았다. 그러지 않음으로써 자연스레 방안에 누운 남자가 태서임을 인정한 셈이었다.

'태서였다고? 그럼 일부러 접근해 온 거야? 왜? 뭘 어쩌려고?'

"흐, 흐흐흐."

너무 어이가 없어, 기가 차서 웃음이 나왔다. 자신이 태서면서 감쪽같이 속인 사내가 괘씸해서, 태서에게 감쪽같이 속아 넘어간 자신이 너무 바보 같아서 웃음이 나왔다. 그런 한편 내심 안심이 되었다. 그자가 태서라면, 그자가 태서인 만큼 하진이 원하는 걸 좀 더 빨리 이뤄 줄 수 있을 테니까.

"여태 내가 잘못 알고 있었더구나."

밤이 깊어 새벽으로 넘어갈 즈음, 늙은 의원이 주막으로 태서를 찾아왔다. 이미 최 의원이 필요한 조치를 다 하고 간 상태인데도 상처가 더 벌어지진 않았는지 달리 상한데는 없는지 태서의 상태를 꼼꼼히 살폈다.

"…… 무슨 소리야?"

짧은 단잠 덕분에 기력을 많이 회복한 태서가 아직 완전히 힘이 들어가지 않은 목소리로 물었다.

"난 네 놈이 영락없이 딱 그건 줄 알았거든."

128

"그거라니?"

"그거 왜 있잖느냐."

늙은 의원은 괜히 제가 민망하여 슬쩍 태서의 눈치를 살피고선 흠흠, 헛기침한 후 말을 이었다.

"그 왜…… 사내인데도 계집에게는 영 관심이 없고 같은 사내에게만 끌리는……"

"남색자(男色子)? 흐흐. 내가 남색자인 줄 알았다고?"

태서가 별로 놀라거나 화난 기색도 없이, 오히려 재미있다는 얼굴을 하였다.

"왜에? 내가 여태 영감을 보는 눈이 그리도 애틋해 보였어? 막, 혼자 이루어질 수 없는 짝사랑에 애달파 하는 것으로 보였어? 어떻게 알았지? 숨기려고 엄청 애를 썼는데? 그럼 이제…… 윽!"

태서가 벌떡, 몸을 일으켜 앉으려다 다시 얼굴을 찡그리곤 옆구리를 움켜잡았다.

"엄살 하고는."

쥐어박는 소리를 하면서도 태서를 눕히는 늙은 의원의 몸짓은 사뭇 조심스럽기만 하였다.

"그러니까 얌전히 약방에 누워있을 일이지, 이 몸을 하고 또 뭔 짓을 하겠다고 밤길을 나서서 이꼴을 당하누. 쯧쯧."

"영감…… 나 사실은 말이야. 진작부터 영감을 내 마음속에 고이 품어왔거든. 그러니 영감도 이젠 내 마음을 그만……"

"예끼, 이놈아."

아직 몸이 성치도 않은데 저를 놀리느라 신이 난 태서의 머리통을 늙은 의원이 가볍게 쥐어박았다.

"하여간, 놀릴 건수만 있으면 어떻게든 그냥 안 넘어가지."

"그러게. 누가 말도 안 되는 생각을 하래? 이제껏 나한테 치마끈 풀고 덤 빈 계집만 해도 몇 십 명인데."

"그러니 하는 말 아니냐."

태서가 움직인 바람에 흐트러진 상처 위의 약초들을 다시 펴 바르며 늙은 의원이 말했다.

"이제껏 너 좋다는 여인들은 숱해 봤어도 네가 여인을 따로 각별하게 여기는 건 한 번도 못 봤으니 그런 공연한 생각까지 했던 거지."

"내가 좋아한 여인네가 있는지 없는지 영감이 어찌 알아."

"당연히 알지 왜 몰라. 너같이 입이 가벼운 놈이 좋아하는 여인이 생겼는데 여태 잘도 입을 다물고 있었겠다."

"훗. 이 도성, 아니 온 조선 천지에 나더러 입이 가볍다고 말할 사람은 영 감밖에 없을 거야."

"그야 진짜 널 아는 사람은 나밖에 없으니 그런 거지."

벌어진 상처 위에 꼼꼼히 약초들을 덧바른 후 마른 면포를 배에 감아주며, 늙은 의원이 말했다.

"너도 인제 그만 정착해. 번듯한 살림집도 마련하고 그 처자랑 혼인도 하고 널 쏙 빼닮은 건방진 애놈들도 두서넛 낳고, 너도 그리 한 번 살아봐야지."

"내가 누구랑 뭘 해?"

이번에야말로 태서가 놀란 얼굴을 하였다.

"너 여기까지 옮겨다 줬다던 처자, 약방에 있었던 그 처자 맞지?"

"하. 그래서 나더러 그 여자랑 혼인하라고? 흐흐흐……"

아직도 핏기가 없는 얼굴로 태서가 웃음을 터트렸다.

"뭐가 그렇게 웃겨. 너, 그 처자를 좋아하잖아."

"내가? 흐흐. 그래서 일부러 약초를 붙여주라느니, 밤새 옆에 있어 주라느니 그런 부탁을 하고 간 거야? 참나. 영감, 괜한 짓을 했네. 어딜 봐서 나랑 그 여자가. 하하하하. 아이고, 하도 웃어서 눈물이 다 나려고 그러네."

말만 그런 게 아니라 정말로 어느새 눈에 고인 눈물까지 닦아낸 후 태서가 웃음기를 한꺼번에 싹 씻어낸 얼굴로 말했다.

"영감이 뭘 보고 그리 착각했는지 모르겠지만, 그럴 일은 없어. 절대로."

"그러냐? 그럼 할 수 없고."

의원이 약간 어깨를 으쓱한 뒤, 좀 더 심각한 얼굴로 물었다.

"근데 또 누가 그랬어? 이렇게 거하게 칼 맞고 온 건 꽤 오랜만이잖아."

진작 약방에서 물었어야 할 일을 의원이 뒤늦게 물었다.

"걱정하지 마. 말끔하게 뒤처리는 다 하고 왔으니까."

사실 태서가 하진과의 약속 시각에 맞춰오지 못한 것은 어두운 골목 속에 있다가 갑자기 저를 습격해 온 사내들 때문이었다. 불의의 일격인지라, 칼을 못 피하긴 했지만 다섯 명에 달하는 놈들에겐 모두 치명상을 입혔고, 그들에게 일을 사주한 자도 알아냈다.

"한심하기 짝이 없는 자였어. 나만 없으면 자신이 운종가를 쥐락펴락할 수 있다고 믿은 모양이야."

"가엾은 놈. 지금쯤 지옥을 맛보고 있겠군."

자신에게 해를 입힌 자에겐 조금의 자비도 허락지 않는 태서의 성정을 알기에 늙은 의원은 지금쯤 도성 어딘가에서 피눈물을 흘리고 있을 그 한

심한 작자를 동정하였다.

"다른 사람을 죽이려고 했다면, 언제든 저도 죽을 각오를 하고 있어야지."

태서가 쓸쓸하게 중얼거렸다. 동정 같은 건 할 필요가 없었다. 어차피 저도 언젠가는 비슷한 꼴을 당할 테니까. 그건 태서라는 이름을 물려받을 때부터 정해진 운명이었다.

한편, 다음 날 아침 일찍이었다.

밤새 결코 안녕하지 못했던 디딜 방앗간 앞에는 그 동네의 거의 모든 사람이 나와 웅성거리고 있었다.

"놔! 난 못 나가! 난 이 꼴론 죽어도 못 나가!"

관아의 포졸들이 들이찬 방앗간 안에서는 사내의 악에 받친듯한 처절한 고함이 터져 나오고 있었다. 그러나 사람들의 관심이 더 집중된 것은 그 고함이 아니라 방앗간에서 그리 멀지 않은 곳에 서 있는 아름드리나무였다. 그 나무에는 굵은 가지마다 양반 사내의 옷일 게 분명한 도포와 저고리, 바지, 속고의 등이 날카로운 무엇인가에 죽죽 그어, 찢어져 너덜너덜한 상태로 걸려있었다. 특히 속고의와 바지는 가랑이 부분이 집중적으로 찢겨 있어 보는 이들을 민망하게 할 정도였다.

"아무래도 저 옷가지들이 저 방앗간 안에 있는 사람의 옷인가 보죠?"

"지난밤에 뭔 일이 있었기에 옷을 벗겨다 저런 꼴로 내걸었을까요?"

"근데, 속고의까지 저리 내걸렸으면 저 안에 있는 사람은 지금 완전히 발가벗은 거 아냐?"

동네 아낙네들이 수군대던 중, 조금 나이가 있는 아낙 중 하나가 호기심 어린 얼굴로 고개를 쭈욱 빼선 여전히 우는 소리가 들려오는 방앗간 쪽을 건너다보았다. 그러자 아까부터 입을 움찔움찔하며 괜히 어깨를 들썩들썩하던 아낙 중 하나가 잽싸게 이야기에 끼어들었다.

"형님은 아직 못 보셨어요?"

"자네는 봤고?

"호호호호. 예에. 봤지요."

아낙이 괜히 손으로 입을 가리며 은근한 웃음을 지었다.

"하여간, 발 한번 빠르다니까? 그래, 어떻게 생겼던가?"

"방앗간 안이 제법 어두울 텐데, 보기는 제대로 봤고?"

아낙네들은 물론이고 주변에 섰던 남정네며 아이들까지 귀를 쫑긋 세우고 아침 일찍 방앗간 안을 목격하였다는 아낙의 입을 주목하였다.

"그게요. 어휴…… 진짜 별거 없더라고요. 난 뭐 양반님 네는 좀 뭐 대단하게 다른가 싶었더니. 어유, 어유. 그냥 요만 하더라고요. 에게!"

아낙이 검지를 쭉 펴 보였다가 다시 금세 새끼손가락으로 바꾸어, 자신이 본 사내의 크기를 이야기하였다.

"응? 에이. 아무렴 설마. 장성한 사내 것이 그만할 리가……?"

제일 처음 이야기를 꺼낸 나이든 아낙에 영 믿기지 않는다는 얼굴로 보다가 방앗간 쪽이 시끄러워진 것을 보고는 얼른 다시 고개를 돌렸다. 방앗간에서는 이제 막 앙상한 팔다리에 비해 볼록 튀어나온 배가 참으로 볼썽사나운 꼴의 사내가 어깨 위에는 어느 포졸의 것이 분명한 짧은 저고리를 걸친 채 끌려 나오고 있었다. 앞으로 내어 묶인 그의 두 손은 사타구니 쪽을 덮어 어떻게든 마지막 수치만은 당하지 않으려 발악을 하였으나, 조금 전 아낙의 입에서 나온 목격담이 퍼져나간 덕분인지, 모여든 동네 사람 모두들 유독 그 아랫도리만을 흘끔흘끔 대며 쿡쿡대고 웃을 뿐이었다.

"이, 이보시오. 제발 부탁이니 뭣 좀 가릴 것 좀 주시오. 명색이 양반인 내게 어찌 이런 수치를 준단 말이오."

제게로 쏟아지는 사람들의 시선을 느낀 사내가 저를 끌고 가는 포졸에게 눈물까지 뚝뚝 흘리며 통사정을 하였지만, 포졸의 대답은 참으로 무정하였다.

"아, 댁이 양반인지 뭔지 어찌 믿는단 말이요. 억울하면 증명을 하시던가. 호패도 없이 남의 동네에 와서 벌거벗고 이러고 있는데 누가 믿어준단 말이오? 쯧! 일단 관아에 가서 그쪽 신분부터 증명하고. 설령 양반이라 하시더라도 호패를 패용하지 않았으니 그에 따른 벌도 받으셔야 할 것이외다."

"내, 내가 호패를 안 찬 게 아니라 어젯밤의 그 연놈들이 훔쳐갔다고 내 몇 번을……."

포졸에 의해 끌려가면서 사내가 억울함에 목소리를 높일 때였다. 길가에 물러서서 계속 사내가 손으로 가린 아랫도리 쪽을 힐끔힐끔 대던 사람들이 쿡쿡대다 말고 기어이 와 하고 폭소를 터뜨렸다.

"아이고. 배꼽이야. 하하하. 자네 말이 맞네. 볼 거 하나도 없구먼?"

"그러게요. 괜히 눈만 버렸네요. 에휴우. 암만 양반이면 뭐하나? 저거 가지고 어떻게 밤일이나 제대로 하려나?"

"푸흐흐훗. 그러니 괜히 딴짓하다 저런 꼴이나 당하는 게지."

저와 제 형편없는 아랫도리를 향해 쏟아지는 비웃음과 조소에 사내의 얼굴이 잔뜩 구겨지는가 싶더니 수치심을 참다못해 기어이 울음을 터뜨렸다.

"흐어어어엉"

사내의 눈에서는 뜨거운 눈물이, 콧구멍에서는 누런 콧물이 주르륵 흘러내렸다. 사내는 무의식중에 습관적으로 묶여있는 손을 들어 팔목으로 쓰윽 코를 닦아내다, 또다시 주변에서 "깔깔깔!" 하고 웃음소리가 터져 나오자 제가 무슨 짓을 한 건지 알고 얼른 손을 내려 평소보다 훨씬 더 쪼그라들어버린 아랫도리를 감쌌다.

"그래서?"

태서는 디딜 방앗간을 보러 오라고 시킨 제 수하에게 지난밤 하진을 욕보이려 했던 그 괘씸한 사내가 어찌 처결되었는지 물었다.

"본인은 진주에서 올라온 생원이라 하던데, 호패가 없으니 증명할 방법이 있어야지요. 그 때문에 일단은 신분을 확인해주도록 진주로 사람을 보냈다 합니다. 적어도 닷새는 꼬박 그 더러운 옥 안에서 고생 좀 할 것입니다."

"그것뿐?"

"에이, 그럴 리가요. 다 아시면서. 양반 사내가 호패를 차지 않고 다녔으니 율에 따라 곤장 수십 대를 면할 수는 없을 것입니다."

"수고했다."

넉넉히 심부름 값을 쥐어 주고 수하를 내보낸 태서의 손엔 지금쯤 관아의 옥에 갇혀 있을 사내의 호패가 들려있었다.

"들으셨지?"

태서가 제 맞은편에 앉아있는 삿갓 쓴 사내에게 물었다.

"흐음. 닷새라…… 달포만 되었으면 더 좋을 것을 조금 아쉽구려."

"흥. 이런 식으로 값을 후려치시겠다? 왜 이러실까. 진주에서 사람이 올 때까지 닷새가 걸린다 하여도 그 작자가 관아에서 풀려나 제대로 운신하기까지엔 두 달 이상 걸릴 거, 잘 아시면서."

"그렇긴 하오만……"

"싫으면 관두시고."

태서가 손에 쥐고 있던 진주 양반의 호패를 저고리 안쪽으로 밀어 넣었다.

"아시겠지만, 이런 진짜배기 양반 호패를 근 두 달이나 들킬 염려 없이 쓸 수 있다면 돈주머니를 가득 가져다 안겨줄 사람을 나는 꽤 많이 알고 있거든."

"…… 얼마를 원하시오?"

태서의 말에 삿갓 쓴 사내는 조금이라도 값을 깎아볼 의지를 잃고 얼른 가격을 물었다. 태서의 말이 맞음을 알기 때문이었다. 사정이 있어 제 신분을 감추고 도망치고 싶어 하는 사람들이라면 누구나 이 호패를 사려들게 분명하였다. 그럴듯한 핑계 하나만 대면, 누구든지 이 호패 하나로 진주 양반 김 아무개가 되어 중국 땅까지 도망칠 수 있을 것이니. 하여 삿갓 쓴 사내는 태서에게 자신이 가격을 가지고 흥정할 의지가 없음을 서둘러 밝히고 나섰다.

"그대가 원하는 값을 최대한 맞춰줄 터이니, 말해 보오. 얼마면 되겠소?"

"진작 이리 나오실 것이지."

비로소 제가 원하는 답이 나온 것에 만족해하며 태서가 다시 진주 양반 놈의 호패를 꺼내 들었다.

그로부터 또 며칠이 지났다.

136

그동안 하진은 내내 제집, 제 방 안에 갇혀 지냈다. 밤에 나갔다가 새벽녘이 되어서야 돌아온 걸 본 하인 놈들끼리 쑥덕거리는 걸 아버지 감 진사가 듣게 된 때문이었다. 감 진사는 하진을 방 안에 가둔 채, 방문 고리를 걸어 잠그고선 어딜 갔다 왔는지, 무슨 일이 있었던 것인지 말할 때까지 방 안에서 나올 생각을 말라고, 으름장을 놓았다. 그런데도 결국 그 방문을 뜯어낸 건, 감 진사 스스로였다. 물론 이번에도 머리끝까지 화가 난 상태에서였다.

"이게 뭐야!"

조금 수척해진 얼굴로 얌전히 수를 놓으며, 시간을 보내고 있던 하진의 앞에 감 진사가 서책 한 권을 집어던졌다.

"무엇을요?"

하진은 제 앞에 떨어진 패설 책을 집어 들고선 팔락팔락 책장을 넘겼다.

"아버지께서 이런 잡서까지 읽으실 줄은 몰랐네요."

하진이 처음 보는 책인 양 시치미를 떼자, 방 한중간에 우뚝 선 감 진사의 숨소리가 점점 더 거칠어졌다.

"너는 모르는 일이라고?"

"무엇을요?"

"이 패설이 네 어미의!"

버럭 고함을 치던 감 진사가 문득, 뒤를 돌아보았다. 그리고 겁에 질려 마루 앞에 서서 제 눈치만 살피고 있는 양금이를 비롯한 아랫것들을 본 후 쾅 소리가 나게 방문을 닫았다.

"이 패설이…… 네 어미의 음행을 그리고 있다며!"

방문 밖으로 소리가 새어나가지 않도록 감 진사가 이를 악문 채 하진을 추궁했다.

"그런가요? 전 그분에 대한 일은 전혀 알지 못해서요. 이 서책이 정말 그분에 대한 책이 맞나요?"

하진이 부러 얄밉게 고개까지 갸웃해 보인 뒤 천천히 한 장, 한 장 서책의 책장을 넘겼다.

탕! 감 진사가 그런 하진의 앞에 놓인 수틀을 발로 걷어찼다.

"모르는 척하지 마! 너는 열흘 전부터 알고 있었다며! 근데 왜 말을 안한 것이야! 진작 나한테 말을 했어야지! 그래야 무슨 수를 쓰든!"

"무슨 수를요? 아버지께서 무얼 어찌실 수 있는데요?"

아비가 차 버려 방바닥에 나뒹굴고 있는 수틀을 보는 하진의 입가에 차가운 비웃음이 걸렸다.

"아버지가 나서서서 무얼 어찌하려 한 그 순간, 그 패설은 공식적으로 정말로 그분에 대한 패설이 되는 거였어요. 그러면 그 패설을 보는 사람마다 수군거렸겠지요. 그분과 아버지, 그리고 나에 대한 온갖 이야기들이 온 도성을 떠들썩하게 만들었을 거고요."

"그냥 내버려 두면 뭐가 다른데? 어차피 지금도 온 도성이 나와 네 어미에 대해 떠들고 있는 것을!"

"그럼 어때서요?"

하진은 아비의 얼굴을 빤히 보았다.

"뭐, 뭐야?"

너무도 담담한 하진의 태도에 감 진사는 당황스럽기만 했다. 도무지 이 딸이 무슨 생각을 하는지 가늠할 수가 없어서였다.

"아버지께서 그 패설을 어찌하려 하지 않으시는 한, 그 패설에 대해 사람들이 무얼 생각하건 그건 어디까지나 그들의 추측이고, 망상일 뿐이에요. 아버지나 제게 그 패설이 사실이냐고 물어올 사람들은 없을 테니까요."

"없긴 왜 없어! 내게 이 사실을 전해온 게 누구인지나 알고나 하는 소리야!"

"임 참판 어르신이겠죠."

"너…… 그걸…… 어떻게."

"…… 그 패설이 정말로 그분에 대한 것이라는 걸 알고, 아버지께 직접 그 이야기를 전하실 분은 그 어르신밖에 없으니까요."

하진은 아비에게 사실 그대로를 전부 다 말하지 않았다. 그 패설이 사실은 임 참판의 아내가 꾸민 일이고, 그 패설이 더 많은 사람에게 퍼지는 것을 막기 위해 자신이 일부러 그 패설 책들을 사들여 아주 비싼 값에 세책을 놓게 하여 비교적 적은 수의 사람들만이 그 패설을 읽을 수 있도록 하였다는 사실은 비밀로 하였다. 불같은 성질의 감 진사가 알아봐야 괜히 분란만 더 커질 것이었으니까.

"아주 잘 났구나. 자알 났어. 앉아서 천 리 서서 구만 리를 본다는 게 딱 너더러 하는 소리인 모양이구나."

감 진사가 있는 대로 배배 꼬여선 하진에게 물었다.

"이리 잘난 너이니, 임 참판이 그놈의 패설로 내게 무어라 했는지도 자알 알겠구나?"

당연히 하진은 그 답을 알았지만, 일부러 고집스럽게 입술을 다물고 답하지 않았다.

"사정이 이러하니, 더욱더 너와 성우를 혼인시킬 수 없다 하더구나! 만에 하나 나중에라도 네 어미에 대한 일이 사실로 밝혀지면 그땐 두 집안이 모

139

두 한꺼번에 똥 밭에 구르게 된다면서! 하! 그래놓고선 뭐라는 줄 알더냐? 성우가 우의정 집 사위가 될 거라고 하더라! 이미 우리 모르게 진작 그렇게 얘기가 되고 있었던 거야!"

감 진사는 두어 시진 쯤 전에 임 참판에 제게 해 준 이야기를 떠올리며 부득부득 이를 갈았다.

임 참판은 말했더랬다. 자신들이 기어이 사돈지간이 되고 나면 패설이하진 생모의 이야기라고 밝혀져도 자신이 나서서 일을 수습할 수가 없게 된다고. 그때 가서 자신이 나서면 사람들은 사돈집을 위해 거짓 해명을 하는 거라고 오해할 수도 있다고. 그러니 훗날을 위해서라도 지금은 두 집안이 거리를 두는 것이 마땅하다고.

"그래서 아버지께선 무어라 하셨는데요?"

딱히 궁금한 것 같이 보이지 않는 하진의 물음에 감 진사가 새삼스러운 눈으로 하진을 보았다.

저와 임 참판이 하진과 성우의 혼인을 없었던 일로 하는 대신, 하진을 다른 혼처에 시집보내기로 했다는 것을 알려도 될지 망설이고 있었다. 상대는 우의정의 오촌 조카가 되는 이였다. 임 참판의 말에 따르면 아들이 없는 우의정이 아들만큼이나 아끼는 조카라고 하였다. 비록 아직 출사는 못 했지만, 우의정의 뒷배가 있으니 조만간 과거 급제는 떼어 놓은 당상이라고 하였다.

"그렇게만 된다면 자네나 나나 우상 대감이라는 든든한 뒷배를 가지게 되는 셈일세. 우리 사돈이 우상 대감인 셈인데 뭐가 두려울 게 있겠는가?"

성우도, 임 참판도 당장은 때려죽여도 시원치 않을 정도로 싫고 미웠지만, 솔직히 임 참판의 말은 솔깃하였다. 사돈 될 집안으로 보자면 우의정 집안이 임 참판의 집안에 비교할 바가 안 되는 혼처가 아닌가? 하진이 이제 혼기가 꽉 찬 나이가 되었거늘 이제 와 하진을 데려갈 새로운 혼처를 찾는 것도 여간 어려운 일이 아니었다. 앞으로 이만한 혼처가 또 나오리란 보장이 없었다. 거기다 대외적으로는 크게 알려지지 않았다고는 하나 가까운 지인들은 이미 성우와 하진의 관계를 알고 있는 상태였다. 그러니 인제 와 다른 혼처를 찾는 것도 쉽지 않았다. 둘 사이를 숨기고 하진을 시집보내자니, 언제고 들통이 나면 큰 변고가 생길지도 모르는 일이었다. 그러느니 차라리 모든 것을 알고 있는 우의정과 임 참판이 주선한 이 혼사를 받아들이는 게 나을지도 몰랐다. 하여 감 진사는 분한 마음을 억누른 채, 하진의 뜻을 물어보지도 않고 선뜻 그리하겠노라 약조를 하였다. 단, 혼인은 하진이 먼저 하는 것으로 하였다. 그래야 나중에라도 하진이 성우에게 버림받았느니 어쩌느니 하는 뒷소리를 듣지 않을 수 있을 것 같아서였다.

"무어라 하셨는데요?"

뭔가 말을 할 듯 말 듯 입술만 달싹이고 있는 아버지에게 하진이 다시 물었다.

"이 모든 건, 네가 내게 이 패설 책에 대한 사실을 숨긴 때문이다. 그러니 너는 나를 원망하지 말거라. 모든 건 다 네가 자초한 일이니까."

"…… 두 분이서 무슨 약조를 하셨군요? 뭘 어쩌기로 하신 건데요?"

아비의 말에서 심상치 않은 무엇인가를 느낀 하진이 거푸 물었지만 감 진사는 답을 해 주지 않았다. 대신 이젠 많이 옅어진 하진 얼굴의 멍 자국을 조금 흡족한 눈으로 바라보고 나갔을 뿐이었다.

철컥. 다시 방문 고리에 자물쇠가 걸리는 소리가 들렸다.

"앞으로도 당분간 방에서 나오지 못하도록 지켜. 만약 어느 한 놈이라도 하진이가 방에서 나오는 걸 눈감아준다면 내 그 눈알들을 모두 뽑아버리릴 터이니!"

바깥에서 아랫것들에게 무섭게 호령하는 감 진사의 말을 들으며 하진은 전에 없는 불안한 예감에 잠시 어깨를 감쌌다.

"아가씨…… 괜찮으세요?"

감 진사가 안채를 나갔는지, 양금이 슬며시 방문 앞에 다가와서 하진의 안부를 물었다.

"어머니는. 어머니는 어디 계셔?"

"절에 가셨죠. 오실 때가 되었는데 오늘따라 좀 늦으시네요?"

"어머니 오시거든, 내가 드릴 말씀이 있다고 전해드리고."

"예. 그리고요?"

또 더 시킬 것이 없냐는 양금의 물음에 하진은 잠시 곰곰이 생각을 하다말고 에게 전했다.

"아버지께 가서 네 속량(노비의 신분을 풀어주어 양민이 되게 하는 일)에 대해 말씀드려."

"예? 많이 화나신 것 같던데…… 괜히…… 불호령이라도 내리시면."

양금이 잔뜩 겁에 질려 묻자 하진이 좀 더 확신에 찬 목소리로 을 달래주었다.

"걱정하지 마. 분명히 허락하실 테니까. 나만 믿어."

하진이 그렇게까지 말하자 양금은 주저주저하면서도 감 진사의 사랑채로 갈 수밖에 없었다. 그러면서도 안 될 것이라고, 이번만은 제 주인 아가씨의 판단이 틀릴 것으로 생각했다.

'왜 하필 오늘이에요, 아가씨? 정말 안 될 것 같은데……'

사랑채 방문 앞에 서서도 양금은 저에게 이런 어려운 일을 시킨 하진에게 원망 아닌 원망을 퍼붓다 말고 터져 나올 것 같은 눈물을 꾹 참으며, 사랑채 안의 감 진사에게 고했다.

"주, 주인어른. 드, 드릴 말씀이 있는데요."

"누구냐?"

"저, 야, 입니다요."

"…… 들어오너라."

잔뜩 신경질이 섞인 답이 돌아왔다. 해서 양금은 바들바들 떨리는 손으로 어렵게 사랑채 방문을 열고, 깊이 허리를 숙인 채 방 안으로 들어섰다.

.

.

.

"아가씨! 아가씨이이!"

평온한 얼굴로 다시 수틀과 마주하고 있던 하진은 멀리서 저를 부르는 의 목소리만 듣고도, 양금이 곧 속량될 것이라는 걸 알아차렸다.

"아가씨이이. 흐흐흐흐흑."

마침내 방문 앞에 다다른 듯, 조금 커진 양금의 목소리에는 울음이 잔뜩 스며있었다.

"왜."

"흐윽. 주, 주인어른께서요. 주인어른께서. 흐윽……"

"빨리 말하고 얼른 어멈에게로 가. 어멈이 얼마나 좋아하겠어? 당장 나 가려면 준비해야 할 것도 많을 거고."

"아, 아세요?"

143

"내가 널 보냈잖니. 당연히 이리될 걸 알았으니 보낸 거지."

하진이 평소처럼 조금 귀찮다는 식으로 짧게 답했다.

"맞다. 그렇죠. 흐으으으윽. 그, 근데 어떻게 아셨어요? 주인어른이 흔쾌히 허락해 주실 거라는 걸?"

"내 아버지시니까."

"그게 무슨……"

"노비 문서는 챙겼고?"

하진이 자꾸만 길어질 기미가 보이는 양금의 말을 중간에서 잘랐다.

"그럼요! 당장 원하시는 만큼 속전을 가져다드리고 그 자리에서 문서들을 받아 나온 건데요?"

"문틈으로 넣어봐."

"예? 아, 예."

잠시 뒤, 부스럭부스럭하는 소리가 들리더니 방문 틈 사이로 종이 두 장이 차례대로 들이밀어 졌다.

하진은 그것을 받아 꼼꼼히 살폈다. 못된 양반 중에는 글을 못 읽는 제 집 하인들을 상대로 속전들만 챙기고, 속량을 시켜주지 않으려 가짜 노비 문서를 내미는 자들도 있었다. 아버지 감 진사가 비록 성격은 포악하나 그렇게까지 치졸한 인간은 아님은 익히 잘 알고는 있었지만, 그래도 반드시 확인하고 넘어가야만 했다.

"응. 맞네."

하진이 다시 방문 틈으로 문서들을 내어주며 양금의 불안을 씻어주었다.

"가지고 어멈에게 가서 얼른 짐 챙겨. 당장 내일이라도 이 집을 나가도록 해."

"예? 그렇게 빨리요?"

"이 순간부터 너와 어멈은 우리 집 노비가 아니야. 지금 당장 집을 나간 다 해도 아무도 너희를 막을 수 없어. 그러니 너는 내일 집을 나가는 대로 달골 황 서방네로 가."

"화…… 황 서방 아저씨요?"

황 서방은 양금도 몇 번 본 적이 있는, 본디 하진의 외갓집 노비였던 자로 속량 노비였다.

"황 서방한테 미리 말해뒀으니까 그거 가지고 가면 알아서 해 줄 거야. 당분간은 황 서방한테 뭐든 물어서 해."

사실 노비 속량은 단순히 노비의 주인이 속량 문서를 써주는 것으로 끝나는 단순한 일이 아니었다. 주인과 노비가 속량에 필요한 거래를 하였음을 증명하는 문서를 들고 관청에 따로 신고해야만, 비로소 노비는 노비의 신분에서 벗어나 양민으로 다시 태어날 수 있었다. 그러니 양금이나 양금 어미 같은 이들에겐 그 절차가 또한 주인에게서 속량을 허락받기만큼이나 어렵고 복잡한 일이었다. 때로는 그 일을 대신해 주는 자들에게 속전만큼이나 큰돈을 내는 노비들도 있었을 정도였다.

"황 서방이 집이며, 일감이며 다 알아서 구해줄 거야. 믿을만한 자니, 그대로 따르도록 해."

"흑…… 아, 아가씨……"

또다시 양금의 눈물이 터졌다. 저와 저희 모녀에게 속전을 주고, 노비 속량을 시켜준 것에 그치지 않고 살 구멍까지 마련해 준 하진에게 앞으로 어떻게 은혜를 갚아야 할지 몰라, 그저 눈물만 나는 양금이었다.

양금이 그리 감격에 겨워 눈물을 흘리고 있을 때, 하진의 집과 도보로 거의 반 시진 거리에 있는 우의정의 집에서도 눈물을 글썽거리는 이가 있었다. 우의정의 무남독녀 외동딸, 숙영 낭자였다. 숙영은 조금 전, 임 참판의 집에서 매파를 보내왔다는 소식을 들은 참이었다. 이미 두 집안 간에 다 결정지은 일이었지만, 매파가 들고 오는 혼담이라고 해 봐야 결국은 남에게 보여주기 위한 겉치레이긴 했지만, 그러기에 성우와 숙영의 혼담은 이제 더는 무슨 수로도 어쩔 수 없는 기정사실이 된 바나 다름없었다.

"드디어…… 드디어 왔단 말이지."

제게 반가운 소식을 전한 계집종을 방에서 내보낸 후 숙영은 울먹울먹한 목소리로 혼잣말을 하며 제 아랫배를 쓰다듬었다.

"아가. 너에게도 이제 아버지가 생겼구나. 그것도 세상 어디에 내어놓아도 남부끄럽지 않을, 아주 훌륭하신 아버지가."

그때 감 진사의 후처 홍 씨는 제집에서 무슨 일이 벌어지고 있는지도 모르고, 절의 대웅전에 들어있었다. 부처님을 향해 엎드린 홍 씨 곁에서 멀찌감치 떨어진 곳에선 젊은 승려가 톡톡톡톡 목탁을 두드리며 반야심경을 외고 있었다.

"無苦集滅道 無智 亦無得 以無所得故 菩提薩陀 依般若波羅密多 (무고집멸도 무지 역무득 이무소득고 보리살타의반야바라밀다)"

괴로움도 없고 괴로움의 원인도, 괴로움을 없애는 일도, 괴로움을 없애기 위한 길도 없고, 지혜도 없고, 얻을 수도 없으므로 얻을 것도 잃을 것

도 없기에 모든 보살은 반야바라밀다에 기댄다는 뜻의 구절이었다. 부처
님 앞에 피운 향처럼 은은하게 대웅전 안을 감도는 그 독경 소리를 들으
며, 홍 씨 부인은 내내 허리를 들지 못했다.

"저…… 마님. 벌써 날이 아주 어둑해졌는데요."

일찍 해가 지는 산길을 우려한 계집종이 대웅전 밖에서 조심스레 홍 씨
부인을 불렀다. 그만하시고 내려가서야 하지 않겠냐는 뜻에서였다. 그제
야 홍 씨가 허리를 들고 몸을 일으켜선 반절로서 부처님에게 예를 표한 뒤
대웅전 밖으로 나왔다.

"가자."

계집종에게서 쓰개치마를 받아든 홍 씨가 흘깃 대웅전 안을 한 번 더
돌아본 뒤 대웅전 앞 돌계단으로 향했다. 계단의 층수가 채 열 개도 되지
않는, 얕은 계단이었다. 가마꾼들을 준비시키기 위해 먼저 계단 아래로 성
큼성큼 내려가는 계집종의 뒤를 따라 계단을 내려가던 홍 씨가 문득 비틀
거리는가 싶더니 "앗!" 하는 작은 비명과 함께 그대로 계단에서 굴렀다.

"마님!"

앞서가던 계집종이 얼른 뒤돌아와 계단 아래로 나뒹군 홍 씨 부인의 몸
을 일으키려 애썼다.

"마님! 괜찮으세요?"

"괜……찮아. 다리가 저려 잠시 발을 헛디딘 것뿐이야. 신성한 경내다.
호들갑 떨지 마."

계집종의 팔을 잡고 힘겹게 일어서던 홍 씨 부인이 다시 "읏" 하고 주저
앉았다.

"마님!"

"발……목을 접질린 모양이다. 웃."

홍 씨 부인의 목소리에는 깊은 고통이 스며있었다.

"저리로 좀 데려가 다오."

홍 씨 부인이 가리키는 대로 계집종은 홍 씨 부인의 어깨 밑에 손을 넣어 부축하여, 대웅전 옆 작은 범종각으로 데려갔다.

"많이 다치셨어요?"

때마침 종의 먼지를 닦고 있던 동자승이 해맑은 얼굴로 절뚝거리는 홍 씨 부인을 보고는 걱정스레 물었다.

"동자 스님. 저희 마님이 발목을 접질리신 것 같은데, 약초라도 좀 얻을 수 있을까요?"

제 마님을 따라, 동자승에게 합장하여 인사를 한 계집종이 조심스레 물었다.

"예. 마침 저쪽 요사채(절의 살림채)에 제가 지난번에 다쳤을 때 쓰고 남은 약초가 있습니다. 저를 따라오시지요."

"그래요? 잘 됐다. 마님. 저 얼른 갔다 올게요. 잠시만 에서 기다리세요?"

그리 말하고선 계집종은 홍 씨를 잠시 홀로 둔 채 동자승이 이끄는 대로 대웅전 뒤편 요사채를 향해 바삐 걸음을 옮기기 시작했다.

잠시 후였다.

"…… 아프십니까?"

범종각의 나무 기둥에 기대어 서 있는 홍 씨 부인의 뒤에서 무뚝뚝한 물음이 들려왔다.

"예. 많이…… 아주 많이 아픕니다."

홍 씨가 돌아보지도 않고 울음기 가득한 목소리로 답했다.

"아파서 죽을 것 같습니다."

홍 씨 부인이 갑자기 휙, 뒤돌아 종각 한중간에 커다랗게 내걸린 종으로 반쯤 몸을 가린 채 서 있는 젊은 승려를 보았다.

"보고 싶어서 이 가슴이 찢겨, 아파 죽는 줄 알았습니다."

홍 씨 부인이 절뚝거리며 승려를 향해 다가갔다.

"그 얼굴 한 번 뵙기를 제가…… 얼마나, 얼마나 소원한 줄 아십니까?"

"다가오지 마십시오."

점점 제게로 다가오는, 눈물 가득한 애절한 홍 씨 부인의 얼굴을 본 승려 여일이 얼른 뒤로 돌아섰다.

"…… 걸으시는 걸 보니 생각보다는 웬만하신 것 같습니다. 그럼 소승은 이만……"

여일이 다른 사람들 눈에 띄기 전에 얼른 제 본래의 자리로 되돌아갈 생각으로 막 한 걸음을 떼려 할 때였다.

"움직이기만 하세요!"

홍 씨 부인이 낮게 부르짖었다. 그러고선 땡땡 부어오른 발목을 힘겹게 끌고 여일에게 조금 더 가까이 다가서며 말했다.

"그럼 이번엔 돌계단이 아닌, 절벽 위에서 몸을 날릴 테니까요."

단순한 위협만이 아닌, 정말로 그러고도 남을 것 같은 절박함이 담긴 목소리에 여일은 차마 발을 떼지 못하고 자그맣게 "나무아미타불"만 읊조렸다.

하지만 그것도 잠시뿐, 여일은 이내 놀라 저도 몰래 "사아!" 하고 홍 씨의 처녀적 이름을 부르고 말았다. 홍 씨, 아니 사아라는 이름을 지닌 여인이 여일을 뒤에서 와락 안아왔기 때문이었다.

"이러지 마시오. 난 이미…… 이미……"

여일이 등 뒤에서부터 뻗어 와 제 허리를 강싸 안은 사아의 팔을 풀려고 손을 대었다가 마치 불을 만지기라도 한 것처럼 흠칫 놀라 얼른 다시 손을 떼었다.

"제가 지옥에 갈게요. 제가 부처님의 벌을 억만 겁의 생에 걸쳐 다 받겠습니다. 그러니 한 번만, 딱 한 번만 저를…… 제가 하는 행동을…… 용서해 주세요."

사아가 강하게 여일의 허리를 붙잡고 있던 손을 놓더니, 절뚝거리는 발걸음으로 천천히 여일의 앞으로 와 섰다. 그러고선 경내에 짙게 깔리기 시작한 밤처럼 어두워진 여일의 뺨으로 손을 뻗었다.

"단 한 순간도……"

사아의 눈에서 굵은 눈물이 방울져 떨어 내렸다.

"비록 몸은 다른 이의 아내가 되었으나 이 마음만은 단 한 순간도 당신의 것이 아닌 적이 없……"

떨리는 목소리로 연모를 고백하던 사아의 말이 중간에서 멈춰지고 말았다. 고통스럽기 그지없는 얼굴을 하고 있던 남자가 고백이 흘러나오는 그 입술을 덮쳐 온 때문이었다.

"읏…… 읏……"

평생을 연모해 온 남자의 입맞춤을 받아들이며, 사아는 쉴 새 없이 눈물을 흘렸다.

사아, 아니 홍 씨 부인이 절에서 내려와 집에 도착했을 땐 이미 술시(戌時, 오후 9시)가 지나 있었다. 필경 감 진사가 많이 노해 있을 것이라고 생각해 계집종의 부축을 받으며 절뚝거리는 걸음으로 급히 대문 안으로 들어서던 홍 씨 부인은 "다치셨냐"며 놀라 제게 달려드는 양금 어미에게 멋쩍게 웃어 보였다.

"별거 아냐. 그냥 발을 좀 접질러서. 근데 자네는 얼굴이 왜 이래? 눈이 벌겋잖아. 울었나? 왜, 혹시…… 나 때문에 진사 어른께 혼이라도 난 것인가?"

"아닙니다. 그저 조금 기쁜 일이 있어. 자세한 건 있다가 말씀드릴 터이니 우선 안으로 들어가 보셔요. 진사 어른께서 오래 기다리셨습니다."

"알았네."

다녀왔다는 인사를 하러 급히 사랑채로 향하는 홍 씨 부인의 곁을 따르며, 양금 어미는 한 마디를 더 잊지 않고 덧붙였다.

"주인어른께 인사를 마치시면, 아가씨께 가보셔요. 급히 뵙자 하십니다."

"참…… 하진인 아직도?"

아직도 방에 갇혀 있냐는 홍 씨 부인의 물음에 양금 어미가 웃는 듯 우는 듯 낯을 찡그렸다. 그것을 답으로 알고, 홍 씨 부인은 사랑채로 향했다.

홍 씨 부인이 양금의 부축을 받으며, 아직도 방문에 자물쇠가 걸려있는 하진의 방으로 간 건, 사랑채에서 제법 오래 머물다 온 후였다.

"진아……"

마루에 올라 방문 앞에 가 쪼그려 앉은 홍 씨 부인이 나지막한 목소리로 방 안의 하진을 불렀다.

"급히 날 보자고 했다면서?"

그런 홍 씨 부인의 목소리는 무슨 까닭인지 평소보다 훨씬 더 낮게 잠겨 있었다.

"내가 많이 늦었지? 절에서 발을 좀 삐는 바람에."

"양금이 거기 있나요?"

하진의 물음에 마루 앞에 서 있던 양금이 얼른 마루에 바짝 붙어섰다.

"예, 아가씨. 저 여기 있습니다."

"그럼 양금아. 중문을 닫고, 다른 사람들이 가까이 오지 못하게 지켜."

"……옙!"

양금이 얼른 안채와 바깥채를 가르는 통로인 중문으로 가, 얼른 밖으로 나간 뒤 굳게 문을 닫아걸었다. 삐거덕하며 그 문이 닫히는 소리가 들리고 나서야 하진은 방문에 붙어 앉은 홍 씨에게만 들릴 목소리로 나직하게 말했다.

"찾으셨습니까?"

"응. 응? 무얼?"

난데없는 물음에 홍 씨가 영문을 몰라 하자 하진이 제대로 살을 붙여 다시 한번 물었다.

"찾는 분이 계셔서 절에 다니고 계셨던 거 아닙니까?"

"…… 그, 그게 무슨 말이니. 나는 그저 불공을 드리러……"

"두 해 전부터 어머닌 틈틈이 도성 인근의 절이란 절은 모두 다니며 불공을 드리셨죠. 처음엔 그저 태기가 없으셔서 여러 절을 찾아다니시는 것으로만 생각했어요."

"마, 맞아. 아무리 불공을 드려도 태기가 없어서 다른 용한 절을 찾느라……"

"그런데 지난달부터는 계속 인후사만 다니시더군요. 인후사는 원래 멀리 길을 떠난 가족의 안녕을 기원하는 절로 알고 있는데요."

당신이 태기를 소망하여 불공을 드리러 다니는 게 아님을 안다, 하진은 그렇게 말하고 있는 것이었다.

그래서 홍 씨 부인은 그런 게 아니라고 부인하지도 못하고 그저 애타는 목소리로 하진의 이름을 부를 뿐이었다.

"하진아. 나는 그게……"

"탓하거나 비난하고자 하는 게 아니에요. 조심하시라 말씀드리는 거에요."

"응?"

"어머니가 그 절에 가신 게 이번 달 들어서만 벌써 세 번째잖아요. 제가 이상하다 느낀 것을 아버지가 못 느끼실 리 없지요. 게다가 아버진…… 유난히 의심증이 많으신 분이잖아요."

하진의 말에 홍 씨 부인은 부르르, 몸을 떨었다. 새삼 저녁나절, 절 안에서 있었던 그 강렬한 입맞춤이 떠오름과 동시에 갑자기 온몸에 한기가 드는 것 같았다.

하진의 말이 맞았다. 만약, 만에 하나라도 감 진사가 자신의 부덕함을 눈치라도 채게 되면 그날로 자신은 죽은 목숨일 것이었다. 자신만이 아니라 여일까지도.

"난…… 그, 그럴 생각이 아니었어."

마치 하진이 저녁나절 자신의 모습을 보기라도 한 것처럼, 홍 씨 부인이 서둘러 변명을 입에 담았다.

"무얼 어쩌려는 생각 따윈 맹세코 조금도 없었어. 그냥…… 그분이 왜…… 갑자기 불가에 귀의했는지, 그것이 궁금하여…… 그것이 알고 싶어서…… 그냥…… 그분은 내 어릴 적……"

"제게 털어놓지 마세요."

방문 건너편에서 들려온 하진의 차가운 말이 홍 씨 부인의 말을 잘랐다.

"일단 제게 털어놓고 나면, 제게 말씀하셨다는 그 사실 하나만으로도 나날이 더 불안해지실 거예요. 두고두고 마음에 걸리시겠죠. 너무 많은 걸 털어놓진 않았나. 언제고 누가 다른 사람이 그 일을 알게 되는 건 아닐까. 그 때문에 점점 더 저를 보는 것도 편치 않아 지실 거예요."

"하지만 넌 이미 다 알고……"

"전 아무것도 몰라요. 그저 어머니가 누군가를 찾기 위해서 절을 다니셨다는 것, 그것 하나만 알뿐이죠."

그리고 하진은 말했다.

만약 나중에라도 아버지가 똑같은 걸 -왜 인후사인지, 왜 요즘 부쩍 자주 다니게 되었는지- 물으실 때를 대비해 아버지를 납득 시킬 수 있을 만한 답을 미리 준비해 놓으시라고.

"…… 왜 날 비난하지 않니?"

모든 걸 이미 다 눈치챈 것이 분명한 하진이 왜 자신을 도우려 하는지. 홍 씨 부인은 도무지 알 수 없었다.

보통의 계모와 의붓딸 사이답지 않게 각별하게 친한 사이긴 했지만 그렇다 하더라도 감 진사와는 달리 자신은 하진과 피 한 방울 안 섞인 남남 이었다. 그런데도 감 진사가 아닌 다른 남자를 만나러 다니는 걸 안 하진 이 왜 자신을 비난하지 않는지, 그러지 말라고 말리지 않는지 영 이상하기 만 하였다.

"왜 나를 탓하지 않는 거니?"

154

"벌써 잊으셨어요?"

울먹이며 묻는 홍 씨 부인에게 하진이 답했다.

"제 친어머니는 외간 사내와 바람이 나서 집을 나갔고, 제 아버지는 아내라는 이유만으로 어리고 연약한 여인을 수 년 간 괴롭히고 학대해 온 천하의 악인이죠. 그런 두 사람의 딸인 저는 어떻고요. 거짓말도 밥 먹듯 하고 손버릇도 나쁜 고약한 계집이고요. 그러니 제가 무슨 수로 어머닐 말리고 비난하겠어요."

"진아……"

"다만."

하진의 목소리가 더욱 은밀하게 가라앉았다.

"언젠가 어머니도 더는 참을 수 없어지는 순간이 올 거예요. 그땐 제게 말씀하세요. 무슨 일이 있어도 어머니를 도와드릴 테니까."

무엇을 참을 수 없게 된다는 건지, 어떻게 자신을 도와준다는 것인지 홍 씨는 궁금한 게 너무 많았지만, 다시 묻지 않았다. 필요한 순간이 오지 않으면, 하진은 절대 입을 열지 않을 것을 짐작하였기 때문이었다. 대신 홍 씨 부인은 조금 전 사랑채에서 제가 들은 이야기를 조심스럽게 건넸다.

"진사 어른께서…… 널 시집보내려 하셔."

감 진사는 홍 씨 부인에게 아직 하진에게 말하지 말라고 하였다. 그것이 하진을 위한 일이라고도 하였다. 정식으로 집안과 집안끼리 혼담이 오고 가고, 혼인 날짜가 정해지면 그때 알려도 늦지 않을 것이라고 했다. 빠른 혼인만이 집안의 체면을 지키고, 하진의 명예를 지킬 수 있는 유일한 방법이라고도 했다. 그러니 절대 하진에게 먼저 말하지 말라고, 무섭게 으름장을 놓았더랬다.

"어느 집안인지는 내게도 말씀 안 하셨어. 그런데…… 기분이 썩 나쁘지 않으신 걸 보면 웬만큼 지체가 있는 집안인 것 같아."

"…… 예."

그게 다였다. 갑작스레 혼인을 시키려 한다는데 하진은 별로 놀란 것 같지도 않은 목소리로 "네" 하고만 답했을 뿐이었다. 그 담담하기 짝이 없는 태도는 그날 밤, 몰래 방에 침입한 그림자를 보았을 때도 마찬가지였다.

"안 놀랐네?"

"어쩐지 당신이 올 것 같았거든."

"혹시 주변에서 그런 말 안 해? 뭐든 다 아는 척하는 거 재수 없다고."

재수 없다고 말하면서도 정작 태서는 저를 기다렸다는 하진의 말에 자꾸만 슬며시 웃음이 나오려 하고 있었다.

그 밤, 태서가 하진의 방으로 숨어 들어간 것은 그러지 않고선 견딜 수 없어서였다. 하진의 집 앞을 지키라고 보냈던 수하 놈은 며칠째 하진이 방 안에 갇혀 지내고 있다는 것을 알려왔다. 그때만 해도 조금 가여운 마음이 들기는 했지만 '그것 봐라' 싶은 마음도 적지 않았다.

'내 이럴 줄 알았지. 그러게 다시는 밤 외출 같은 거 다니지 말고, 양반 규수면 규수답게 얌전히 있어. 그게 너한테도 좋을 테니까.'

하마터면 하진이 큰일을 당할 뻔했던 그날 밤, 방앗간 안에서 사내 밑에 깔려 발버둥 치고 있던 하진을 떠올리기만 해도 태서는 덜컥덜컥 심장이 내려앉는 것 같았다. 문득문득 자꾸만 되새겨지는 그 끔찍한 생각들은, 몇 번 몇 수십 번이 되풀이되어도 놀라움이, 분노가, 두려움이 가라앉지 않았다. 자신이 그때 하진을 뒤쫓아 가지 않았다면 하고 생각하는 것만으로도 모공이 송연해지는 것 같았다. 그런 기분을 두 번 다시 느끼고 싶지 않았다. 다시는 그런 끔찍한 꼴을 보고 싶지 않았다. 그래서 자꾸만 지나치게 부주의한, 지나치게 대담한, 그리하여 저를 죽을 만큼 걱정시키는 하진을 원망하게 되었다.

며칠째 방 안에서 꼼짝 못 하고 갇혀 있다는 소식을 듣고 오히려 안심한 건, 그 방 안이 적어도 지금의 하진에게는 가장 안전한 공간이었기 때문이었다. 하진이 얌전히 그 안에 있는 동안에는 태서가 더는 걱정하고 신경 쓰지 않아도 되기 때문이었다.

하지만, 감 진사와 임 참판 사이에 오고 간 이야기를 엿듣고 난 후에는 그 마음이 송두리째 바뀌었다. 사실, 감 진사와 임 참판이 적어도 한 번은 심각한 이야기를 할 것을 알고 있었다.

비록 정식 혼약한 처지는 아니라고 하나, 서로 혼인할 것을 거의 기정사실로 했던 그들 집안의 혼사가 깨어졌으니 싸움을 하건 거래를 하건 분명히 무언가 행동이 있을 것이라 짐작한 것이었다. 하여 며칠 전부터 계속 수하들을 시켜 감 진사와 임 참판의 동태를 살피게 하였다. 그 결과 바로 오늘, 그들 둘이 동시에 도성의 어느 기방으로 향한 것을 알고, 태서는 직접 그곳으로 나가 그들의 이야기를 엿들었다.

"패설……"

"…… 하진이 생모……"

"자네나 나나 뒷배를……"

"우의정의…… 자식같이 생각하는……"

그들 사이에 오고 가는 은밀한 이야기들을 듣고 있는 동안 태서의 이마에는 계속 힘줄이 바짝 솟아 있었다. 분노로 인해 눈가가 파르르 떨리고 있었고, 어찌나 힘껏 주먹을 쥐었는지 손톱이 손바닥에 박힐 정도였다.

'저 작자들이 지금 무슨 짓을 꾸미는 거야? 뭐가 어쩌고 어째? 누구를 누구랑 혼인을 시켜?'

태서의 상식으로는 이해가 되지 않는 일이었다. 만약 그들의 계획대로 된다면 하진과 성우의 관계는 인척 관계가 되는 것이었다. 성우는 우의정의 사위가 되고, 하진이가 우의정의 조카며느리가 되면 두 사람은 한 집안으로 엮여 평생 서로를 의식하며 살아야만 했다.

'미친 거야? 저 작자들은 도대체 제 자식들을 뭐라고 생각하는 거야? 양반 놈들이란, 어쩌면 이렇게도 구역질 나는 존재들인가.'

그들이 각자 헤어져 집으로 돌아가기를 기다려, 저 역시 기거하는 곳으로 돌아온 태서는 계속 마음을 진정시키려 애썼다.

'몰라. 미친 짓이건 뭐건 나랑은 상관없는 일이다. 내가 뭘 어쩔 수 있겠어.'

그렇게 생각해 보려고도 했다. 그런데 자꾸만 그날 밤, 방앗간 안에서 두려움과 혐오감에 떨고 있던 하진의 얼굴이 떠올랐다. 혼인을 하고 매일 밤, 얼굴도 모르는 사내의 아래에 깔려 그리 두려움과 혐오감에 치를 떨 하진의 얼굴이 연상되었다.

'너는 과연 견딜 수 있을까? 연모하지도 않는 상대에게 매일 밤 몸을 맡겨야 하는 그 수모를, 너를 버리고 간 그놈과 평생을 친척으로 묶여 살아야 할 그 치욕을 너는 과연 견뎌낼 수 있을까?'

그와 동시에 태서는 팔 년 전의 그 밤을 떠올렸다. 더는 연모하지 않는 사내의 아내로 살 수 없다고 어린 자식까지 버리고 도망쳐야만 했던 그날 밤의 양반 여인을 떠올렸다.

158

.

.

.

"정말 괜찮겠소?"

팔 년 전 그 밤, 약속된 장소로 태서가 여인을 데려다주었을 때 미리 기다리고 있던 사내는 여인을 으스러져라 껴안은 후, 그리 물었더랬다.

"이 순간 이후로 당신은 더는 귀한 양반댁 마님이 아니게 되는데, 다시는 당신 딸을 못 보게 될 텐데 정말, 그래도 괜찮겠소?"

"여인이 연모하지도 않는 상대에게 안기는 기분이 어떤지 아셔요?"

사내의 어깨를 꽉 끌어안은 채 여인은 그렇게 흐느꼈다.

"사람이라 생각되지도 않는 상대에게 매일 밤 순순히 몸을 맡기는 그 기분을 아셔요? 매일매일, 하루도 빠짐없이 밤이 온다는 게 소름 끼치게 무서웠죠. 매일매일 나 자신이 싫어서 죽을 것만 같았어요. 그자가 나를 품을 때마다 온몸에 벌레가 기어가는 것 같은데도, 그자를 위해 억지로 기뻐하고 가짜 웃음을 지어야 하는 내 처지가 저잣거리에서 몸 파는 계집보다 무어 나을 게 있나, 스스로가 경멸스러워 견딜 수가 없었죠."

흐흐흣, 사내의 가슴에 얼굴을 묻은 여인의 입에선 울음과 웃음이 뒤섞인 기묘한 소리가 터져 나왔다. 사내 역시 울 것 같은 얼굴이 되어 그런 여인의 머리통을 소중히 감싸 안았다.

그리고 두 사람은, 태서가 어린 하진을 향해 다시 말머리를 돌릴 때까지 계속 한 몸처럼 그리 부둥켜안고 있었다.

.

.

하여, 이날 밤. 태서는 팔 년 전의 그날 밤도 그러했듯이, 그리 해서는 안 된다는 걸 알면서도 또다시 감 진사의 집으로 향하고 말았다.

"내가 올 건 어떻게 알았어?"

어둠 속에서, 방문 옆의 벽에 나른하게 기대어 서서, 태서가 눈 아래로 하진을 내려다보며 물었다.

"그냥."

하진이 이마 위에 흐트러져 내려온 잔 머리카락들을 쓸어 넘기며 간단히 답했다.

"그러지 말고 말해 보지? 이 야밤에 어렵게 자물쇠를 따고 들어온 성의를 봐서라도? 들키면 난 당장 목이 달아날 판국이라고."

"태서에게 이런 일쯤은 식은 죽 먹기 아니었던가?"

하진이 대수롭지 않은 일인 양, 가볍게 태서의 이름을 입에 담았다.

"어⋯⋯."

불의의 일격을 당한 태서의 말문이 막혔다. 제 정체가 들통 난 것에 물결 모양으로 보기 좋게 생긴 눈 밑도 꿈틀, 작게 경련이 일었다.

"⋯⋯ 어떻게 알았어?"

"그냥."

이번에도 하진은 짧게 답했다. 주모가 가르쳐 준 거나 진배없다는 말은 굳이 하지 않았다.

"그럼⋯⋯ 내가 이 야밤에 널 찾아온 이유도 알아?"

"응."

어둠 속에서 하진이 저를 내려다보고 있는 태서와 눈을 맞추며 천천히 느리게 답했다.

"내게 혼처가 정해졌다는 걸 알리러 온 거겠지."

"하!"

이번에도 또 한 번 제 속을 꿰뚫어 본 하진에게 감탄하며 태서가 물었다.

"어떻게 알았어?"

"그……"

"그놈의 그냥이란 대답은 충분히 들었으니까. 한번 말해 봐봐. 도대체 어떻게 안 거냐고."

그냥이라고 말하려는 하진의 말을 가로챈 후 태서가 방문 앞에 털썩 궁둥이를 붙이고 앉아 팔짱을 꼈다. 제대로 말해주지 않으면 돌아가지 않겠다는 그 고집스럽고 뻔뻔한 모습에 하는 수 없이 하진이 천천히 입을 열었다.

"낮에 아버지가 그 패설 책에 관한 일을 추궁하시더군. 그런데 그 모습이 평소의 모습과는 조금 달랐어."

하진의 예상대로라면, 평소의 감 진사 성정이라면 차마 하진에게 손은 못 댈망정 적어도 방 안이라도 발칵 뒤집어놨어야 정상이었다. 그런데 감 진사는 조금 거칠게 굴긴 했지만 무슨 까닭인지 더는 그 일로 하진을 나무라지 않고 사랑채로 돌아가 버렸다.

"사람이 평소와 달리 행동한다면, 특히 내 아버지처럼 복잡하게 머리 쓰시길 싫어하시는 분이 그러했다면, 그에 따른 무언가 특별한 이유가 있다는 뜻이지. 그럼 그 이유가 무엇일까?"

아무리 생각해 봐도 이유는 하나밖에 없었다. 혼인이 깨진 것에 대해 임 참판으로부터 무언가 특별한 보상을 받았기 때문이라는 것.

그것이 돈일 리는 없었다. 돈이라면 오히려 하진네 집이 임 참판의 집보다 몇 곱절은 더 많이 가지고 있으니, 임 참판네가 돈으로 무마했을 리가 없었다. 그렇다고 하진의 생모 일로 협박했다고 볼 수도 없었다. 그 일은 임 참판 또한 깊게 연루된 일이니, 밝혀지면 오히려 지금 높은 지위에 있는 임 참판이 더 불리할 것이었다.

'그럼 뭘까? 도대체 무엇으로 아버지를 회유하신 거지?'

그리 생각을 하다 보니 답은 의외로 간단하게 찾을 수 있었다.

"그게 뭔데?"

이미 답을 알면서도 태서는 하진에게 이야기를 재촉하였다.

"실수로 남의 달걀을 깼으면, 그걸 보상할 방법은 두 가지야. 달걀 값을 물어주던가, 더 좋은 달걀로 돌려주던가."

제 혼인 건을 달걀로 칭하는 하진의 얼굴에 슬쩍, 자조적인 미소가 떠올랐다 사라졌다.

"내가 아버지라고 생각해도 임 참판 어른의 제의를 거절하긴 어려웠을 거야. 집안 망신을 덜기에도 그만한 방법이 없다, 생각하셨겠지."

그리 생각하면 아버지 감 진사가 하진 저에게 화를 내다 말고 순순히 물러간 것도 금세 이해가 됐다. 새로운 혼처에 대해 하진이 알게 되면 분명 싫어할 것을 알고, 미리부터 성미를 건드리지 않는 게 좋다고 판단해서 일 것이었다.

그 직후 하진이 양금에게 당장 감 진사한테 가서 속량에 관한 이야기를 하라고 시킨 건 바로 그래서였다. 하진과 양금이 모녀가 특별히 돈독한 사이라는 걸 아는 감 진사니까 괜히 당장 하진의 성미를 거스르지 않기 위해, 또 나중에라도 하진이 다른 짓 못 하게 감시라도 하려면 하진의 곁에서 이 모녀를 떼어놓는 게 나을 거로 생각할 걸 예상했기 때문이었다.

실제로 모든 일은 하진이 예상한 그대로 돌아갔다.

"뭐, 네가 예사 사람보다 똑똑하다는 건 알겠네. 그런데 그 일들이랑 내가 올 것을 안 것이랑은 무슨 상관인데?"

"그 혼인 이야기를 당신도 분명 들었을 테니까. 그리고 그 혼인을 막고 싶었을 테니까. 그러기 위해 나를 데리고 이 집을 빠져나가려고 온 거 아냐?"

"…… 내가 왜?"

태서가 제 목소리가 떨리지 않음에, 또한 방의 어둠이 제 당황한 눈빛을 가려줌에 감사하며 물었다.

"내가 왜 그럴 거라고…… 생각했는데?"

"좋아하니까."

"뭐?"

"네가 날 좋아하잖아. 그것도 아주 많이."

태서가 마치 방바닥에서 날카로운 창이라도 솟아나 저를 찌른 것처럼 펄쩍 뛰어 일어섰다.

"미, 미친."

태서가 바짝 마른 입술 끝으로 간신히 내어놓은 말은 그게 다였다.

"의외네."

방금 태서 앞에 커다란 바윗덩이 하나를 덥석 내던져놓고, 하진이 말짱한 얼굴로 태서를 올려다보며 말했다.

"난 농으로 한 말인데 그렇게까지 펄쩍 뛰는 걸 보면, 설마…… 진짜라는 건가? 정말 네가 날 연모한다고?"

"말이 되는 소릴 해! 내가 왜 너를! 나는 그냥 네가 걱…"

걱정되어서라고 말을 하려던 태서가 급히 입술을 깨물었다.

그 말을 내뱉는 순간, 너를 연모한다고 그리 자백하는 것이나 진배없었다. 하진이 뭐라고, 자신이 뭐라고, 제까짓 게 하진을 걱정한단 말인가? 야밤에 길을 나다니든 말든, 은애하지도 않는 사내와 결혼을 하든 말든, 은애하던 사내와 인척으로 엮이건 말건, 그게 저랑 무슨 상관이라고.

"착각하지 마. 원래 혼인하려던 사내가 아닌 얼굴도 모르는 낯선 사내와 혼인하게 된 게 가여워, 도망치겠다면 도와주려고 한 것뿐이니까."

애써 침착함을 가장한 태서가 변명을 중얼거리며 서둘러 방을 나서려 하였다. 빨리 이 당황스러운 순간에서 벗어나고픈 마음이었다. 뭐 이런 여자가 다 있나 싶었다.

"좋아. 네가 날 좋아하든 아니든 상관없어. 대신 날 위해 해줬으면 하는 일이 있어."

"안 해."

그게 뭐든, 절대 안 한다. 태서는 굳게 마음먹었다. 얼굴이 몇 개인지도 모르는, 만날 때마다 자신을 놀라게 하는, 이렇게 뻔뻔하고, 당돌하고, 교활하고, 세상에서 제일 잘난 척하는 주제에 사실은 누구보다 멍청한 이 여자랑은 다시 대면하지 않겠다, 두 번 다시 엮이지 않겠다. 그리 굳게, 철석같이 마음먹고 방문을 열었다.

그러나 뜻대로 되지 않았다.

마음대로 되지 않았다.

"…… 뭘 해주면 되는데?"

문지방을 넘기도 전에, 태서의 빌어먹을 입이 제멋대로 먼저 움직여 버렸다. 참 자존심도 없고 밸도 없는 입이었다.

제 5 장

자녀굴

"잘 들어봐. 들려? 들려?"

"쉿, 좀 조용히 해 봐."

도성 인근의 어느 야산 중턱에 있는 동굴 앞이었다. 이제 갓 아침을 맞은, 아직 파르스름한 새벽의 기운이 가시지 않은 시간이었다. 얼굴엔 졸음 기운이 가득한, 힘 좀 쓰게 생긴 사내 둘이서 동굴 앞을 가로막은 커다란 바윗덩이와 동굴 입구 사이의 틈에 귀를 바짝 가져다 댄 채 동굴 안의 소리를 들으려 하고 있었다.

"어이! 이봐요!"

사내 중 하나가 들고 있던 나뭇가지로 커다란 바윗덩이를 두들겨 소리를 내었다.

"아직 살아계시오? 아님, 죽었소? 이보시오, 낭자! 낭자?"

"죽었을 거야. 벌써 여기 갇힌 지가 며칠 째던가? 거의 근 열흘이 되어가질 않던가. 뭐, 어찌어찌 굶어 죽지는 않았다 하더라도, 나 같으면 무서워서라도 혀를 깨물고 진작 자결했을 걸세. 안 그럼 미쳐 날뛰다가 동굴 벽에 머리를 박고 죽었을지도 모르고.”

“…… 그렇겠지?”

나뭇가지로 두들기던 사내가 난감한 얼굴로 동무를 돌아보며 물었다.

“그럼, 어서 안으로 들어가서 시체를……”

사내가 말을 이어가던 중이었다. 동굴 안에서 희미하게 부스럭대는 소리가 들려왔다. 두 사내는 자신만 잘못 들은 게 아닌지, 잠시 서로를 마주본 후 다시 얼른 동굴 틈에 귀를 바싹 가져다 대었다.

“사, 살려……”

두 사내가 퍼뜩 서로를 마주 보았다. 확실했다. 동굴 안에선 희미하게나마 분명, 살아있는 여인의 목소리가 흘러나오고 있었다. 그 소리를 들은 두 사내의 얼굴엔 금세 실망감이 가득 찼다.

“에휴. 오늘도 공연히 헛걸음했네. 가세.”

나뭇가지를 들고 있던 사내가 김이 팍 샌 얼굴로 휙 나뭇가지를 던져버리곤 성큼성큼 오솔길로 향했다.

“거 참. 명 한 번 질기시오. 웬만하면 그만 갑시다. 예? 여러 사람 고생시키지 말고요. 튕!”

땅바닥에 누런 침을 뱉은 사내가 오늘도 허탕 친 것에 심히 짜증스러운 얼굴을 하고 벌써 저만치 가고 있는 제 동무를 따라 서둘러 걸음을 옮겼다.

그로부터 잠시 후였다.

스스슥 소리를 내며 풀숲에서 기어 나와 동굴 틈을 향해 스멀스멀 기어가려 하던 뱀 한 마리가 갑자기 다가온 사람의 인기척에 놀라 부랴부랴, 원래의 풀숲으로 되돌아 가버렸다.

"계시오?"

그리 인사를 건네며 동굴 앞에 선 사내는 봇짐을 멘 장사치 차림의 태서였다.

"좀 들어가도 되겠소?"

태서는 마치 동굴이 어느 집 대문이기라도 한 양 동굴 안의 사람에게 인사를 건넨 뒤, 조금 전 사내들이 그러했듯 동굴 입구와 바윗덩이 사이의 틈에 귀를 대고서 안에서 들려오는 소리에 집중하였다.

"하아. 하아. 살려…… 살려주……"

여인의 목소리를 확인한 태서의 얼굴에 금세 짜증이 가득 차올랐다. 단순한 짜증이 아니라, 환멸이 섞인 짜증이었다.

"하여간 양반 놈들이란."

입술을 비죽대며, 욕설을 중얼거린 태서가 조금 전 제가 왔던 방향을 향해 크게 손을 내저었다. 그러자 수염이 덥수룩한 사내가 얼른 태서에게로 다가왔다.

"……"

태서가 손으로 동굴 입구를 막고 있는 바위를 가리킨 후, 바로 옆으로 옮겨놓는 시늉을 했다. 그러자 수염 사내가 얼른 고개를 끄덕끄덕하고는 바윗덩이 옆으로 가 끙 하고 힘을 쓰기 시작했다. 태서도 그런 사내 곁에 붙어서서 함께 바윗덩이를 밀며, 온 얼굴이 시뻘겋게 되도록 힘을 썼다. 덕분에 처음엔 꿈쩍도 하지 않던 커다란 바윗덩이가 조금씩, 조금씩 흔들리는가 싶더니 마침내, 한 사람이 들어갈 만큼 옆으로 비켜났다.

태서가 바윗덩이를 미는 것을 멈추었지만 수염 사내는 그것도 모르고 계속 끙, 끙 소리를 내며 바윗덩이를 밀려 하였다. 태서가 그런 수염 사내의 어깨를 두드려 저를 돌아보게 하고는 이만하면 됐다는 듯, 다시 한번 툭툭 수염 사내의 등을 토닥였다. 그제야 환하게 웃는 수염 사내에게 태서가 망을 잘 보라는 듯, 손을 이마에 짚고 주위를 두리번거리는 시늉을 하고선 얼른 동굴 안으로 들어섰다.

"윽!"

안으로 들어서자마자 태서는 코부터 틀어막았다. 동굴 안에 온통 퀴퀴한 흙냄새와 습한 풀냄새에 똥오줌 냄새에 뭔지 모를 비릿한 냄새까지 잔뜩 섞여 있었기 때문이었다.

"우욱."

어려서부터 밑바닥 생활을 해볼 만큼 해온 태서조차도 인상을 쓰며 코를 틀어막을 만큼 역한 냄새들 때문에 태서는 가벼운 헛구역질까지 하며, 아직도 "살려 달라"는 희미한 소리가 들려오고 있는 동굴 안쪽으로 조금씩 들어갔다. 동굴 앞을 막아서고 있던 바위가 비켜난 덕분에 희미하게 새어 들어온 햇빛이 있어, 태서는 금세 각종 오물과 범벅이 되어 바닥을 기고 있는 형체 하나를 발견할 수 있었다.

"가은…… 낭자?"

태서의 물음에 계속 "살려 달라……"며 중얼거리던 말소리가 뚝 그쳤다.

"누……누구시……?"

머리는 귀신처럼 산발하고, 저고리는 온통 흙칠에, 치마는 스스로가 내어놓은 똥오줌으로 엉망이 된 몰골의 여인이 몸을 일으킬 기운도 없는지, 간신히 눈만 들어 태서에게 물었다. 그 눈엔 살았다는 안도감보다 경계심과 두려움이 더 크게 실려 있었다. 아마도 태서를 제 목숨 줄을 거두러 온 사람이 아닌가 겁을 내는 것 같았다.

"누, 누…… 사, 살……"

"하진 낭자가 보낸 사람이오."

하진이란 이름을 듣자마자 여인의 더러운 얼굴 위로 줄줄 뜨거운 눈물이 흘러내리기 시작했다. 마침내 살았다는 안도감에서 터져 나온, 격한 울음이었다.

.

.

.

"미안. 옷값은 나중에 물어줄게."

귀가 들리지 않는 수염 사내에게 태서가 손짓을 섞어 말했다. 수염 사내는 지금 도저히 사람 몰골로는 보이지 않는 여인을 업고, 동굴이 있던 산 중턱에서 반 식경은 더 올라가야 있는 작은 산채 집으로 가는 중이었다. 태서가 미리 알아둔 낡은 산채는, 본래는 화전민들이 산 아래에서부터 쫓기고 쫓겨 올라가 살고 있던 집으로, 그들이 강제로 내쫓긴 후에는 흉가처럼 내내 비어있는 곳이었다.

"휴우."

마침내 오두막에 도착한 수염 사내가 사람의 형체가 아닌, 더러운 천 꾸러미 같은 가은 낭자를 삐그덕 소리가 나는 마룻바닥에 내려놓고선 길게 한숨을 쉬었다. 아무리 산길에 익숙하다 하더라도 축 늘어진 여인네 하나를 업고 산길을 오르는 건, 여간 힘든 일이 아니었기 때문이었다.

"……"

허리를 두들기던 수염 사내가 마루 기둥에 기대어 앉은 가은을 보고선 부엌 쪽을 향해 손짓하고선 불을 활활 피우는 시늉을 해 보였다.

170

"풍산! 밥은 내 가져왔으니, 물이나 좀 끓여줘. 몸을 씻고 싶을 거야."

태서가 다시 손짓을 섞어 말을 한 후, 메고 있던 봇짐을 내려 호박잎에 싼 주먹밥 몇 덩이와 물 호리병을 내려놓았다.

"굶은 지 오래되었을 터이니, 천천히 드시오."

태서의 말에 가은이 주먹밥을 향해 손을 뻗었지만, 힘이 없는지 그대로 손이 축 늘어졌다. 하는 수 없어 태서가 주먹밥을 들어 가은의 입에 대어 주었고, 급히 먹느라 켁켁 목이 막히는 걸 보고선 물 호리병도 가져다 입에 대어주었다.

그렇게 첫 번째 주먹밥을 다 먹고 나자, 그제야 힘이 좀 생겼는지 가은은 입안에 아직 반 이상 밥이 남아 있는데도 제 손으로 남은 주먹밥 하나를 움켜쥐고 그대로 입으로 가져갔다. 양반 규수의 우아함이라곤 조금도 찾아볼 수 없는, 오직 허기진 배를 채우고자 하는 본능에 따라 행동하는 가은을 보며, 태서는 하진이 제게 부탁한 것을 떠올렸다.

"어디에 가뒀는지는 알아냈는데 내 힘만으론 그 애를 구해낼 수 없어. 그러니 네가 도와줘. 그 애를 그 굴에서, 그 빌어먹을 자녀굴에서 벗어날 수 있도록 도와줘."

자녀굴이란 본래 음행을 하거나 난잡한 행실을 하여 집안의 명예를 실추시킨 양반가의 여인들을 죽으라고 가둬두는 굴을 말했다. 그 난잡한 행실로 인해 자녀(恣女)라 불리게 된 여인들이 나라에서 만드는 자녀안이라는 명부에 이름이 적히게 되면 그 집안의 후손들은 벼슬길로 나아갈 수 없었고, 설령 벼슬을 한다 하여도 낮은 하급벼슬에만 머무르게 될 뿐이었다. 그러기에 웬만한 보통의 양반가에서는 집안의 명예를 지키고 후손들의 벼슬자리 보전을 위해 여인들에게 일방적으로 죽음을 강요하곤 하였다.

억울한 사정이 있건 말건 상관없었다. 여인들이 실제로 난잡한 행실을 했건 말건 그런 건 하나도 중요하지 않았다. 의심을 받는 것, 소문이 난 것만으로도 여인들은 죽음으로서 집안과 집안의 체면을 지켜야 했다. 누군가는 나무에 목을 달아야 했고, 누군가는 연못에 뛰어들어야 했고, 누군가는 굴에 갇혀 죽어야만 했다. 그렇게 여인들이 매달려 죽은 나무는 자녀목이란 이름이 되었고, 여인들이 뛰어든 연못은 자녀소라고 불렸으며, 여인들이 갇혀 굶주림과 공포 속에 미쳐 죽은 굴은 자녀굴이라는 이름이 붙여지곤 했다.

"…… 양반 것들의 하는 짓은 이래서 마음에 안 든다니까. 그래서 어쩌라고. 자녀굴에 있어야 할 여인이 사라진다면 그 집안에서도 가만히 안 있을 텐데? 설마 나더러 계속 쫓겨 다니라고 할 셈은 아니겠지?"

자녀굴에 갇힌 가은을 구해달라는 하진의 청을 받았을 때, 태서는 좀처럼 내키지 않아 하였다. 그 놈의 집안과 집안 체면에 관련된 일이 되면 양반이란 족속들이 얼마나 미쳐 돌아가는지 너무나 잘 알기에 괜한 분란 속에 뛰어들고 싶지 않았다.

"그 애가 어느 산, 어느 굴에 갇혀 있는지 내가 어떻게 알아냈다고 생각해?"

내키지 않아 하는 태서에게 하진이 의미심장한 눈빛을 보냈다.

"말해다오."

가은의 엄마인 지 씨 부인이 감 진사 몰래 은밀히 하진을 찾아온 건, 하진이 시켜 패설 책이 시중에 나돌기 시작했을 그 즈음이었다. 지 씨 부인은 하진에게는 몇 명 없는, 외가 친척 중 한 명이었다. 하진 어머니 서 씨 부인의 외가 사촌 언니 되는 이로, 하진도 어려서는 몇 번 그 집에 가 지 씨 부인의 딸이자 하진과는 동갑내기인 가은과 함께 뛰어논 적이 있었다.

"그 패설이 네 어머니의 이야기가 맞니?"

"…… 무슨 말씀이신지 모르겠습니다."

"네 어머니가 정말 죽은 것이 아니라 밤도망을 쳐서 여태 어딘가에서 숨어 살고 있는 것이 맞니?"

그리 묻는 지 씨 부인의 얼굴은 하얗게 질려 있었고, 그 목소리도 가늘게 떨리고 있었다.

"이모님, 정말 모릅니다. 한낱 저자에 나도는 패설일 뿐인 것을 어찌하여 제게……"

"제발 그렇다고 해줘."

모른 체하려는 하진의 말이 끝나기도 전에 지 씨 부인이 덥석 하진의 손을 잡고 간절히 애원했다.

"그렇다고 해줘. 그래야만, 그래야만…… 우리 가은이가 살 수 있는 희망이 생겨."

"……"

영문을 몰라 가만히 보고 있자니, 지 씨 부인은 하진의 손이 제 구명줄이기라도 한 모양 있는 힘껏 꽈악 움켜잡았다.

"네 어머니가 죽지 않고 살아있다면 너는 분명 네 어머니랑 연통을 하고 있겠지? 그러니 네 어머니에게 물어봐 주렴. 어떻게 도망칠 수 있었는지, 어떻게 해야 무사히 살아남을 수 있는지 물어봐 줘. 시간이 별로 없어!"

"진정하세요."

하진은 흥분하여 점점 말이 빨라지고 있는 지 씨 부인의 어깨를 잡고 찬

찬히 그 눈을 들여다보았다.

"무슨 일이십니까?"

·

·

·

"겁탈을…… 당했다고 했어."

어둠 속이라 표정이 잘 보이지 않는 얼굴로 하진이 말했다.

"꽤 오래전부터 가은이를 홀로 연모하던 사내가 벌인 짓이래. 새벽녘에 가은이 방에서 나오는 걸 하필 하인이 보게 돼서 집이 발칵 뒤집혔던 모양이야. 그런데도 가은이 집에서는 어떻게든 조용히 일로 처리하려 했는데 사내가 자신의 잘못을 고하는 유서를 써놓고 스스로 목을 매다는 바람에 숨길 수가 없게 되었고."

"꼴에 유서까지 썼다는 걸 보면, 양반이었던 모양인데 왜 정식으로 혼인을 청하진 않고?"

"멀쩡히 살아있는 아내를 둔, 이미 혼인 한 사내였거든."

"하."

하진이 지 씨 부인의 말을 처음 들었을 때처럼, 태서의 입 역시 놀라움에 떡 벌어졌다.

"뭐야. 그러니까 아내까지 있는 작자가 멀쩡한 규수 신세를 망쳐놓고, 일이 들키니까 홀랑 저 혼자 죽어버린 거야? 미친놈. 그런데 왜 그 규수가 자녀굴에 처박힌 거야? 그 규수는 아무 잘못이 없잖아."

"그……죽은 자의 아내가 온 동네방네에 소문을 냈다나 봐. 자기 남편은 억울하다며. 겁탈 같은 걸 할 사람이 아니라며. 오히려 자기 남편과 가은이가 오래전부터 서로 좋아하여 통정해 온 사이라고."

"죽은 남편이 겁탈범이었다는 것보다 그 편이 낫겠다 생각한 모양이군. 규수네 집에서는 당연히 미치고 팔짝 뛸 노릇이겠고."

"그래서 가은이 아버지는 가은이에게 자진하라 명했어. 스스로 목숨을 끊어 무고함을 증명하고 집안을 살리라고."

하지만 가은인 절대 그리 할 수 없다며, 죄 없는 자신이 왜 죽어야 하냐며 바득바득 대들었다고 했다.

"가은이 어머니가 날 찾아온 건, 가은이 아버지가 가은이를 자녀굴에 가둘 생각을 하고 있을 때쯤이었어. 가은이 어머니는 한사코 그래선 안 된다고 설득했지만, 결국 남편은 그리고 말 것을 알고선, 나를 찾아왔던 거야."

"왜 너를?"

먼저 그 패설을 읽은 건 가은이라고 했다. 그리고 하진에게 도움을 청하라고, 살 방법을 알아와 달라고 어머니를 조른 것도 가은이라고 했다.

"그 낭자도 참 보통은 아니네."

"이모님도 그러셨지. 나랑 성질머리가 똑같다고"

.

.

.

'생긴 것도 닮았나?'

여전히 굶주렸던 배를 채우느라 정신이 없는 가은을 보며 태서는 하진과 닮은 구석이 있는지 저도 모르게 찾고 있었다.

그러나 먼 외가 쪽 친척이라 그런지, 아니면 워낙 몰골이 말이 아니라서 그런지 하진과는 닮은 구석이 조금도 없어 보였다. 하지만 잠시 후. 주린

배를 다 채우고, 풍산이 끓여 준 목욕물로 그간의 오물을 다 씻고서 미리 태서가 준비해 온 새 옷으로 갈아입고 나온 가은의 모습에선 아주 조금이나마 하진의 모습이 보였다. 말릴 틈이 없어 젖은 머리를 바짝 팽팽히 당겨 묶은 머리통이나 고집이 보이는 앙다문 입매 등은 영락없이 하진의 모습 그대로였다.

"이젠 어떻게 할 건가요?"

비록 힘이 없는 목소리이긴 하지만 자신의 눈을 똑바로 보며 바로 본론부터 물어오는 것도 하진과 똑 닮아있었다.

"낭자가 벗어둔 옷은 그대로 동굴 안에 다시 가져다 둘 거요. 그리고 애초에 아무도 드나들지 않았던 것처럼 동굴 앞은 다시 바위로 막아둘 것이고."

그건 태서의 생각이었다. 하진은 가은이를 도망칠 수 있게 도와달라고만 하였다. 가은이를 빼돌린다고 해도 가은이 집에서 가은이의 행방을 찾지는 않을 것이라고 하였다.

체면을 무엇보다 중시하는 집이니, 그 때문에 딸자식까지 죽이려 한 아비이니, 그 딸이 자녀굴에서 살아 도망쳤다는 걸 절대 밝히려 들지 않을 것이라고 했다.

"만약 그래도 찾으려고 하신다면, 가은이 어머니가 가은이 아버지께 말씀드리기로 했어. 당신께서 딸아이를 빼돌린 것이라고. 가은이 아버지도 그런 가은이 어머니까지 어쩐진 못할 거야. 어쩌면 내심 잘 됐다고 생각하실지도 모르고."

문제는 이삼일에 한 번씩 자녀굴로 찾아와 가은이의 생사여부를 살피는 아랫것들의 입을 어떻게 막느냐, 하는 것이었는데 하진은 돈으로 막을 생각을 하였다. 돈이라면, 그것도 꽤 많은 돈이라면, 사람들은 얼마든지 입을 다물어 준다는 것을 이제까지의 경험을 통해 익히 잘 알고 있기 때문이었다. 그러나 태서가 그것을 막았다.

"돈은 넣어둬. 나한테 더 좋은 생각이 있으니까. 대신 명심해 둬. 네가 지금 누구에게 부탁 한 건지."

결국은 하진의 말대로, 하진의 부탁을 들어주게 생긴 것이 너무나 자존심 상한 태서가 자신의 쪼그라든 자존심을 되살리기 위해, 부러 한껏 야한 눈빛을 하고 하진을 보았다.

"태서에게 일을 부탁한다는 건, 언젠가 그 이상의 대가를 지불해야 하는 일이라는 것도."

태서가 가은을 자녀굴에서 빼내고, 며칠이 지난 후였다. 하진은 예상보다 빨리 감금되어 있던 방에서 풀려나, 가마를 탄 채 지 씨 부인의 집으로 향하고 있었다. 그날 아침, 지 씨 부인이 급사를 한 딸아이의 장례를 마쳤다며 하진을 자신의 집으로 보내줄 순 없는지 묻는 서찰을 감 진사에게 보냈기 때문이다.

"지병이 있었나 보더구나. 혼인 전의 딸아이라 지극히 간소히 장례를 마쳤다는데 너를 왜 찾는지는 알 수가 없구나."

감 진사는 못 마땅해하긴 했지만 그래도 모른 척 할 수는 없었는지, 딸아이를 여읜 부인의 슬픔을 잘 달래주고 오라며 하진에게 일렀다. 그 덕분에 양금이와 그 어미가 속량되어 감 진사 집을 나가는 날에도 방문 밖으로 한 발자국도 움직이지 못했던 하진은 실로 간만에 외출을 허락받을 수 있었다.

"잠깐, 예서 멈춰."

가마가 막 운종가 근처를 지날 무렵, 하진이 가마 창을 열고는 밖의 여종에게 가마에서 내리겠다는 뜻을 전했다.

"저…… 아가씨. 진사 어른께서 아무 데도 들르지 말고 곧장 다녀오라고 하셨는데요."

양금이 속량 되어 나간 후, 감 진사의 명으로 양금을 대신하여 감시 겸 수발을 들게 된 소쌍이가 하진의 눈치를 보며 말했다.

"특히 운종가에는 못 가시게 하라고."

"멈춰."

"아가씨……"

곤란하다는 듯 울상을 한 소쌍을 외면하며 하진은 가마 창으로 향했던 고개를 거둬들이고 가만히 정면을 향해 앉았다.

"내릴 것이다."

하진은 짧게 한 마디를 더 건넸고, 하진의 단호한 뜻은 그것으로 충분히 전해졌다. 소쌍이 가마꾼들에게 멈추라는 신호를 주었고, 이내 가마가 천천히 땅바닥으로 내려졌다.

"여기."

하진이 소매 안에서 작은 은자 하나를 꺼내 소쌍을 시켜 가마꾼들에게 건네주었다.

"난 이모님께 드릴 위로 선물 좀 사서 올 테니, 너희들은 요 앞 주막에 가서 간단하게 목이라도 축이고 있거라. 일을 마치면 이 아이를 그곳으로 보내마. 소쌍이 넌, 얼른 나를 따라나서고."

말을 전한 하진은 소쌍보다 먼저 성큼성큼, 멀리서 봐도 사람들이 구름 떼처럼 와글와글 밀집해 있는 운종가로 걸음을 옮겼다. 신이 나서 싱글벙글한 가마꾼들에게 얼른 은자를 건넨 소쌍도 서둘러 그런 주인의 뒤를 따랐다.

"어딜 가겠다고 하거든 못이긴 척 들어주고. 어디를 가는지, 누구를 만나는지 소상히 알아오너라."

미리 감 진사가 명령을 내렸지만, 막상 하진의 뒤를 따라 운종가 한가운데로 들어간 소쌍은 자꾸만 허둥지둥하였다. 하진이 어찌나 재게 걷던지 소쌍이 부지런히 따라 걸어도 좀처럼 따라잡을 수가 없었다. 거기다 하진이 유독 좋은 옷을 입고 있는 때문인지 꽃신 좀 사시라, 향갑 좀 보시라, 좋은 중국 비단이 나왔다 하며 하진에게 모여드는 상인들이 많아 그들을 헤치고 하진에게 가까이 가기가 쉽지 않았다. 그 상인들은 하진에게 거절을 당한 후에는 일제히 하진의 뒤를 바싹 따르는 소쌍의 주변을 둘러싸고 이것저것 물건들을 권해오는 통에 소쌍은 도무지 영 정신을 차릴 수가 없었다. 소쌍이 그리 당황해하며 어리바리하게 상인들에게 둘러싸여 있는 동안 하진은 운종가 어디쯤에 있을 태서를 찾아 주변을 두리번거렸다.

하진이 막 어느 포목점 앞을 지날 때였다. 포목점 옆 샛골목에서 작은 꼬마 하나가 하진을 향해 이쪽으로 오라는 급한 손짓을 하였다. 하진은 힐끗, 제 뒤에서 여전히 주변 상인들에게 둘러싸여 소쌍을 보고선 얼른 치마 앞자락을 조금 들고선 골목으로 뛰어 들어갔다. 그러자 꼬마놈이 조용히 하라는 신호로 입가에 손을 들어 보이고는 얼른 어두운 골목 사이를 누비기 시작하였다. 그 꼬마의 뒤를 따라 하진은 바깥소리들이 윙윙대는 소리로만 들려오는 어두운 몇 개의 골목인가를 걷고 또 걸었다. 그렇게 얼마나 시간이 지났을까? 여러 개의 골목이 하나로 뭉쳐졌다 다시 시작되는 동그란 길목에서, 드디어 하진은 자신이 찾던 사내를 만날 수 있었다.

"가은이는?"

만나자마자 어떤 인사도 없이 대뜸 가은의 안부부터 묻는 하진을 보고 태서가 짐짓 삐친 듯, 입술을 삐죽거리더니 금세 퉁명스럽게 물음에 답하였다.

"무사히 빠져나갔어."

"어디로?"

"여태 내가 빼돌린 사람이 몇인 줄 알아? 족히 손가락과 발가락을 모두 합친 정도는 가뿐히 될 거야. 그런데도 왜 여태 나는 멀쩡히 대로를 활보할 수 있는 것일까?"

"……비밀을 잘 지켰던 때문이겠지."

"그 말대로."

"그래도 난 알아야 해. 그 애 어머니에게 그 애가 안전하다는 걸 알리고 안심시켜 드려야 하니까."

"걱정하지 마. 이미 그쪽에는 연락해 두었으니까. 아니면 오늘 네가 여기 올 걸, 내가 어떻게 알았을까?"

태서가 이전 날 밤, 하진이 제게 했던 말을 고대로 빌려 놀리듯이 하진에게 물었다.

"그럼 오늘 이모님이 우리 집으로 서찰을 보내 나를 청하신 게……"

"응. 내가 시킨 거야."

"왜?"

"그래야 네가 그 알량한 감옥에서 빠져나올 수 있을 테니까. 그래야 나를 찾아 이 운종가까지 올 수 있을 테니까. 그래야……"

태서가 특유의 소리 나지 않는 걸음으로 스윽, 하진의 코앞까지 다가왔다.

"내가 정당한 대가를 받을 수 있을 테니까."

"뭘 원해?"

여느 때와 별 다름없는 침착하기 그지없는 얼굴로 하진이 물었다.

"뭐든 원하는 걸 주겠다고 했지?"

태서는 가은을 구해달라고 했을 때 하진이 내건 약속을 상기시켰다.

"그 마음 바뀌지 않았어?"

"난 내가 한 약속은 지켜."

좁은 골목 안인지라, 두 사람의 거리는 지나치게 가까웠다. 그 때문에 하진이 말을 하느라 입을 벌릴 때마다, 태서가 그 말을 맞받아칠 때마다 두 사람의 숨결이 서로의 입술에 가 닿았다. 대낮인데도 어스름한 빛만 스며든 어두운 골목 안은 지극히 조용하였다. 멀리서 와자지껄한 장터 특유의 소란스러운 소리가 들려오고 있긴 했지만, 그것이 오히려 골목 안쪽의 고요함을 더욱 도드라지게 하였다.

"왜 겁을 안 내? 내가 대가로 무엇을 요구할 줄 알고?"

"네가 날 연모하니까. 나를 연모하는 사내가 날 상처 입힐 리가 없잖아."

"나는 이미 아니라고 말했는데 너는 왜 내가 널 연모한다, 그렇게 철석같이 믿고 있는 거지?"

"아니야?"

"…… 설령 내가 네 말처럼 널 연모하고 있다고 해도 그게 네 안전을 보장해 주진 않아."

너를 연모하지 않는다는 거짓말을 하기 싫어 태서가 말을 돌렸다.

"아니. 오히려 더 네게 위험할 수 있지. 이번에 그 규수를 생각해 봐. 오래 연모해 온 상대가 그 여인에게 몹쓸 짓을 하고 제멋대로 죽어버린 거, 벌써 잊었어?"

"넌 날 다치게 안 할 거야."

"왜?"

"이미 다치게 할 기회가 많았는데도 안 그랬으니까. 오히려 날 지켜주기까지 했으니까."

지난 며칠 동안 방에 갇혀 있으면서 하진은 수십, 수백 번을 생각했다.

왜 태서가 자신에게 접근했는지, 왜 제 일을 돕는 것인지, 왜 자신한테 자꾸 화를 내는 것인지, 그 밤에 그렇게 열이 펄펄 끓는 몸으로 왜 저를 뒤따라 왔는지.

온갖 왜에 대한 질문을 찾기 위해 많은 가설을 떠올리고 스스로 검증하기를 반복하였다. 그런데 한 가지 답밖에는 딱 들어맞는 이유가 보이지 않았다.

"아무리 생각해도 너는 날 연모하는 게 맞아. 이유는 모르겠지만 그래, 너는 날 사내가 여인을 좋아하듯 그리 좋아하는 게 맞아."

틀리면 어디 한번 말해 보라는 듯 하진이 태서를 향해 조금 턱을 들어올렸다.

"미치겠네."

저를 향해 치켜든, 고집스럽게 앙다문 하진의 붉은 입술에 시선이 닿은 태서가 으드득, 소리가 나도록 어금니를 갈았다.

"그래…! 네 말이 맞아."

마침내 태서가 인정하였다. 어차피 여기까지 온 거 될 대로 되어라 싶은 심정에서였다.

"뭐든, 언제나, 항상 네 말이 옳아. 그렇게 뭐든 잘 알고 똑똑한 너니까 그럼 지금의 내 요구를 거절할 수 없다는 것도 잘 알겠네? 이건 우리 거래 조건이니까."

"…… 뭘 원해?"

"네 손."

"뭐?"

"지금 네 손에 입 맞추게 해줘."

겨우 그거였다. 고작 그거였다. 입술을 달란 것도 아니었고 하룻밤을 달란 것도 아니었다. 고작 지금 이 순간, 하진의 손에 입 맞추겠다는 것이 지금 태서가 하진에게 요구하는 전부였다. 그런데도, 어쩌면 너무도 당연하게도, 하진은 난색을 표했다.

"곤란해. 사대부의 여인들은 외간 사내에게 손을 잡히면 손목을 잘라야 하고, 함부로 몸을 허락하면 죽음으로 죄를 갚아야 해."

하진은 저답게 딱 부러지게 거절할 생각이었지만, 이상하게도 하진의 말은 자신이 듣기에도 별로 단호하게 들리지 않았다. 어쩐지 핑계를 대는 것으로만 들릴 뿐이었다. 그리고 그것을 태서도 똑같이 느꼈다.

"넌 보통의 사대부 여인들과 다르잖아. 그딴 거 조금도 상관 안 하잖아. 넌 열 살 때 네 할머니에게서 네 어머니의 가락지를 훔친 아이였어. 그때 벌써 야반도주를 하는 네 어머니를 도운 셈이었어."

비겁한 줄 알면서도 태서는 원하는 걸 갖기 위해 하진의 정곡을 찔렀다.

"심지어 돈 벌 욕심에 네 어머니의 추문이 담긴 걸 알면서도 패설 책을 세책까지 하였지. 그뿐이야? 태서에 대해 알아내기 위해 그 약방 안에서 내 벗은 몸에 손을 대었어. 그때 내가 뭐라 그랬는지 기억나?"

당연히 기억났다. 그때 태서는 하진에게 말했었다. 한번만 더 자기 몸에 손을 대면 그때 자신의 계집으로 삼아도 좋다는 허락으로 알겠다고.

"그런데 넌 바로 그날, 또다시 내 몸에 손댔어."

"널 부축해준 거잖아!"

"어찌 됐건! 그날 이미 넌 보통의 사대부 여인들이라면 절대 하지 않을 짓을 했어. 그날 네가 한 짓에 비교하면 내가 하려는 일은 아무것도 아니잖아?"

하진이 쉽게 부정할 수 없는 논거를 들이민 태서가 다시 정중하게 요구하였다.

"네 손에 입 맞출 수 있도록 허락해줘."

하진이 싫다고 하면 그뿐이었다. 태서는 그 자리에서 돌아서 갈 생각이었다. 싫어하는 하진을 어쩔 생각은 추호도 없었다. 하진도 태서가 그럴 거라는 걸 알았다. 그런데 싫다는 말이 입 밖으로 나오지 않았다. 생각해보면 태서의 말은 틀린 구석이 없었다. 자신은 이미 다른 사대부 여인들은 하지 않는 일을 많이 했고, 가은이를 구해주는 대신 태서가 바라는 걸 뭐든 들어주겠다는 약속까지 했다. 게다가 태서가 말한 그대로 이미 제 손은 태서의 벗은 몸에 닿았다. 그래놓고 인제 와서 정조를 지켜야 한다는 핑계로, 사대부 여인이라는 핑계로 태서의 요구를 거절한다는 건 자신이 생각해도 너무 치사했다.

입맞춤. 손에 하는 짧은 입맞춤. 가은이의 목숨값으로 치면 못 허락할 것도 없었다. 언젠가 훗날, 정조를 지키지 못한 지금의 순간을 후회해야 할 때가 온다면 손 하나쯤 잘라버리면 그뿐 아닌가? 하진은 부러 가볍게 생각하려 애썼다. 태서의 말대로 이건 태서에게 주어야 할 정당한 대가였다.

"좋아."

마침내 하진의 입에서 승낙의 말이 떨어졌다. 그러고선 하진은 슬쩍 한 걸음 뒤로 물러나, 제 손을 원하는 남자에게 손을 내밀었다.

"널 위한 대가야."

"그럼, 사양치 않고."

태서가 덥석 하진의 손을 잡았다. 대담한 척, 별거 아닌 척 선뜻 손을 내어주긴 했지만, 막상 태서의 손에 잡힌 작고 새하얀 하진의 손은 가는 떨림을 간직하고 있었다.

"두려워?"

예상치 못한 떨림에 태서가 물었다. 놀리고 조롱하고자 하는 물음이 아니라 순수하게 궁금해서였다.

"빨리하고 끝내."

떨리는 속내를 감추려 부러 더 차갑고 무뚝뚝하게 내뱉은 하진의 말이 오히려 태서를 도발하였다.

"정 원하신다면."

재빨리 말을 맺은 태서가 여전히 떨림을 간직한 하진의 새하얀 손을 높이 들어 올려 제 입으로 가까이 가져간 뒤, 그 손등에 입을 맞췄다. 그러면서도 그 눈은 온전히 하진을 향해 있었다. 빳빳하게 얼어붙어 미세하게 경련을 일으키는 뺨이며 어두운 골목 안이라 그런지 아니면 놀라 그런지 이전보다 훨씬 팽창한 새카만 검은 동자, 안쪽으로 잡아당겨 반쯤 깨물고 있는 아랫입술까지 모두 집어삼키듯 눈에 담았다.

"…… 으음."

하진이 당황한 나머지 작은 신음을 내었다. 입술이 닿은 손등의 감촉보다, 손등을 탐하면서도 동시에 제 얼굴을 뚫어져라 지켜보는 태서의 눈빛에 하진은 눈을 어디로 둬야 할지 몰라 당황스러웠다. 태서의 입술에 사로잡힌 손등이 불타는 듯 뜨거웠다. 입술이 마치 불에 달군 인장 같았다. 그 인장이 제 손등에 영원히 지워지지 않을 낙인을 찍는 것만 같았다. 말도 안 되지만, 태서라면 정말로 그러고도 남을 것만 같은 어리석은 생각에 하진은 저도 몰래 본능적으로 손을 빼려 하였다. 하지만 바로 그 순간, 하진의 검은 동자는 훨씬 더 크게 팽창하고 말았다. 하진의 손등에 가만히 입술을 대고만 있던 태서가 하진이 손을 빼려 하는 것을 알고선 그에 대한 보복이기라도 하듯 손등의 살을 지그시 물었기 때문이었다.

"읏……"

하진의 입에서 예상치 못한 신음이 터져 나왔다. 아프진 않았다. 이를 세우고 힘을 주어 깨문 것이 아니라, 아랫니와 윗니 사이에 넣고 가볍게 문 것뿐이었으니까.

그런데도 하진은 얼굴이 흉하게 일그러지도록 인상을 썼다. 처음 보는, 낯선 짐승에게 손부터 차근차근 잡아먹히는 기분이 들어서였다. 이대로 태서에게 손부터 자근자근 씹혀, 결국은 제 온몸이 온 영혼이 그 입술과 눈빛에 집어 삼켜지고 말 것 같아서 덜컥 무섬증이 들었다. 그런 자신이 싫어지려 하였다.

그래서 하진은, 태서가 물고 있던 손등을 놓고 하진의 손목- 그 어느 때보다 팔딱팔딱 격렬히 뛰는 맥을 숨길 수 없는- 안쪽으로 입술을 옮기려 할 때 태서에게 항의했다.

"약속이 틀려."

"…… 뭐가?"

"그냥 손에 입만 맞추겠다며."

"이것도 입맞춤이야."

태서가 하진의 눈을 빤히 마주 보며 새하얀 하진의 손목 안쪽 가장 말랑한 살을 입술로 물었다. 흐음 하고 깊이 살 내음을 들이마시며 입술로 여린 살을 물었다 놓기를 반복하였다. 아니, 그건 물기보다 오히려 빨기에 가까운 행동이라 할 수 있었다. 태서가 입술 사이에 보드라운 살을 품었다가 놓아주기를 반복하는 동안 하진은 저도 모르게 자꾸만 움찔, 움찔 몸을 떨었다.

.

.

.

"이 길을 쭉 따라가면 황 영감의 세책가가 나올 거야. 거기서부턴 알아서 갈 수 있지?"

골목 바깥으로 나올 때까지 입을 꾹 다물고 한마디도 하지 않는 하진에게 태서가 다정히 일렀다. 장옷을 뒤집어쓰고 앞을 단단히 여미고 있는 하진은 태서랑 눈도 마주치지 않고, 간다는 인사말도 없이 그대로 태서를 남겨두고 성큼성큼 걸어가 버리려 하였다. 그러더니 갑자기 몸을 홱 돌려 다시 성큼성큼 태서에게 걸어와 눈도 마주치지 않고 툭, 질문을 던졌다.

"너를 만나려면 언제 어디로 찾아가면 돼?"

"나를 다시 보겠다고?"

태서는 정말, 진심으로 많이 놀랐다.

"네게 부탁할 일이 아직 남아 있어. 아니면 내가 왜 오늘 너를 찾아왔을 것 같아?"

일부러 계속 시선을 피한 채, 잔뜩 화가 난 사람처럼 하진이 퉁명스레 말했다. 태서와 다시 만나는 게 위험하다는 건 오늘 일로 뼈저리게 배웠다. 그런데 어쩔 수 없었다. 아직 태서가 필요했다. 태서의 힘이, 태서의 도움이 간절했다.

"뭘 또 시키려고. 이번엔 또 뭘 대가로 내놓으려고."

"전에도 말했을 텐데. 원하는 건 뭐든."

"그래서 이번엔 진짜로 네 몸이라도 내놓겠다고?"

주춤, 뒤로 한발 물러서는 하진을 보며 태서가 피식, 웃었다.

"다행이네. 아직 그것까진 생각 안 한 모양이니. 그럼 됐어. 꺼져. 다시는 부탁이니 뭐니 하려면 다시는 찾아오지 마."

하진을 연모한 것도, 하진에게 손을 달라고 한 것도, 제 마음껏 실컷 그 손과 손목에 입 맞춘 것도 저면서 태서는 화를 내고 있었다.

"그날 밤이랑 똑같네."

퉁명스러운 말과 함께 돌아서는 태서의 등에 대고 하진이 말했다.

"뭐?"

"그날 밤, 약방에서도 그랬잖아. 원하는 걸 얻고 싶으면 상처를 돌보아 달라 하더니, 정작 원하는 대로 해주고 나니 화를 내며 나를 내쫓았잖아. 이번에도 그렇고."

하진은 정말 영문을 알 수 없었다.

"그날 밤도, 오늘도 나를 불러들인 건 결국 너야. 나는 너의 거래에 응하고, 네가 원한 대가를 준 거밖에 없어. 그런데 왜 화를 내는 거지? 무례한 건 늘 넌데 왜 항상 네가 먼저 화를 내는 거야."

"네가 이유를 모른다는 게, 바로 이유야."

그 말만을 남기고 씩씩, 거친 숨을 내뿜으며 태서가 긴 다리를 휘적휘적 먼저 골목을 벗어났다.

하진의 말이 다 맞았지만, 그렇다고 자신이 왜 화를 내는지를 말할 순 없었다. 하진을 볼 때마다 저는 늘 숨이 벅차도록 하진이 욕심나는데, 당장에라도 욕심껏 취하고 싶어 안달 나 죽겠는데, 세상 똑똑한 척은 혼자 다 하면서 정작 순진해 빠진 하진이 뭣도 모르고 또 다른 부탁을 하겠다고 하니, 정말 열이 뻗쳤다. 고작 손에 입술을 닿은 것만으로도 그렇게 발발 떤 주제에, 다음번에는 정말로 하룻밤을 같이 보내달라고 하면 어쩌려고. 온전한 제 여인이 되어달라고 하면 어쩌려고 겁도 없이 또다시 말 안 되는 거래를 하려고 나서는지 화가 나서 미치고 팔딱 뛸 노릇이었다. 하여 도망치듯 하진에게서 멀어지려 하였다. 문제는 하진이 그것을 지켜만 보고 있진 않았다는 거지만.

실제로 하진은 점점 제게서 멀어지는 태서를 따라잡기 위해 달음박질을 하였다.

"거기 서!"

하진이 태서의 걸음을 거의 따라잡은 건, 태서가 막 운종가 장터 안으로 뻗은 골목 끝을 벗어났을 즈음이었다. 하진은 서둘러 인파 속으로 사라지려 하는 태서의 소매를 붙잡았다.

"서라고 했잖아! 하아, 하아."

뜀박질에 흐트러진 숨을 내쉬며 하진이 원망스레 태서를 노려보았다.

"보는 눈이 많습니다. 손을 놓으시지요."

태서가 장터 사람들의 눈을 의식해, 짐짓 공손한 말과 함께 소매를 떨쳤다. 태서가 말은 그리 했지만 사실 분주히 움직이는 장터 사람 중에서 그들 두 사람을 유심히 지켜보고 있는 사람은 없었다.

단 한 사람만 제외하고.

'뭐야? 내가 지금 뭘 본 거야? 지금 저 뒷골목에서 사내의 뒤를 따라 나온 게 하진이가 맞는 거지?'

그리 제 눈을 의심하고 선 것은- 장차 새언니가 될 숙영을 만나러 가기 전, 숙영에게 뒤지지 않을 새 노리개나 하나 살까 하는 마음에서 운종가에 들른- 성우의 누이동생, 정애였다.

'누구지? 그 사내는 누구일까? 복색을 보면 양반도 아니던데. 대낮에도 어두컴컴하기만 했던 그 골목 안에서 둘이서 도대체 뭔 짓을 한 거야?'

"대추차가 꽤 향이 좋답니다. 들어보아요."

"예에……."

숙영의 방에 든 뒤에도 내내 운종가에서 본 하진과 낯선 사내에 대한 생각을 떨치지 못하고 있던 정애는 숙영이 권하는 찻잔을 받아 한 입 마시다 말고 "아뜨뜨뜨!" 하고 야단스럽게 혀를 내둘렀다.

"아우, 혀야. 어찌나 뜨거운지 혓바닥을 다 데고 말았네요."

혀를 반쯤 내밀어 거기에 손 부채질을 하며 정애가 눈물까지 글썽였다.

"딴생각에 너무 몰두하니, 차가 뜨거운지도 몰랐던 게지요. 도대체 무얼 그리 골똘히 생각한 겁니까? 왜요, 저랑 상대하는 게 그리도 지겨웠습니까?"

"아, 아니요. 무슨 말씀을요. 그, 그런 게 아닙니다. 전 그냥……."

날 앞에 두고 감히 무슨 딴생각을 하느냐 에둘러 비난하는 숙영을 보고 정애는 바보처럼 자꾸만 말을 더듬었다. 오늘 처음 본 숙영은, 장차 정애의 올케가 될 이는 첫인상부터가 만만치 않은 여인이었다. 콧대가 높고 도도한 여인의 모습을 그림으로 그리면 딱 저리 생겼거니 하고 생각할 정도로 어딘가 오만해 보이는 인상이었다.

둥글게 휜 눈썹은 유난히 눈과 거리가 멀어. 눈을 아래로 내리깔 때마다 훨씬 더 고압적인 느낌을 주었고, 뾰족한 콧날과 조금 작다 싶은 입매 또한 새침하고 고압적인 인상을 돋보이게 하는 데 한몫을 하였다.

생긴 것만 그러한 게 아니었다. 정애를 대하는 태도 또한 어딘가, 눈 아래로 보는 듯 고압적이긴 마찬가지였다. 정애를 처음 맞아들였을 때부터 기분 나쁘다 싶을 정도로 빤히 머리끝에서 빤히 훑어보는가 싶더니, 새것임이 역력해 보이는 옷과 장신구들을 보고는 보일락 말락 코웃음까지 쳤다. 거기다 자기 방으로 정애를 데리고 와서도 귀한 손님인 정애에게 아랫목을 내어주기는커녕 정애가 먼저 앉기를 기다리지도 않고 제가 먼저 보료 위에 떡하니 앉아, 어서 앉으라고 턱짓으로 명하기까지 하였다.

여러모로, 정애로서는 충분히 자존심 상하는 취급이라 할 수 있었다. 그런데도 정애는 뭐라 한 마디 따지고 들지도 못했다.

딱히 정애가 손윗사람을 어려워하는, 지극히 예의 바른 규수이기 때문만은 아니었다. 머릿속에 하진과 낯선 사내에 대한 일로 가득 차기도 했지만, 우의정의 딸이라는 숙영의 지체가 자꾸만 정애를 주눅 들게 했기 때문이었다.

"남매께서 워낙 사이가 돈독하다 들은지라, 걱정입니다. 이리 낭자께서 벌써 저를 지겨워하시니, 임 사자관께서도 그러지 않으실까. 앞으로 평생 얼굴을 맞대고 살아야 하는데 벌써 사자관께 소박맞을 걱정을 해야 하는 건 아닐까."

"무, 무슨 그런 당치도 않으신 말씀을. 저희 오라버니가 어찌 그런……"

"그도 그럴 게 임 사자관에게는 오래전부터 서로 연모해 온 정인이 있으셨다면서요?"

숙영의 말에 정애의 얼굴에서 핏기가 가셨다. 숙영의 엄살 아닌 엄살이, 비난 아닌 비난이 무엇을 말하려 함인지 깨달았다.

"그리 연모하는 여인을 두고 집안끼리의 결정에 따라 저와 혼인을 하시려니, 그 마음이 오죽하시겠습니까? 그 눈에 제가 어여뻐 보이겠습니까?"

숙영이 입만 떡 벌린 채 아무 말도 못 하는 정애를 보고는 부러 뺨을 감싸고 하아, 짙은 한숨을 내쉬었다.

"그것만 생각하면 이제라도 이 혼인을 물러야 하는 건 아닌지, 심히 고민 됩니다. 괜히 저 때문에 은애하는 두 정인의 가슴에 한이 맺히게 된 건 아닌지. 그것으로 평생 임 사자관께 미움받고 구박받는 아내의 처지가 되는 건 아닌지. 하아……"

"아닙니다! 아니에요. 낭자께서 잘못 아시고 계시는 겁니다!"

혼인을 물러야 하는 거 아니냐는 숙영의 말에 정애가 펄쩍 뛰며 거듭 하진과 성우의 사이를 부정하고 나섰다. 숙영은 그다지 마음에 들지 않았지만, 성우는 반드시 우의정의 사위가 되어야만 했다. 정애 저의 오라버니가 천하를 주름잡는 우상의 사위가 되기만 하면 정애 자신에게 들어오는 혼담의 격과 질이 달라질 것이니까. 그 때문에 정애는 어떻게든 숙영의 마음을 달래 볼 생각으로 앞뒤 가리지 않고 입을 놀렸다.

"낭자가 무얼 어찌 들어 알고 계신지는 모르나, 틀립니다. 아니에요. 예,

뭐 물론 하진이가 오라버니를 흠모해 왔긴 합니다. 하지만 그건 하진이 혼자 키워온 일방적인 감정일뿐이지요. 오라버니는 그저 하진이가 제 동무이니, 누이동생처럼 귀여워해 준 것뿐이랍니다."

"낭자께서 그리 변명하지 않으셔도 됩니다. 저도 이미 들을 건 다 들어 알고 있는지라……"

"정말이라니까요. 서로 연모라니 가당치도 않아요. 하진이가 어떤 아이인데요. 대낮에 운종가 한복판에서 신분도 낮은 천한 사내랑 그렇고 그런…… 합!"

흥분하여 입을 놀리다 말고 정애가 얼른 손으로 제 입을 가렸다. 제가 생각해도 좀 너무 나갔다 싶었다. 그러나 오히려 그 모습이 숙영의 호기심을 자극한 모양이었다.

"그 낭자가 무얼 어찌했는데요?"

반짝, 눈을 빛내며 숙영이 정애의 앞으로 바짝 다가앉았다.

한편, 그때 하진은 지 씨 부인의 방에 들어있었다.

"고맙다. 네게 큰 신세를 졌어."

"어르신께선?"

"몸져누우셨어. 왜 안 그렇겠니. 그렇게 독하게 구셨지만, 모두가 집안을 위해 한 일이라곤 하지만 당신 딸을 당신 손으로 죽인 것이나 다름없으니 생병이 날 수밖에."

딸의 죽음을 전해 들은 남편이 생병이 났다는 이야기를 전하는 지 씨 부인의 얼굴에서는 통쾌함을 엿볼 수 있었다. 하진은 그런 부인에게 다시 한번, 입을 다물고 살 것을 주문하였다.

"끝까지, 누구에게도 발설하셔서는 아니 됩니다. 만약 이 일이 밖으로 새어나간다면 가장 위험해지는 것은 가은이라는 것을 명심해 주세요."

"걱정하지 마. 설령 내게 진실을 듣기 위해 입을 찢는다 해도, 스스로 혀를 깨물고 죽으면 죽었지 아무에게도 발설 안 할 테니까. 그보단 아랫것들이 걱정이구나."

지 씨 부인이 말한 '아랫것'들이란, 남편의 명에 따라, 이삼일에 한 번씩 자녀굴로 가 가은의 생사를 확인하던 이들을 말함이었다. 사실 지 씨 부인의 집에서 요 며칠 거행된 가은의 초상은 사체가 없는 빈 관으로 진행된 초상이었다. 이건 딱히 가은만의 일이 아니었다. 원래 많은 사대부 집안에서는 자녀굴이나 자녀소에서 목숨을 잃은 집안 여인들의 시체를 집안에 들이려 하지를 않았다.

집안의 명예를 저버린, 또한 그 명예를 지키기 위해 죽임을 당한 여인들의 시체를 집안에 들였다가 나중에 혹여 그 죽은 여인들이 귀신이 되어 집안을 해코지라도 할까 우려한 때문이었다. 그러기에 여인들의 시체는 아랫것들에 의해 은밀히 매장되곤 하였고, 여인들의 집안에서는 대부분 시체 없는 텅 빈 관으로 초상을 치르곤 하였다.

"그런데 그들이 나중에라도 그 굴 안에 가은이의 시체가 없었다는 점을 소문이라도 내면, 그 때문에 가은이가 살아서 도망친 것을 누구라도 알게 되면 그 일을 어쩐단 말이냐?"

"괜찮습니다. 그럴 염려는 없으니, 마음 놓으셔요."

하진은 지 씨 부인을 안심시키고자 태서가 제게 일러준, 태서가 그들을 속인 방법에 대해 넌지시 귀띔을 해주었다.

그날, 가은의 옷을 동굴에 되가져다 놓은 후, 태서는 잘 아는 보부상들을 이용해 산 아랫마을이며 주막 등지에 작은 소문을 퍼트려 놓았다.

"다들 들었는가? 참 기묘한 일도 다 있다지?"

장사치 중에 누군가가 다른 마을에서 보고 들은 일이라며 운을 떼기 시작한 소문의 내용은 이러했다.

어느 마을 어느 양반가의 규수가 병이 들어 죽었는데 장사 준비를 하기 위해 잠시 방에 홀로 둔 규수의 시체가 온데간데없이 사라졌다는 것이었다. 그것도 죽을 당시 입고 있던 옷가지며 댕기까지 누운 자리에 그대로 놓여있는데 그 몸만 쏘옥 사라져버렸다는 것이다.

"그래서 시체는 찾았고?"

"찾기는? 온 동네방네를 이 잡듯 샅샅이 뒤졌는데도 결국은 못 찾았다 하더구먼."

"귀신이 곡할 노릇이네."

"그거 혹시…… 누가 일부러 시체만 훔쳐간 거 아닌가?"

다른 무리인 양 일부러 따로 주막에 들어온 장사치 하나가 슬쩍, 제가 다른 곳에서 들은 이야기라며 소문에 살을 덧붙였다.

"내 도성에서 들은 이야긴데 요즘 시체도둑이 들끓는다더군. 오죽하면 아예 갓 파묻은 무덤 속 시체까지 훔쳐가는 사람들도 있다던데?"

"어구구구. 무서워라. 아니, 세상에 왜?"

"왜긴 왜겠어. 예부터 다리 아픈 사람은 짐승의 다리를 고아 먹으면 낫고 간이 나쁜 사람은 짐승의 간을 먹으면 좋다 하질 않던가. 짐승의 것이 그럴 진데, 하물며 사람의 것이라면……"

그쯤에서 처음 이야기의 물꼬를 튼 장사치 사내가 시체도둑 이야기를 꺼낸 장사치에게 한껏 맞장구를 치기 시작했다.

"그러고 보니 나도 그 비슷한 얘기를 들은 것 같네. 아예 시체를 매장해 줍네 하고는 일부러 시체를 몰래 빼돌려 파는 사람들도 있다고."

"쯧쯧쯧. 천벌을 받을 것들!"

"천벌을 받기 전에 그 집안사람들한테 들키면 그 자리에서 찢겨 죽일 것이오. 암 그렇지, 그렇고말고."

그렇게 퍼트려 놓은 소문은 이내 가은의 죽음을 확인하고 그 시체를 매장하기 위해 산을 오르려던 사내들의 귀에도 전해졌다. 시체를 보고 나면 입맛이 뚝 떨어질 것을 대비하며, 매번 산을 오를 때마다 미리 주막에 들러 든든히 배부터 챙기곤 했던 그들은 소문을 듣자마자 괜히 찜찜하여 먹던 밥숟가락을 내려놓고 산으로 올랐다.

그리고 아니나 다를까.

살아있음을 증명하는 그 어떤 응답도 없는 동굴 안으로 들어가 가은의 옷만 덩그러니 남겨져 있는 꼴을 보았을 때, 사내들의 머릿속엔 똑같은 생각이 떠올랐다.

시체도둑!

그것이 아니고는 도무지 그 기묘한 상황이 이해되지 않았다.

낭자가 때마침 동굴 앞을 지나가던 사람에게 도움을 청해 도망친 것이라면, 물론 다 죽어가던 낭자에게 그럴 힘도 없었겠지만, 동굴 앞이 다시 바위로 막혀질 리가 없었다. 짐승이 와서 물고 갔다는 것도 또한 같은 이유로 말이 안 됐다.

무엇보다도 입고 있던 옷가지들이 가지런히 놓인 걸 보면 짐승의 소행일 리도, 낭자가 살아서 도망쳤을 리도 없을 것이었다.

"자네도 그리 생각하나?"

"자네도?"

"이거 큰일이 났네. 어서 가서 고하지 않으면……"

그렇게 사내 중 한 사람이 서둘러 산 아래로 내려가려 할 때 그보다 조금 더 머리가 빨리 돌아가는 동무가 황급히 그의 팔을 붙잡고 늘어졌다.

"뭐라고 하게?"

"뭐라고 하기는? 낭자가 사라졌다고. 낭자 시체가 없어졌다고. 그리 고해야 하지 않는가?"

"자네, 미쳤는가? 그렇게 되면 제일 먼저 혼쭐이 날게 누구일 것 같은가!"

"아, 아니 그래도!"

"그냥 시체를 도둑맞았다고 혼만 날 것 같은가? 만에 하나, 아까 우리가 들은 그 소문이라도 그 양반들 귀에 들어가 보게. 당장 우리더러 누구에게 얼마를 받고 시체를 팔아넘겼냐고, 우리가 죽을 때까지 쌩 고문을 하고도 남을 걸세. 아니지. 어쩌면 더 잘 됐다 싶어, 이참에 자녀굴에 대한 사실을 알고 있는 우리 입을 막기 위해 죽이려 들지도 모르네."

딴에는 맞는 말이었다. 보통 비밀을 숨기려 드는 양반들이 제일 잘하는 짓이자 제일 먼저 하는 짓은 그 사실을 알고 있는 아랫것들과 천한 것들을 죽여 그 입을 다물게 하는 일이 아니었던가.

"그, 그럼 어쩌나?"

"어쩌긴. 우린 어디까지나 오늘 시체를 수습해, 매장한 것이라네. 설마하니 잘난 양반님들께서 무덤을 파서 그 안을 확인하기라도 할 것 같은가? 설령 그런다 해도 그때에는 우리 탓은 못 하겠지. 파묻으란 얘기만 했지, 지키라는 얘기는 없었으니까."

"역시 자네답네!"

그제야 불안을 떨치지 못하던 사내의 동무가 철썩, 저의 튼실한 허벅지를 내려쳤다.

"자네같이 똑똑한 사람이 이리 태어난 게 참 아까우이. 양반 핏줄로만 태어났으면 당상관이 눈앞일 것을. 흐흐흐."

"신소리는 그만하고. 우리는 얼른 시체 대신 이 옷가지들이나 가져다 묻어줌세. 그래도 봉분 하나는 만들어 놔야 시체를 묻었다는 말을 믿어줄 게 아니겠는가?"

"그렇지, 암 그렇지!"

사내는 이번에도 저보다 훨씬 영민한 동무의 말에 고개를 주억거리며 온갖 오물로 얼룩진 죽은 규수의 옷가지들을 수습하기 시작했다.

.

.

.

"그랬었구나. 그랬던 것이었어. 그래서 그들이 그렇게 자신만만하게 어디에 묻었는지를 고했던 것이었어. 헉⋯⋯"

하진의 얘기에 감탄하던 지 씨 부인이 또다시 덜컥, 걱정되어 하진에게 물었다.

"그런데 그 시체도둑의 이야기가 헛소문이란 걸 알게 되면 그때는 어찌하느냐? 그들이 뒤늦게라도 그 소문이 누군가 억지로 퍼트린 것을 알게 되면?"

사실 지 씨 부인처럼 하진도 태서에게 똑같은 것을 물었더랬다.

"나중에라도 그들이 거짓 소문에 자신들이 속았다는 것을 알고 뒤늦게라도 사실을 고하러 간다면?"

그때 태서는 너무도 천연덕스러운 얼굴로 답했다.

"나는 헛소문을 퍼트렸다고 말한 적은 없는데?"

"…… 그럼 진짜라고?"

"글쎄……"

태서는 더 이상 말할 수 없다는 듯, 손가락을 입에 가져다 대고 눈썹을 치켜세웠다.

그것만으로도 하진은 알았다. 시체도둑의 소문을 이용해, 버거운 운명에서 도망친 사람이 가은이 처음은 아니라는 것을.

하지만 지 씨 부인에게는 제가 아는 사실을 전부 말하지 않았다.

"걱정하지 마셔요. 설령 뒤늦게 헛소문이라는 걸 알게 되어도 이미 자신들이 가은이의 시체를 묻었다고 거짓말하고 또 그에 따른 보상까지 받았으니, 벌 받을 게 무서워서라도 사실을 밝히진 못할 것입니다."

단지 그렇게만 말했을 뿐이었다. 언젠가 태서가 말했듯, 비밀이란 아는 사람이 많을수록 새어나갈 가능성도 커지는 법이었으니까.

그로부터 며칠 후였다.

"호오. 역시 소문대로군. 같은 사내가 봐도 눈이 부실 정도야. 이런 헌헌

장부니 내 누이가 한눈에 반하지."

"과찬이십니다."

성우는 평소보다 훨씬 더 딱딱한 얼굴로 선비 하나와 함께 술자리에 마주 앉아있었다.

"호호호. 소문에 듣자 하니 많은 여인네가 매제를 홀로 흠모하고 연모하였다지? 그런 매제가 보기에 나는 어떤가? 나도 어디 가서 인물이 빠진단 소리는 못 들어봤네만. 이만하면 도성 여인네들의 마음을 쥐락펴락할 것 같은가?"

한껏 기대에 들떠 은근한 눈빛을 하고 묻는 선비는 우의정의 오촌 조카인 강치경이었다.

"어찌 대답이 없는가? 자네 보기엔 내 인물이 그리도 변변치 않은 겐가?"

자신도 이만하면 잘 생겼지 않느냐는 물음에 답이 없는 성우를 보고 치경이 빈정상한 얼굴로 물었다. 그제야 마지못한 성우가 치경이 원하는 답을 주었다.

"아닙니다. 열 사람에게 물으면 열 사람 다 풍모가 뛰어나다 답하실 정도입니다."

입에 발린 말이거나 과도한 칭찬인 것은 아니었다. 사실 치경은 누가 보아도 잘 생겼다고 칭찬할 정도로 곱게 생긴 선비이기는 했다. 특히 보통의 사내들보다 선이 가는 콧날이며 얇은 턱선 등은 여인네들이 특히 좋아할 풍모이기는 했다.

다만 지나치게 백분을 먹인 살결이며 눈썹 먹을 쓴 것이 분명한 인위적인 눈썹, 지나치게 화려한 색감의 비단옷 등, 과하게 치장한 모습 등이 조금 부담스러워 보일 뿐이었다.

"자네가 그리 말한다면 그게 사실이겠지."

성우의 칭찬에 비로소 만족한 듯 치경이 흐흐 하고 금세 속없게 웃었다.

"그래도 자네 말을 듣고 나니, 내 조금은 더 자신이 생기는군. 사실은 말일세. 자네도 들어 알고 있는지 모르겠으나 내 이번에 상경한 것은 장차 내 내자(內子, 아내)가 될 낭자를 만나 보기 위해서라네."

"예에."

성우는 치경의 말을 대수롭지 않게 받으며, 앞에 놓인 술잔을 들어 칼칼해진 목을 적셨다. 빨리 술잔을 비우고, 술병을 비우면, 하여 취기라도 돌면 이 지루하기만 한 의미 없는 만남에 종지부를 찍을 수 있을 것 같아서였다. 하지만 그 술 한 잔을 마저 다 비우기도 전에, 성우는 마치 북풍한설에 옷 한 벌 걸치지 않은 발가벗은 몸이 된 양 뻣뻣하게 얼어붙고 말았다. 치경이 성우가 보여줄 반응을 기대하고 내어놓은 한 마디 때문이었다.

"참, 그러고 보니 자네도 잘 알겠구먼. 감 진사 댁 하진 낭자 말일세. 자네와는 아주 어렸을 때부터 각별하게 지내던 사이였다지?"

'하진?'

성우가 술잔을 기울이느라 반쯤 감고 있던 눈을 들어 제 맞은편의 사내를, 싱글벙글 웃으며 요사스럽게 눈을 빛내고 있는 치경을 보았다.

'이 사람이 왜? 왜 하진의 이름을?'

"하……진 낭자의 일은 어찌 물으십니까?"

손이 떨리지 않게 주의하며 술잔을 내려놓은 성우가 치경에게 물었다. 조금은 험악해진 그 눈빛에 만족한 치경이 보란 듯이 술상 앞으로 몸을 기울여 성우에게 말했다.

"왜긴. 내 방금 말하지 않았나? 내 이번에 상경한 것은 장차 내 내자가 될 사람을 만나기 위해서라고."

"그런데 왜 하진 낭자를……"

멍청하게 되물으려던 성우가 말끝을 잇지 못했다. 치경의 말이 의미하는 바를 깨달아서였다.

"그럼 혼인한다는 낭자가?"

"훗. 그렇다네. 내 감 진사 댁 하진 낭자와 혼인을 하게 되었거든. 그런데 자네 표정은 왜 그런가? 꼭, 다른 사내에게 정인이라도 뺏긴 남자 얼굴 같지 않은가? 하하하하!"

치경이 크게 너털웃음을 터트리더니 금세 정색을 하곤 제 말을 고쳐 하였다.

"아니지. 내가 잘못 보았네, 그려. 이제 보니 정인을 뺏긴 남자 얼굴이 아니라, 자신이 버린 계집을 다른 사내가 주워가게 생긴 걸 본 사내 얼굴이 질 않는가. 어이 그런가? 버릴 때는 언제고, 다른 사내가 주워 고쳐 쓴다니 새삼 아까워진 것인가?"

"이 무슨!"

성우가 더는 참지 못하고 거칠게 술상을 밀며 자리를 박차고 일어났다. 그 바람에 술상이 뒤집혀 와장창 소리를 내며 술병과 안주를 담은 접시들이 방바닥으로 요란하게 나뒹굴었다. 그런데도 치경은 태연하게 방바닥에 떨어진 제 술잔과 반쯤 술을 쏟은 술병을 들고서는 제 손으로 제 술잔에 조르륵 술을 따랐다.

"흥분하는 걸 보니, 아직 아무것도 몰랐던 게로군. 쯧쯧쯧. 이리 순진해서야 앞으로 내 당숙 어른과 숙영이 고것의 손아귀에 꽉 잡혀 살 것이 눈에 훤히 보이질 않는가. 하하하하."

"…… 누, 누구의 뜻입니까?"

성우의 목소리는 분노로 떨리고 있었다.

"뭐? 아, 내가 자네 옛 정인과 혼인하게 생긴 거? 물어 무엇 하나? 내 당숙 어른과 자네 춘부장, 그리고 그 여인의 부친인 감 진사까지. 세 어른께서 함께 작당하여 벌인 일인 게 불을 보듯 훤한 것을."

"말도 안 되는!"

이를 갈며 방문을 향해 돌아서는 성우를 보며, 제법 의미심장하게 웃으며 치경이 물었다.

"근데 설마 그 낭자의 뱃속에 자네 아이가 자라고 있는 건 아니겠지? 당숙께서 시키시니 이 혼인을 하기는 할 테지만, 남의 새끼를 내 새끼로 잘못 알고 키우는 건 영 취미에 안 맞아서. 그런 건 천하의 바보 천치들이나…… 윽!"

치경의 입에서 신음이 터져 나왔다. 치경의 막말에 꼭지가 돈 성우가 나가던 걸음을 되돌려 치경에게로 와 거칠게 그의 멱살을 잡아 일으켰기 때문이었다.

"왜, 치려고?"

"내가 못할 것 같아?"

"그런데 어쩌나? 자네가 이럴 시간이 없을 텐데."

"뭐?"

"훗."

치경은 멱살이 잡혀 창백해진 얼굴인 주제에도 한풀 꺾인 기색 하나 없이 거만하게 콧방귀를 뀌었다.

"내가 도성에 맨손으로 그냥 왔을까?"

"무슨 소리야?"

"지금쯤 내 당숙께서는 감 진사 어른의 집으로 가시고 있을 걸세. 낮에 전해드린 나의 혼서(婚書)를 그 댁에 전하기 위해서지. 후후훗. 자네도 알고 있지 않은가. 감 진사 어른께서 그 혼서를 받아들이시기만 하면 이제 이 혼인은 나라님이 와도 막을 수 없게 된다는 것을."

치경의 말은 틀린 것이 없었다. 무릇 혼서는 청혼서인 동시에 혼인을 앞두고 보내는 신랑 측의 예물의 일종과도 같았다. 신랑 측의 남자 어른이 가지고 간 혼서를 신부 측의 어른이 받아들여 허혼서를 써주기만 하면 둘의 혼인은 기정사실이 되는 법이었다.

"나 같으면 여기서 실랑이를 할 시간에 감 진사 어른을 찾아뵙고 그 혼서를 받아들이지 말아 주십사 애걸복걸을 하겠구먼. 자네는 내 뜻과 다른 모양일세, 그려?"

다를 리 없었다. 그 증거로 성우는 팽개치듯 치경의 멱살을 놓아주고서 방을 나선 뒤, 신을 꿰어 신자마자 양반 체면도 잊고 달음박질하기 시작했으니까.

"거기 아무도 없느냐!"

성우가 방을 뛰쳐나간 직후였다. 혼자 술을 따라 마시던 치경이 짜증스레 소리를 내어 누군가를 불렀다.

"부르셨나이까?"

치경의 부름에 기다렸다는 듯 스르륵, 비단 치마를 이끌고 기생 하나가 모습을 드러내었다. 기생은 어지러운 방 안의 풍경에 둥글게 휘어진 눈썹을 조금 꿈틀하였을 뿐, 입가에는 계속 아리따운 미소가 걸려있었다.

"곧 방을 정리하겠사와요. 다른 방에 다시 술상을 마련하올까요?"

"아니. 그보다 내 오랜만에 도성에 와서 그러하는데, 이 근처에 제법 큰 투전방이 있는지 알아올 수 있겠느냐?"

"훗. 별관으로 옮기시지요. 마침 지금 한창 홍이 오르고 있는 중이오니."

말을 마친 기생이 치경의 대답도 듣지 않고 제가 먼저 방을 나섰다. 치경이 얼른 반색하고 그런 기생의 뒤를 따랐다. 마당을 가로질러, 기루의 본채 뒤로 돌아가니 이미 왁자지껄한, 기루와는 또 다른 소리들이 한창 쏟아져 나오고 있었다.

"섰다!"

"장땡이요!"

"지화자!"

"술! 술이 모자라다! 술! 술 가져오너라!"

그 소리에 치경이 조금 놀랍다는 얼굴로 저를 인도하는 기생에게 말했다.

"기루 바로 뒤에서 이런 투전판들이 열리고 있었던가?"

"사내 분들이야 으레 술 마시면 계집 생각하고, 계집에게 물리면 노름하자 하시는걸요. 그러니 술 있는 곳에 계집 있고, 술 있는 곳에 노름판이 열리는 게 당연지사지요."

기생이 뒤도 안 돌아보고 답한 후, 별관의 중문 앞에 다다르자 통통 소리를 내며 문을 두드렸다.

"누군가?"

중문 안쪽에서 낮은 사내의 목소리가 들려왔다.

"향이어요."

기생의 답에 금세 중문이 열리고, 이내 모습을 드러낸 수염 가득한 사내가 기생 뒤에 선 치경을 보았다.

"초면이신데."

경계하는 얼굴이었다. 그러자 기생이 얼른 사내의 귀에 입을 가져다 대고 치경에게 들리지 않을 소리로 작게 소곤거렸다.

"우의정 대감의 오촌 조카라오."

"흐음?"

수염 사내가 번쩍 눈을 빛내더니 이내 제가 막고 섰던 중문 앞을 선뜻 비켜주었다. 치경이 호기심 가득한 얼굴로 그 안으로 들어서려 하자, 기생이 그런 치경의 옷소매를 붙들며 이번엔 치경의 귀에 보드라운 입술을 가져다 대었다.

"저는 이 안까지는 들어가지 못합니다. 그러니 일러드리지요. 혹시 만에 하나라도 안에서 공연한 시비가 붙거나 곤란한 일이 생기거든 태서를 찾으셔요."

"태서?"

"예. 이 안에서는 돈보다도 가문보다도 권세보다도 그의 이름이 더 큰 힘을 가지니까요."

기생이 훗 하고 작게 웃으며 치경의 귀에 숨소리를 불어넣은 뒤 새빨간 입술로 치경의 귓불을 살짝 물었다.

"읏."

"이걸 가지고 가셔요."

기생이 일부러 봉긋 오른 젖무덤이 들여다보이게 저고리를 젖힌 다음, 그 가운데 깊이 팬 골에서 작은 천 조각 하나를 꺼내 치경에게 건넸다.

"이건…?"

"본래 노름판에선 여인의 것을 몸에 지니는 것이 재수가 좋다지요?"

기생은 요사스러운 눈웃음과 함께 치경의 팔에 조금 전 슬쩍 보여주었던 가슴을 은근히 밀착시키며 작게 속삭였다.

"많이 따셔요. 오늘 밤 제 치마끈을 푸시려면 아주 많이 따셔야 할 겁니다. 후훗."

여인이 노골적인 추파로 치경의 혼을 빼는 동안 투전판의 문 앞을 지키는 수염 사내는 기생을 향해 찡긋, 의미 있는 눈짓을 하였다.

한편.

"이리 오너라! 이리 오너라!"

술자리를 파하고 뛰쳐나간 성우는 하진의 집에 당도하자마자 대문 고리를 잡고 격렬히 흔들어댔다.

"누구신…"

소란에 대문 밖으로 나온 하진의 집 하인이 성우를 알아보고는 얼른 허리를 숙였다.

"사자관 나으리 오셨습니까?"

"내, 진사 어른을 급히 뵈어야겠다. 내가 왔다고 고해주거라."

"들어오시지요."

"응?"

감 진사에게 고하지도 않고 선뜻 문을 열어주는 하인의 모습을 성우가 이상스레 보자니, 하인이 얼른 뒷말을 덧붙였다.

"저희 주인어른께서 혹여 사자관 어른께서 찾아오시거든 별채로 모시라, 명하셨습니다."

보통 때의 성우였다면 왜 사랑채가 아닌 별채로 오라는 것인지부터 궁금해하였겠지만 이때의 성우는 달랐다. 당장에라도 감 진사를 만나 그 혼서를 받아들이지 말라, 간청해야겠다는 생각에 앞뒤를 생각하지 않고 별채로 이끄는 하인의 뒤를 순순히 따라갔다.

"예서 잠시 기다리시면 곧 주인어른이 오실 것입니다."

별채 손님방에 성우를 모신 뒤, 하인은 곧 다과상이라도 들이겠다며 방을 나섰다. 그제서야 성우는 뭔가 이상하다는 것을 깨달았다. 여태 수년이나 이 집을 들락날락하였지만 단 한 번도 이 별채로 안내받은 적이 없음을 깨달은 것이다.

하진이 기거하는 안채와도 동떨어져 있는 이곳 별채는 본디 명문가에 몸을 기탁하는 서생들이나 멀리서 찾아오는 반갑지 않은 먼 친척들을 묵게 하는 곳이었다.

'헌데 왜 나를 이곳에?'

퍼뜩, 떠오른 생각에 성우는 부리나케 방을 나가 작은 마당을 가로지른 후, 중문으로 향했다.

덜컥. 들어올 때 활짝 열려 있었던 것과 달리 얌전히 닫힌 중문을 열려 하니, 둔탁한 쇳소리만 들려올 뿐, 문은 열리지 않았다.

'뭐지?'

의아해하며 다시 세게 문을 잡아당겼지만, 이번에도 덜컥하는 자물쇠의 쇳소리만 들려올 뿐이었다.

"이리 오너라!"

성우가 목청껏 소리를 높여 하인을 불렀다.

"이리 오너라!"

또다시 고함을 지르니, 중문 안쪽에서 아까의 하인이 공손히 대답하는 소리가 들려왔다.

"잠시만 기다려주시지요. 주인어른께서 곧 오신다 하셨습니다."

"네 이놈! 네 어찌하여 문을 걸어 잠근 것이냐!"

"…… 송구하옵니다. 주인어른께서 귀한 손님이 오실 예정이라며, 사자관 나으리가 방해하지 못하도록 잠시만 이곳에 머물게 하라 명령을 내리셨습니다."

"!"

아뿔싸. 성우의 얼굴은 하얗게 질렸다. 우의정이 혼서를 들고 올 것을 안 감 진사가 일부러 저를 별채 안에 가둔 것임을 비로소 깨달았다.

"당장 이 문을 열어! 내가 진사 어른을 뵈어야겠다!"

"주인어른께서는 따로 명하실 때까지 문을 열어드리지 말라, 명하셨습니다."

"당장 열어! 열란 말이다! 어서!"

성우가 고래고래 소리를 질러댔지만 이제 문 건너편에서는 그 어떤 소리도 들려오지 않았다. 그런데도 성우는 문고리를 잡고 문을 뜯어낼 작정이기라도 한 듯, 격하게 흔들며 고함치고 애원하였다.

"진사 어른을 뵙게 해 다오. 이 문을 열어라! 내가 드릴 말씀이 있다! 문을 열어! 열……"

그렇게 한참이나 계속되던 성우의 고함이 멈춘 건, 중문 건너편에서 와자지껄하게 손님 맞는 소리가 들려왔을 때였다.

"이거이거 참, 우의정 대감께서 친히 걸음 해 주실 줄이야. 하하하하! 어서, 어서 드십시오."

우의정을 맞이하는 쩌렁쩌렁한 감 진사의 목소리가 성우의 귀에까지 들려오고 있었다.

"안 돼. 절대 안 돼!"

이제 성우는 그야말로 발광(發狂)이란 말이 딱 어울릴 정도로 중문 고리를 붙잡고 흔들며, 주먹으로 중문을 쾅쾅 치며 미친 듯 고함을 쳤다.

쾅쾅쾅쾅!

"진사 어른! 진사 어르은! 그 혼서를 받아들이시면 아니 됩니다! 진사 어른! 진사 어른! 아니 됩니다. 죽어도 아니 됩니다!"

감 진사의 목소리가 성우에게까지 들렸으니, 성우의 피맺힌 고함이 감 진사와 우의정에게 들리지 않을 리가 없었다. 그런데도 중문 건너편에선 누구도 성우에게 반응하지 않았다. 그것이 성우의 좌절감을 더욱 심화시켰다.

"어떻게 이렇게까지 하십니까? 이렇게까지 하셔야 합니까? 이렇게까지! 이렇게까지이이!"

성우가 하늘을 올려다보며 목이 터져라, 외쳤다.

"제가 무얼 그리 잘못 했나이까! 전생에 무슨 업보를 지었기에 이런 생지옥을 주시는 겁니까! 평생을 어찌 살라고! 하진이는 어쩌라고! 으아아아악!"

쾅쾅, 주먹으로 문을 치다 못해 성우는 이제 머리로 문을 들이받았다. 눈에선 끊임없이 뜨거운 것이 흘러넘쳤다. 그것이 제 지독한 운명을 비관

하는 눈물인지, 터진 이마에서 흘러나온 핏물인지 성우는 알지 못한 채 죽
으라고 머리를 문에 박고 또 처박았다.

．

．

．

"손등이 부러지고, 이마가 다 터지셨대요. 용이 아범이 문을 열어보니
얼굴에 가득 피칠을 한 채 혼절하셨다지 뭡니까?"

계집종 소쌍이 하진의 눈치를 살피며, 조금 전 별채에서 있었던 소란을
전했다. 그런데도 하진은 눈 하나 깜빡하지 않고 수틀에 수를 놓는 데만
열중할 뿐이었다. 그것이 야속한지 소쌍이 볼멘소리를 하였다.

"아니, 사자관 나으리께서 그리되셨다는데 아가씨는 걱정도 아니 되셔
요?"

"손님은 돌아가셨다더냐?"

"누구? 아…… 우의정 대감마님이오? 아니요. 아직 사랑채에 계셔요. 별
채에서는 그 난리가 났는데 두 분은 뭐가 그리 좋으신지 두 분의 웃음소
리가 쉴 새 없이 흘러나오고 있지요. 아예 이참에 혼인 날짜를 정하시는
게 아닐까, 다들 그리……"

나불나불, 묻지도 않은 말까지 주절대던 소쌍은 제 말에 아무 반응을
보이지 않는 하진을 보고선 머쓱해져서 부엌일을 돕고 오겠노라고 방을
나갔다. 그리 소쌍이 나가고 나서도 하진은 낯빛 하나 변하지 않고 계속
바느질에만 열중하였다.

그렇게 얼마의 시간이 지났을까?

"윽!"

하진이 신음을 흘리며, 손가락을 감싸 쥐었다. 평생 그런 적이 없었는데, 처음 바느질을 배울 때도 그런 적이 없었는데, 난생처음 바늘에 손가락을 찔렸다.

뚝. 뚝. 뚝. 새빨간 핏방울이 수틀 위 새하얀 면포 위에 떨어져, 진한 흔적을 남겼다. 하진은 잠시 멍하니 그것을 보다 말고, 빨간 피가 맺힌 새하얀 손가락을 입에 물었다.

"아파……."

아팠다. 생각했던 것보다 훨씬 더 많이, 아프고 쓰라렸다.

"……여인들이 자주 사라진다네. 그 때문에 의금부에서도 곧 정식으로 조사에 착수할 거네."

머리가 깨질 듯한 -실제로도 깨지긴 하였지만- 두통에 시달리는 와중에 성우는 안개 자욱한 악몽 속을 거닐고 있었다.

"그 어미는 천한 놈과 밤도망을 친 방자한 계집에 아비는 나라의 율을 기망한 발칙한 자이니, 그 딸의 앞날이야 보지 않아도 훤하지 않은가?"

누군지 알고 싶지도 않은 목소리가 머릿속을 광광 울렸다.

"감 진사의 뒷돈을 받고 함께 세상을 기망한 자네 아비는 어찌 될 것 같은가?"

"아직 혼처도 못 정한 자네 누이는? 자네 아비가 그리 몰락하고 나면 과연 어느 집안에서 자네 누이를 거두어 줄 것 같은가?"

듣고 싶지 않은데도 머릿속에선 계속 똑같은 목소리의 사내가 원치 않은 얘기를 계속 주절댔다.

"시…… 끄러. 시끄러.……워!"

성우는 머리를 흔들며 악몽을, 악몽 속의 목소리를 쫓아내려 하였다. 그 바람에 고통은 더욱 거세졌다. 누군가 도끼로 정수리를 내리찍는 것처럼 온몸에 고통이 스며들었다.

"으윽!"

그 와중에도 악몽 속의 목소리는 좀처럼 머릿속에서 나갈 생각을 하지 않았다.

"고작해야 사자관 나부랭이인 자네가 누굴 지킬 수 있단 말인가? 자네는 못 하네. 아무것도 못 해. 자네 아비가 벼슬자릴 내어놓고 죄인으로 옥에 갇히는 것도, 자네 누이가 평범한 혼인을 할 수 없게 되는 것도, 그 여인이 방자한 계집의 딸로 온 세상에 손가락질당하는 것도 모두…… 막을 수 없을 것이네."

"아냐! 아냐! 난……"

또다시 성우가 거세게 머리를 흔들 때였다.

"쉬……"

차가운 무엇이 성우의 뺨을 쓰다듬었다. 보드라운 손, 여인의 손이었다.

"누구……?"

여전히 악몽에서, 고통에서 깨어나지 못한 상태에서 물었지만, 성우는 답을 알 것 같았다.

"하……진아?"

성우의 뺨을 어루만지던 손이 잠시 멈칫하더니 성우의 뺨에서 떨어졌다.

"가지마."

성우가 서둘러 손을 내저어 제게서 달아난 하진의 손을 잡으려 애썼다.

"아무 데도 안 가요."

낮은 속삭임이 성우를 안심시켰다. 그 속삭임에 고통과 긴장과 두려움으로 바짝 힘이 들어가 있던 성우의 온몸에서 힘이 빠졌다.

"진아……"

다시 한번 하진의 이름을 중얼거리는 성우의 얼굴 위에 차가운 물수건이 와 닿았다. 깨진 이마를 피해, 물수건은 성우의 얼굴이며 목, 심지어 가슴팍에 이르기까지 온몸에 배인 진땀들을 차분히 닦아내기 시작하였다.

"아무 걱정하지 말고 주무셔요. 전 아무 데도 안 갈 테니까."

숙영의 속삭임은 숙영 제가 들어도 참으로 다정하게 들렸다. 만족한 입가에는 저절로 미소가 떠올랐다.

"지금이라도 임 참판 어른댁에 기별을 넣어야 하지 않을까요?"

숙영의 계집종이 반가의 규수답지 않게 사내의 몸을 스스럼없이 대하는 모습을 놀라워하며 조심스럽게 물었다.

"아니. 아직은 아니야. 이렇게 재미있는데 벌써 보내라고? 싫다. 조금만 더 즐겨 보련다."

"뭐가 그렇게 재미있으신데요?"

계집종의 순진한 물음에 숙영은 이번엔 물수건 대신 맨손으로 또다시 성우의 뺨을 쓸어내렸다.

"참으로 잘생긴 사내분이 아니시냐. 꽃이든 풍경이든 여인이든 사내든, 나는 아름다운 것이 좋다. 특히 그것이 내 손안에 든 것이라면, 어렵게 얻은 것이라면 더욱더."

성우는 지금 피가 가득 배어 나온 면포를 머리에 두르고, 그 고통과 열로 얼굴은 평소의 윤곽을 쉽게 알아볼 수 없을 정도로 퉁퉁 부어 있는 상태였다. 그런데도 성우의 그런 모습조차 숙영에게는 참으로 잘나 보이기만 하였다. 잘난 사내가 무기력하게 제 손아래 누워있는 모습에 묘한 쾌감이 일었다.

자신으로 인해 그의 인생이 뒤틀려 버렸다는 사실이, 그가 평생 자신과 자신의 아이로 인해 고통에 몸부림칠 것이라는 사실이 숙영을 더욱 기쁘게 하였다.

그것은 화려하게 만개한 꽃의 모가지를 가위로 댕강 잘라버릴 때, 한 점 흠 없는 절경 산수화에 먹물을 뿌릴 때와 같은 기쁨이었다. 천한 사내를 연모하게 되어 고이 자란, 고귀한 제 몸뚱이를 제 정조를 선뜻 허락했을 때와 같은 기쁨이었다.

"네 이놈들! 내가 감히 누군지 알고!"

그때, 투전방에 있는 치경에게는 큰일이 벌어지고 있었다. 투전방은 기와 집 두 개를 합쳐놓은 크기의 커다란 움막으로 되어 있고, 그 가운데 기둥을 중심으로 사람들이 저마다 삼삼오오 모여앉아 노름을 즐기는 구조였다.

그 가장 한 가운데에서, 지금 치경은 눈이 벌겋게 뒤집어진 노름꾼들에게 양어깨가 잡혀 꼼짝도 못 하고 있었다.

"네 이놈들? 이놈 보게. 네놈이야말로 우리가 누군 줄 알고 감히 놈 자를 붙이는 것이냐!"

치경의 앞에 선, 양팔의 소매를 둥둥 걷은 선비 차림의 사내가 주위를 둘러싼 다른 사내들을 둘러보며 말했다.

"여기 있는 사람 중에 영의정 자손 아닌 자가 없고, 이판 호판 병판 자손 아닌 자가 없고, 천석꾼 만석꾼 자제 아닌 자가 없거늘. 아니 그런가?"

사내의 물음에 치경과 패들을 둘러싼 사내들이 일제히 소리를 높여 답했다.

"맞소!"

"맞네!"

"누구는 저만 못하려고?"

"헛짓하려다 들통났으면 국으로 엎드려 빌 것이지. 감히 어디에다 대고 지체 자랑이야? 저놈 아주 쌍놈일세, 그려!"

"긴말할 거 없으이. 나라엔 나라님의 규율이 있듯, 투전방엔 투전방의 율이 있는 법. 율대로 함세!"

모두가 치경 못지않게 화려하게 차려입은 선비들이었지만 그들의 행동이나 말본새는 시정잡배나 다름없었다. 그러기에 그들이 내어놓은 투전방의 율이란 소리에 치경의 얼굴은 새하얗게 변했다. 치경 역시 자주 여러 투전방을 들락날락해 온 탓에 투전방에서 장난질 치다 걸리면 무슨 꼴을 당할 지쯤은 잘 알고 있기 때문이었다.

"아니야! 아니오! 나는 그저, 옆에 패가 떨어져 있기에! 사, 살려주시오!"

뒤늦게 애원하던 치경은 저 멀리에서부터 손도끼가 사람들의 손을 타고 전달되어 오는 꼴을 보더니 눈을 허옇게 뒤집고는, 저를 이 투전방으로 데려왔던 기녀의 이름을 목청껏 외쳐댔다.

"향아! 향아! 향이 네 이년! 어디 있느냐악!"

"쯧쯧쯧. 죄 없는 기생년을 불러 무엇하려고? 왜 그년더러 대신 손모가

216

지라도 내어놓으라 할 참인가? 하! 소용없네. 이참에 자네를 구해줄 수 있는 사람은 아무도 없을테니."

"내가, 내가 우의정 대감의 조카……."

"아, 그놈! 진짜 말 한 번 못 쳐 알아먹네. 야, 이놈아. 네가 우의정 조카가 아니라 나라님 조카라도 여기서는 힘 못 쓴다니까?"

치경의 어깨를 붙잡고 있던 노름꾼 중에 한 명이 눈을 부라릴 때였다. 치경은 문득, 이 투전방에 들어오기 전에 기생 향이가 일러준 말이 떠올랐다.

"그, 그래. 태서! 태서를 불러주게! 태서가 날 살려줄 것이네!"

순간, 때아닌 구경거리에 와자지껄하던 투전방에 급작스런 고요가 찾아들었다. 치경의 입에서 나온 '태서'란 이름에 모든 노름꾼이 다 같이 짜기라도 한 듯, 일제히 숨을 삼켰기 때문이다. 이어 몇몇 사람들이 서로 입을 가리고 쑥덕쑥덕하더니, 누군가 투전방의 심부름꾼 아이에게 급히 무엇인가를 속삭인 후 얼른 아이를 투전방 밖으로 내보내었다.

"태서를 잘 아는가?"

조금 전 나라님 조카 운운했던 노름꾼 사내가 치경에게 넌지시 물었다.

"자, 잘 알다마다!"

치경이 때는 이때다 싶어 허세를 떨었다. 뒤가 어찌 되든 말든 일단 지금은 이 수밖에 없다 싶었다.

'이자들의 하는 꼴을 보아하니, 태서란 자가 이들에겐 제법 두려운 존재인 모양이구나. 옳지! 자알 되었다.'

"그, 그자가 내게 신세 진 것이 많으니 네놈들이 나를 이리 심하게 대우한 걸 알면 네놈들을 가만두지 않을 것이다! 그러니 당장 이 손 썩 놓지 못할까!"

치경의 허세에 치경을 둘러싸고 있던 자들이 당황스러운 기색으로 서로를 마주 보았다. 치경의 말을 믿을지 말지 망설이는 것 같았다.

"어허! 태서에게 된통 쓴맛을 봐야 네놈들이 제정신을……."

치경이 질세라 다시 허세를 부리며 의기양양 목소리를 높일 때, 조금 전 투전방 밖으로 뛰쳐나갔던 심부름꾼 아이가 투전방 입구로 뛰어 들어와 크게 소리쳤다.

"와요! 태서가, 태서가 지금 이리로 와요!"

그 말과 함께 모든 이들의 시선이 일제히 아이가 있는 투전방의 입구로 쏠렸다. 이어, 햇살을 등에 지고 웬 사내 하나가 투전방의 문 앞에 와 섰다.

"태서다."

"태서다!"

"태서가 왔다!"

사람들의 호기심과 두려움에 찬 숙덕거림이 투전방 안을 가득 채웠다.

"저자가 그 소문의 태서요?"

"저 옷깃에 은사로 새겨진 쥐 서(鼠)자를 보시오. 도성 안에 태서 말고 저 글자를 새기고 다니는 자가 또 어디 있단 말이오?"

도성의 웬만한 사람들은 누구나 다 태서를 안다. 하지만 또한 웬만한 사람들은 태서의 얼굴을 본 적도 없다. 그러기에 사람들은 지금 막 투전방에 들어온 사람을 모두 그 소문의 '태서'라고 믿었다. 누군가의 입에서 "태서가 왔다!" "태서다!"라는 수군거림이 시작된 것만으로 투전방 안에 들어온 사내를 도성의 어둠을 주름잡는 '태서'라고 철석같이 믿었다.

"누가 저를 찾으셨다고?"

사람들의 수군거림을 가르고 투전방 한 가운데에 들어선 검은색 도포를 입은 중년의 사내가 목소리를 낮게 깔고서 좌중을 둘러보았다. 그러자 투전방 안 노름꾼들의 시선이 일제히 치경에게로 향했다.

'꼴깍!'

치경은 긴장을 이기기 위해 침을 크게 한 번 삼킨 후 어느새 힘을 빼고 어정쩡하게 제 어깨를 붙들고 있는 사내들을 떨치고 냅다 그 사내에게로 뛰어갔다.

"태서! 나요. 나 강치경이요! 나 좀 살려주시오. 아, 이 사람들이 나더러 가장질(노름판에서 패를 속이는 짓)을 한다고, 글쎄 내 손목을 자르겠다고 하질 않겠소. 부탁이니 이 사람들의 곡해를 좀 풀어주시오!"

눈을 가늘게 뜨고 의심스럽게 저를 보는, 태서라는 사내에게 치경은 아주 잘 아는 사이인 양 그 옆에 찰싹 붙어 서서 하소연을 늘어놓았다. 그러고선 얼른 태서라는 사내에게만 들릴 정도로의 작은 소리로 재빨리 중얼거렸다.

"쉰 냥. 이 자리에서 나를 살려주면 쉰 냥을 주리다."

이게 무슨 말 안 되는 짓인지, 태서라는 자가 보기에 얼마나 황당한 일일지는 치경도 알았다. 하지만 치경에게는 지금 이 환란에서 벗어날 다른 방법이 아무것도 없었다. 그저 태서란 이 사내가 지금의 제게 던져진 유일한 구명줄이니, 죽어라 매달릴 생각이었다. 이판에 사판. 모 아니면 도였다. 어차피 태서란 사내가 구해주지 않는다면 손목이 잘릴 판 아닌가?

'제발…… 살려줘. 살려주시오!'

치경은 계속 끔뻑끔뻑 눈짓도 하였다. 제발 이 태서란 사내가 자신의 거짓에 동참해 주기를 바라며. 다행히 영 눈치가 없는 작자는 아닌지, 중년의 사내는 슬쩍 치경의 귀에 대고 흥정을 시작하였다.

"손목이 잘릴 판이라면서? 그쪽 손목 값이 겨우 쉰 냥 밖에 안 된단 말이오?"

"그럼 일흔, 아니, 아니 백! 더도 말고 덜도 말고 딱 백 냥! 어떠오?"

"에헤이. 이리 길게 흥정을 하실 때가 아닐 것 같은데."

사내가 자신들을 둘러싸고 수군대고 있는 노름꾼들을 턱짓으로 가리켰다.

"눈치를 보아하니 지금 당장이라도 그 손목을 가지고 싶어 눈들이 뒤집혀 있는 것 같은데."

"알았소! 내 원하는 대로 주리다! 얼마를, 얼마를 원하오?"

얼른 거래를 끝낼 생각에 치경이 다급히 속삭였다. 다 믿는 구석이 있었다. 이제 곧 갑부라고 소문난 감 진사의 사위가 될 자신이 아닌가? 더구나 그쪽에서는 치경에게 절대 큰소리를 낼 수 없을 처지였다. 그러니 말만 잘하면 미리 혼수로 수백 냥쯤 당기는 것은 어렵지 않을 것이었다. 설사 만약 이 태서라는 자가 나중에 쉽게 감당할 수 없을 정도로 좀 무리하게 요구한다 싶으면, 그때는 제 당숙인 우의정의 힘을 빌리면 그뿐이었다.

일단은 우선 살고 볼 판이었다. 나중 일은 나중에 해결하면 될 것이었다.

"얼마든 내시겠다고?"

"그렇다고 하질 않소!"

"태서와의 약조는 바위처럼 무거운 것이외다. 절대 함부로 깰 수 없는 것이외다."

"알았소, 알았다니까요!"

그렇게 치경이 몇 번이고 거듭 다짐을 한 후에야, 태서란 사내는 만족한 얼굴로 주변의 노름꾼들을 돌아본 후, 가볍게 묵례를 해 보였다.

"소인, 태서라 합니다. 외람되지만 여기 계신 분들께 제가 한 말씀 올려도 되겠습니까?"

"흠. 흠! 그, 그러하시오?"

명색이 선비요 양반이란 자들이 자신들보다 신분이 낮은 태서란 사내에게 겁을 먹고 함부로 말을 놓지 못하였다.

"여기 계신 선비는 일찍이 저와 각별한 친분을 쌓으신 분입니다. 제가 아는 이 분은 결단코 가장질을 할 사람이 아니외다. 태서란 제 이름을 걸고 여기 선비분의 결백을 보증할 터이니, 이 소란을 멈춰 주시겠습니까?"

"그, 그자의 옷소매에서 숨겨진 패가 나왔소!"

처음 치경이 부정을 저질렀다 주장한 선비가 조금 겁먹은 얼굴이긴 하지만, 억울하다는 듯 목소리를 높였다.

"그 전까지 그자가 네다섯 번이나 연속으로 장땡을 잡은 것은 또 어떻고! 가장질을 하지 않았으면 그게 가당키나 한 일이오!"

"맞소! 노름판에서 헛짓거리를 했으니 손목으로 응당 그 대가를 치러야 하오!"

"아무리 태서라도 이런 식으로 일을 마무리할 순 없소!"

먼저 나선 선비를 뒤따라 몇몇 노름꾼들도 슬금슬금 한 마디 씩 보탰다. 명색이 양반 자존심에 신분도 천한 태서의 말 한마디에 넙죽 그러하마 따를 수 없어 그런 것인지도 몰랐다. 그런 양반들에게 태서라고 나선 사내가 물었다.

"허면 여기 선비가 옷소매에서 직접 가짜 패를 꺼내는 것을 목도하신 분 있소이까?"

사내의 물음에 노름꾼들은 당황하여 서로를 마주 볼뿐 무어라 말을 하지 못했다. 치경의 움직임이 어쩐지 수상하여 몸을 뒤져 가짜 패를 발각하긴 했지만 치경이 직접 그 패를 쓰는 건 아무도 보지 못했다.

"하지만 그자가 가짜 패를……"

"그건 내가 바닥에 떨어져 있던 걸 주워 감춘 거요! 괜히 그런 게 바닥에 떨어져 있으면 내가 헛짓 한 것이라 의심받을까 봐!"

치경이 아직도 제게서 의심을 거두지 못한 다른 노름꾼들에게 의기양양하여 외쳤다. 그 말은 반은 사실이었고 반은 거짓이었다.

"하하하하! 역시 태서란 이름이 대단하긴 한 모양이오. 겨우 그 정도로 이렇게 쉽게 빠져나올 줄이야!"

투전방이 있던 기루에서 빠져나온 후, 치경은 가슴을 쓸어내리며 중년의 사내에게 감사함을 표했다.

"내 오늘의 은혜는 절대 잊지 않고, 꼭 갚으리다."

"은혜는 갚든 말든 상관없고, 여기에다 수인(手印, 손바닥 도장)이나 하나 찍어 주셔야겠소."

사내는 소매 안에서 작은 백지를 꺼내고 이어 옷자락 안에 매단 휴대용 필갑(붓을 넣어두는 통)에서 붓을 꺼내, 무엇인가를 간단히 쓱쓱 적은 뒤 치경에게 내밀었다.

"이게 뭐요?"

"이틀 안에 내게 삼백 냥을 갚겠다는 수결장이요."

사내는 강제로 치경의 손을 잡아 그 손바닥에 붓으로 먹칠을 하고는 그대로 종이에 가져다 찍으려 하였다.

"자, 잠깐만!"

치경이 사내의 손에 잡힌 제 손을 잡아 빼려 힘을 주었지만, 사내가 억지로 그 손바닥에 종이를 가져다 대어 강제로 수결을 하게 만들었다.

"이보오! 아무리 그래도 이렇게 강제로!"

"이틀 후, 돈을 갖고 요 앞 주막으로 오시오. 뭐 안 오셔도 하는 수 없고. 하지만 그 뒤는 알아서 각오해야 할 것이오."

퉁명스레 말한 사내가 치경의 손바닥이 찍힌 수결장을 가슴팍에 넣은 채 작별인사도 없이 그대로 가 버렸다.

"이런 무도한 놈을 보았나. 감히 천것 주제에 양반을 협박해?"

치경이 멀어지는 사내의 뒷모습에 대고 사납게 눈을 부라렸다. 이틀 안에 삼백 냥이라니. 하려고만 하면 딱히 마련 못 할 정도의 거금은 아니었지만, 겨우 말 몇 마디 한 것으로 그만한 거금을 뜯어가려는 태서란 작자의 심보가 얄미워 견딜 수가 없어서였다.

.

.

.

"여기 있습니다."

일부러 멀리 돌아 다시 기루로 온 중년의 사내가 태서에게 조금 전 치경에게서 받아온 수결장을 내밀었다.

"수고했어."

태서가 수결장을 받아 챙긴 뒤 전궤 안에서 한 움큼의 은전을 꺼내 저를 대신해 가짜 태서 노릇을 한 사내와 제 앞에서 연신 눈웃음을 치고 있는 기생 향이에게 차례대로 건넸다.

"훗. 수고는요. 내가 꼬시고 자시고 할 것도 없이 그쪽에서 먼저 노름판을 찾던데요, 뭐."

향이 다음엔 투전방의 문지기인 수염 사내에게도 다시 한 움큼의 은전을 꺼내 건넸다.

"제가 뭘 한 거 있다고, 이렇게 많이. 감사합니다, 태서."

한 일이 없다고 했지만, 사실은 수염 사내가 제일 큰일을 하였다. 향이의 유혹과 도성 투전판의 예사롭지 않은 열기에 반쯤 정신이 나간 치경이 어버버 하는 사이에 치경의 곁에 슬쩍 가짜 패를 떨어트리고, 귀가 얇고 흥분하기 좋아하는 다른 노름꾼에게 치경이 가짜 패를 쓰고 있는 것 같다고 슬쩍 귀띔해 준 것도 다 수염 사내가 한 일이었다.

"그래도 참 대단하셔요. 어떻게 그 짧은 시간에 그리 비범하게 머리를 쓰신 건지."

몇 마디 거짓말만으로 예상치도 못했던 큰 가욋돈을 벌게 된 향이가 태서를 향해 경탄에 찬 눈길을 보냈다. 실제로 태서가 치경을 옭아매기 위해 벌인 이날의 모든 일은 치경과 성우의 뒤를 밟던 태서가 두 사람이 이 기루에 술을 마시러 온 것을 알게 된 순간 즉석에서 짜낸 계책이었다.

"근데 그자한테 옴팡지게 빚을 씌워서 도대체 뭘 어쩔 생각이어요?"

"궁금해?"

호기심 반, 태서와 좀 더 말을 섞고 싶다는 욕심 반으로 묻는 향이를 태서가 지그시 바라보았다. 별로 날카롭게 쳐다본 것도 아니었지만, 그 눈빛에 담긴 경고의 의미를 향이는 단박에 읽어냈다.

"아니요. 그냥 계속 모르고 있을래요."

향이가 해사한 웃음으로 두려움을 감춘 채 제 몫의 은전을 들곤 사뿐거리는 걸음으로 재빨리 방에서 빠져나왔다.

"내 너를 혼인시키기로 하였다."

귀한 손님이 돌아가고 난 후, 감 진사는 하진의 방으로 찾아와 다짜고짜 본론부터 늘어놓았다.

"예에."

눈을 내리깐 채 하진이 가만히 답했다.

"어느 댁 어느 도령인지 궁금하지 않으냐?"

감 진사가 하진을 시험하듯 물었다.

이번에도 네가 모든 걸 다 알 것 같으냐. 아무리 너라도 이번에야말로 너는 깜짝 놀라고 말 것이다. 그런 심술궂은 속내가 묻어있는 물음이었다. 그래서 하진도 그 물음에 맞는 심술궂은 답을 해주기로 했다.

"우상 대감 댁 일가붙이라니, 우리 집안으로서는 나쁘지 않은 혼담이군요."

"너……"

"놀라실 것 없습니다. 천치가 아니라면 누구라도 알 일이니까."

아버지가 정한 혼인 상대가 누구인지 짐작하는 건 그리 어렵지 않았다. 이미 새어머니 홍 씨 부인에게 아버지 감 진사가 저를 혼인시킬 것이라는 말을 들은 상태였다. 그로부터 얼마 안 돼 우의정이 갑자기 하진의 집을 찾아왔고, 그 직전에 성우까지 하진의 집으로 와 소란을 피우더니 중문에 머리를 박고 혼절을 하였다. 계집종 소쌍은 우의정과 감 진사의 사랑채 동향을 진하며 "이참에 혼인 날짜를 정하시는 건 아닌가……" 하며 무의식중에 말을 흘렸다. 그 모든 일들은 너무도 명확하게 한 가지 사실을 알려주고 있었다.

"제법 좋은 값에 딸을 파신 것 같으니, 감축드리옵니다. 부디 만족하셨기를."

하진이 조롱과 비아냥을 가득 섞어, 아버지 감 진사에게 축하의 인사를 건넸다.

"이 아비를 원망하고 미워하려무나."

한껏 저를 비꼬는 딸의 말에도 감 진사는 평소와는 달리 노한 기색을 보이지 않았다. 어쩌면 평생 마음고생을 하게 될지도 모를 자리에 딸을 시집보낼 아비로서 일말의 죄책감 때문인지도 몰랐다. 한때 서로 연모하던 처지의 사내와 계집이 혼인이 어그러진 것도 모자라, 같은 집안의 사람들과 혼인을 하여 인척으로 묶이게 되는 일이니 어려할까 싶었다. 사내인 성우가 스스로 머리를 짓찧을 정도니, 계집인 하진에게 이 혼사가 얼마나 가혹한 일일지는 충분히 짐작이 갔다.

그래도 하는 수가 없었다. 모두에게 잔혹할지라도 이러는 게 최선이었다.

"이미 양가에서 허혼을 하였으니 이 혼사는 이제 피할 수가 없게 되었으니. 그러니 괜히 어깃장 놓을 생각하지 말고."

"혼인하겠습니다."

감 진사의 말이 채 끝나기도 전에 하진의 답이 먼저 나왔다.

"하겠다고?"

"설마하니 제가 혼인을 못 하겠다 펄펄 뛸 줄 아셨어요?"

반반이었다. 당연히 절대로 가만히 있지 않을 것이란 마음이 반, 언제나 제가 생각한 이상으로 똑똑한 아이인 만큼 이런 선택을 이해해 줄 것이란 마음이 반이었다. 그런데도 제 생각 이상으로 선뜻, 아무런 반발이나 불만도 표하지 않고 혼인을 받아들이겠다는 하진의 태도가 조금 놀랍기는 했다.

"진심이냐? 다른 꿍꿍이라도 있는 것이 아니냐?"

"꿍꿍이 따윈 없습니다. 그저 제게 이런 혼사를 강요하시는 아버지께 크게 실망하고, 많이 화가 났을 뿐이죠."

"그런데도 이 혼인을 하겠다?"

"어쩌겠습니까? 딸자식이 아비의 곁에서 멀어질 방법은 이 수밖에 없는 것을요. 그렇다고 제가 세속을 떠나 비구니가 될 수는 없잖아요."

하진의 말 안에는 뾰족한 가시가 돋아 있었지만, 어쩔 수 없는 상황을 이해한 때문인지 말투나 표정은 평상시와 다름없이 덤덤하였다.

"대신 제게 절연장을 써주셔요."

꿈에도 생각지 못한 황당한 말을 꺼내는 순간에도 마찬가지였다.

"절연…… 장이라니?"

"저를 그 집안에 시집보내는 아버님과 부모 자식의 인연을 끊고 싶습니다. 그러니 제게 혼인 선물로 절연장을 써주세요."

"무슨!"

"이 혼사로 아버지가 무엇을 얻으시든 저는 상관하지 않을 것입니다. 아무에게도 그 절연장을 가지고 있다고 말하지도 않겠습니다."

"그런 걸 왜!"

"더는 아버지의 딸이기 싫으니까요."

"너!"

너그러운 아비 노릇도 한계에 달한 감 진사가 벌떡, 자리에서 일어났다.

"어찌 감히 그따위 망발을!"

"먼저 말이 안 되는 일을 시키시려는 건 아버지잖아요. 싫다면 마셔요.

대신 저는 제 방법으로 이 혼인을 마다할 것입니다. 그리되면 아버진 초례
상 앞에 저 대신 제 시체를 세우셔야 할 거예요."

절연장을 써주지 않으면 죽음으로 혼인을 거부하겠다는 무시무시한 말
이었다. 그 말이 단순한 위협만은 아니라는 건 감 진사가 더 잘 알았다. 감
진사가 아는 딸은 능히 그러고도 남을 아이였다.

"절연장을…… 써준다면 어쩌려고."

"두고두고 마음의 위안으로 삼을 것입니다. 아무리 괴롭고 힘들어도 더
는 아버지의 딸이 아니라는 사실에 만족하고 살 거예요. 마음에도 없는,
아니 제 마음을 두고두고 지옥으로 이끌 그런 혼처로 시집가는 제게 그만
한 보상 하나는 주셔도 되지 않습니까?"

말을 마친 뒤 고집스레 입을 다문 딸을 보며 감 진사는 아주 잠깐 생각
에 잠겼다가 금세 다시 입을 열었다.

"생각해 보마."

"네."

순순히 답하는 하진을 보고 방에서 나가던 감 진사가 갑자기 휙 몸을
돌렸다.

"설마…… 너, 이렇게 혼인하겠다고 안심시켜놓고 때를 노려서 도망이라
도 칠 셈은 아니겠지?"

"만에 하나 그럴 생각을 하고 있다면 절연장을 써달라는 요구를 왜 하
겠습니까?"

딴에는 그랬다. 만약 제 어미처럼 야반도주라도 칠 요량이었으면 순순
히 혼인하겠다고 할 일이지, 절연장이라는 말도 안 되는 요구를 내놓을 리
가 없었다.

228

"굳이 의심한 건 아니다."

"예."

머쓱해진 감 진사가 그대로 몸을 돌려 하진의 방을 나왔다.

'정말일까?'

'하긴 제 생모와는 많이 다른 아이니까.'

'지나칠 정도로 똑똑하고 자존심이 강한 아이다. 자존심이 상해서라도 이제 와 다시 성우와 어쩔 생각을 하고 있지는 않을 거야.'

'차갑기가 한겨울 냉골 바닥보다 더 차가운 애야. 그런 애가 원치 않는 혼인에 흥분하여 도망칠 생각을 한다고? 이 혼인을 엎을 생각을 해?'

하진의 방에서 나와 사랑채로 가는 동안 감 진사는 점점 제 생각에 확신하게 되었다.

'아냐. 아니다. 하진인 그년과는 달라. 자기가 누리고 있는, 누릴 수 있는 모든 것들을 팽개치고 도망칠 정도로 멍청한 아이가 아니야.'

'그래. 그깟 절연장을 써준들 뭐 어쩌려고. 그렇다고 정말 내 딸이 아니게 되는 것도 아니고. 그저 저도 속상하니 그런 식으로라도 내 속을 뒤집으려 한 말이겠지.'

사랑채 자신의 방에 들어갔을 때쯤엔 이미 감 진사는 하진에게 다른 꿍꿍이가 있을 것이라는 생각을 거의 다 떨치게 되었다. 보통의 부모들이 그러하듯 제 자식은 자신이 제일 잘 안다는 오만한 생각 때문이었다. 또한 이번 혼사로 자신과 자신의 가문이 얻게 될 것에 대한 욕심이 이성적 판단을 흐리게 했기 때문이었다.

치성과 하진의 혼인을 청하며, 우의정은 말했었나. 아들 없이 딸만 있는 처지이다 보니 결국엔 양자를 들일 계획인데, 그때 치경을 양자로 들일 것이라고.

"아무리 살아 정승판서면 무엇하겠습니까? 죽어 제사상에 찬물 한 대접 떠다 줄 자손이 없으면 그보다 서러운 일이 없는 것을요."

"그럼 하진이가 우상 대감의?"

"예. 장차 제 며느리가 되는 것이죠. 이 댁 따님이 워낙 영특하고 현명하다, 소문이 자자하여 내 벌써 기대가 큽니다."

허울 좋은 핑계임은 말하는 우의정도 듣는 감 진사도 잘 알았다. 하지만 이 혼인으로 우의정이나 감 진사나 피차 원하는 것을 얻을 것이었다. 그거면 됐다. 어차피 혼사라는 게 매양 다 그런 것일지니.

제 6 장

은밀한 거래

우의정이 허혼서를 들고 집에 다녀간 지 며칠 후였다.

하진은 그날도 소쌍이를 꼬리에 매단 채 운종가를 구석구석 거닐었다. 감금에서 풀어줬을 뿐 아니라 혼인 전에 사고 싶은 게 있으면 마음껏 사들이라고 감 진사가 생색내듯 아량을 베풀어 준 덕분이었다.

'왜, 왜 안 나타나는 거지?'

댕기며 꽃신이며 가락지며 이것저것 살피는 시늉을 하며 하진은 전처럼 어디서 불쑥 태서가 나타나지 않을까 기다렸다. 그런데 아무리 시간을 끌어도 태서는 좀처럼 나타나지 않았다.

대신 별로 내키지도 않는 것들을 잔뜩 사들인 후 집으로 막 돌아가려 할 즈음, 좌판에서 나막신을 고르고 있던 이를 보았다.

"의원!"

"누구신지?"

의원은 처음엔 제게 말을 걸어오는 양반 규수가 누구인지 알아보지 못

했다. 하진이 비단 장옷을 내리고 얼굴을 드러내자, 그제야 누구임을 알아보고선 눈을 휘둥그레 떴다.

"허허. 참. 이거, 이거. 몰라볼 뻔했습니다."

의원은 적지 않게 당황하였다. 이전 날 밤에 자신이 태서와 한 방에 놔두고 왔던 그 젊은 처자가 설마하니 양반 규수일 줄이야!

"지난번의 약초는 꽤 효험이 좋았소. 불면증이 많이 나았다오."

하진이 제 곁에서 바짝 귀를 세우고 있는 소쌍을 의식하여 의원과 저만이 알아들을 수 있는 이야기를 하였다. 다행히 늙은 의원도 그런 하진의 사정을 눈치챘는지 재빨리 맞장구를 쳐 줬다.

"다행입니다. 진귀한 약초라 여러 방면에 두루 잘 쓰이긴 하지만 자칫 잘못 쓰면 탈이 나기 쉬운데, 다행히 아가씨께는 잘 맞았던 모양입니다."

"내 그 약초가 좀 더 필요할 것 같은데 그때 약초꾼에게서 약초를 더 얻을 수 있겠소?"

하진과 의원이 말하는 약초란, 태서를 의미하고 있었다.

"네. 어렵긴 하지만 구해보겠습니다. 댁으로 언제 보내드리면 될까요?"

"빠르면 빠를수록 좋소. 당장 오늘 밤에도 잠이 오지 않을 것 같아서 걱정되어 말이오."

"그리 빨리 구해지려는지 모르겠습니다만, 한번 알아보겠습니다."

고개 숙여 가볍게 인사한 뒤 서둘러 태서를 찾아 걸음을 옮기는 의원의 뒷모습을 보자, 하진 역시 걸음을 옮기기 시작하였다.

"저 의원이 약재를 참 잘 쓰나 보지요?"

눈치 없는 소쌍이 하진의 곁을 따르며 걱정스레 물었다.

"응."

"그래도 의원이라면 저희 동리 오 의원도 꽤나 용한데…… 왜, 주인어른 께서도 자주 부르시잖아요. 아가씨나 마님도 잘 아시고."

"온 동네방네 혼인을 앞둔 내가 고민과 시름이 많아 밤잠을 못 이룬다, 소문이라도 나면 어쩌려고."

하진의 일리 있는 말에 소쌍이 그제야 저의 아둔함을 탓하며 통통한 입 술을 입안으로 말아 넣었다.

.

.

.

바로 그날 밤이었다.

"왜 불렀어?"

소리도 없이 스윽, 그림자처럼 하진의 방으로 스며든 태서가 하진의 머 리맡에 앉아 투덜대듯 중얼거렸다.

"뭐, 잠이라도 재워줘? 하긴 혼인을 앞뒀으니 잠이 쉽게 안 오기는 하겠 지. 그래서 어떡하라고. 자장가라도 불러줘? 잠들 때까지 안아줘?"

"와줬네."

눈을 뜨지도 않고, 가슴에 손을 얹고 반듯하게 누운 자세를 조금도 흐 트러트리지 않고 하진이 말했다.

"올 거 알고 있었잖아. 아무리 미친놈처럼 화를 내고 불뚝 성질을 피워 도 결국 네 말 한마디면 쪼르르 달려올 개 같은 놈이란 거 너도 잘 알고 있잖아. 그러니 와 달라고 뻔뻔스레 말을 전한 거고."

"부탁할 게 있어."

"하아. 안 들어준다고 해도 눈 하나 깜짝 안 하겠지. 내가 정 안 하겠다고 하면 또 어느 애먼 놈에게 가서 거래니 뭐니 헛소리하며 일을 시킬지도 모르고. 나는 또 그 꼴을 보면 더 미쳐 날뛰게 될 거고."

하진에게 꼼짝 못 하는 저 자신을 실컷 비꼰 후, 태서가 체념한 듯 가벼운 한숨을 내쉬었다.

"하아. 영광인 줄 알라고. 아무도 이 태서를 너처럼 함부로 부리는 사람은 없으니 말이야."

"영광으로 생각하고 있어."

그제야 몸을 일으켜 앉은 하진이 이불 속에서 서찰 봉투 하나를 꺼내 태서에게 건넸다.

"이건 또 뭐야?"

"거기에 그분의, 내 어머니의 수인(手印, 손바닥 도장)을 받아다 줘."

하진의 말에 태서는 잠시 침묵을 지켰다. 언젠가 하진이 생모를 찾을 것이라곤 생각했었다. 하진이 굳이 태서를 찾는다고 할 때, 어쩌면 생모를 찾으려 그러는 것일지도 모른다고 생각했었다. 아무리 아닌 척해도, 아무리 원망해도, 아무리 자신을 버리고 간 밉고 미운 어미라 해도, 한 번은 보고 싶으리라, 한 번은 목 놓아 그 품에서 울고 싶으리라 그리 생각했었다.

그런데 수인(手印)이라니?

"네 어머니를 찾아달라는 게 아니라, 네 어머니 수인을 받아오라고?"

확인 차 태서가 다시 물었다.

"가짜는 안 돼."

하진이 단호하게 답했다.

"그분의 수인이 찍힌 다른 문서가 존재해. 그러니 거기에 행여 다른 사람의 손바닥이 찍혀온다면 매우 곤란해."

왜, 뭐가 곤란한지 묻고 싶었지만 묻는다고 답해 줄 하진이 아님을 알기에 태서는 대신 다른 것을 물었다.

"왜 내가 네 어머니가 어디 있는지 안다고 생각해?"

"네가 그분을 데려간 장본인이니까. 그리고 태서니까. 설령 지금은 모른다고 해도 어떻게든 알아내 수인을 받아 올 수 있는 유일한 사람이니까."

"믿어줘서 고맙다고 해야 하는 거야?"

"아니. 그보다 꼭 내…… 청을 들어주겠다고 말해 줘."

'응?'

태서의 미간에 작은 주름이 잡혔다. 하진의 목소리가 아주 작게, 보통 사람이라면 쉽게 눈치챌 수 없을 정도로, 아주 미묘하게 떨리고 있었다. 목소리만이 아니었다. 어둠에 익숙하지 않은 하진에게는 태서의 모습이 잘 보이지 않겠지만, 태서에게는 지금 가늘게 어깨를 떨고 있는 하진의 모습이 너무도 잘 보였다.

"떨어? 왜? 인제 와서 새삼 내가 두려운 건 아닐 테고."

"두려워."

자신을 두려워하는 건가 싶어 태서는 잠시 서운할 뻔했지만, 이어진 하진의 말에 오해는 금방 풀렸다.

"이 모든 일이 어그러질까 봐. 결국은 모든 걸 포기하고 어쩔 수 없이 그 형편없는 작자의 아내로 평생을 살게 될까 봐, 내 아버지랑 다른 모든 사람이 원하는 대로 살게 될까 봐 무서워."

하진은 떨림을 진정시키기 위해 두 손으로 제 어깨를 감쌌다.

"넌 참 비겁하고 치사해."

태서가 그런 하진을 욕했다.

"내······가?"

하진이 태서를 보고 물은 뒤, "그런가?" 하고 혼자 중얼거렸다. 그런 하진을 보는 태서의 눈엔 원망이 가득하였다.

"넌 알잖아. 네가 그렇게 말하면 내가 할 수 있는 말은 한 가지뿐이란 걸."

말을 마친 태서가 불쑥 하진의 팔을 잡더니 제 품 안으로 끌어당겼다.

"걱정하지 마. 내가 그렇게 안 만들 거야. 절대 그런 놈이 네 인생에 함부로 끼어들게 하지 않을 거야."

또다시 멋대로, 제 허락도 받지 않고 제 몸에 손을 댄 태서에게 화를 내는 대신 하진은 속으로 태서의 말을 곱씹었다.

태서의 말 그대로, 자신은 이미 충분히 지나치게 비겁했다. 이기적이었다. 그렇대도 어쩔 수가 없었다. 지금은······ 어쩔 수가 없었다.

"그 사람 봤어?"

태서의 품에서 어정쩡하게 몸을 굳힌 채 하진이 물었다.

"누구?"

"나와 혼인하겠다는 그 사람."

"왜 내가 봤을 거라 생각해? 그러는 너는? 봤어."

"봤어."

"언제?"

"그저께 낮에."

이틀 전이었다.

"흐음."

감 진사의 안내를 받고 하진이 기거하는 안채까지 온 치경은 둘이서 담소라도 나누라며 감 진사가 자리를 피해주자마자 반쯤 몸을 틀어 저를 외면하고 선 하진의 머리끝에서 발끝까지 훑었다. 그런 그의 시선이 마지막으로 머문 곳은 자연스레 여인다운 곡선이 드러나는 저고리 부분 어디쯤이었다.

"이 노리개가 마음에 드시나 봅니다?"

노골적으로 가슴께를 더듬는 그의 시선에 하진이 가슴에 매달린 노리개를 만지작거리며 물었다.

"흠. 내가 워낙 촌사람이라서 말이오. 촌에서는 그런 진귀한 노리개를 볼 기회가 없었다오. 그래서 말인데 좀 가까이 들여다봐도 되겠소?"

노리개 때문이 아니면서 그리 능청을 떨더니 치경은 하진이 그러라고 하지도 않았는데 불쑥 손을 뻗어 노리개를, 그것도 술이 매달려 있는 백옥이 아니라 저고리 안쪽에서 내려오는 윗 매듭 부분을 만지려 하였다. 만약 하진이 재빨리 한 발 뒤로 물러서지 않았다면, 사내의 야비하고 음흉한 손등은 노리개를 핑계 삼아 기어이 하진의 가슴 바로 아랫부분을 스쳤을지도 몰랐다.

"뭘 그리 펄쩍 뛰시오? 왜, 그 노리개가 소중한 이에게서 받은 정표라도 되오?"

하진의 몸을 더듬으려 한 파렴치한 행동을 들켰는데도 치경은 오히려 하진을 의심하고 들었다. 그러자 하진이 가슴에서 선뜻 노리개를 떼어 치경에게 내밀었다.

"가지시지요."

"꽤 비싸 보이는 데 이리 함부로 주셔도 되오?"

"누군가가 정표로 준 노리개도 아닐뿐더러 이젠 제게 불쾌한 기억을 남겨주게 된 것이니 가져 무엇하겠습니까? 그러니 가지시지요."

네가 준 불쾌한 기억을 담게 되었으니 더 이상 지니고 싶지 않다는 뜻이 담긴 말이었다.

"훗. 흐흐흐흐."

제 앞에 내민 노리개와 표정 하나 없는 하진을 본 치경이 웃음을 터트렸다.

"만만한 계집이 아니라고 듣기는 했지만 하하하하 이렇게 오만방자한 년일 줄이야. 하하하하."

한참을 웃어 재끼던 치경이 금세 험악하게 표정을 바꾸었다.

"멍청한 계집 같으니. 이리 뻗대서야 장차 어찌 내게 귀여움을 받을 수 있겠느냐? 하긴 마음속에 아직 딴 놈을 품고 있으니 그럴 만도 하겠다만."

잠시 말을 멈춘 치경의 손이 별안간 하진의 가슴을 덥석 만졌다. 희롱하려는 의도가 아니라 모욕감과 고통을 함께 주기 위해서 힘껏 비틀 듯이 움켜잡았다.

"읏, 이 무슨!"

설마하니 이런 일까지 당할 줄을 몰랐던 충격과 이제껏 단 한 번도 겪어보지 못한 수치와 고통으로 일그러진 하진의 얼굴은 치경을 매우 만족시켰다.

"꼴에 한 집안이 되었다고 내 앞에서 네 옛 서방이랑 눈빛만 주고받았단봐. 나 몰래 시시덕거리기만 해 봐. 네년은 감히 상상도 못 할 일을 겪게 될 것이다."

협박을 마친 치경이 여태 움켜잡고 있던 하진의 가슴을 놓아주고선 하진의 눈앞에 보란 듯이 제 손을 펼쳐 보였다.

"내 즐겨 찾는 기생년보다는 못하오만, 그래도 제법 즐길 수 있을 정도는 되는 것 같으니 불행 중 다행이구려, 낭자. 새삼 우리의 초야가 매우 기대되는구려. 훗. 흐흐흐흐!"

일부러 공손한 말투로 끝까지 하진을 우롱한 치경은 잠시 후 다시 나타난 감 진사 앞에선 세상 다시없는 호인인 것처럼 하진에게 다정히 굴기까지 했더랬다.

"그런 남자 따위 하나도 안 무서워."

아직도 조금은 어정쩡한 자세로 불편하게 태서의 품에 안긴 채 하진이 중얼거렸다.

"무슨 짓을 하건 그는 잠시 잠깐의 승리감만 맛볼 뿐 결국 내게서 무엇도 빼앗아가지 못할 테니까. 다만……"

"그런 인간의 아내가 된다는 사실 자체를 받아들이기 힘들겠지."

태서가 하진이 미처 하지 못한 말을 대신하였다.

"왜?"

고개를 들어 올려 빤히 저를 바라보는 하진에게 태서가 물었다.

"……"

"뭔데."

"아무것도 아냐."

말을 얼버무린 하진이 태서의 품에서 벗어났다.

"그만 가."

"그런데 말이야. 만약 네 어머니가 그 서찰에 수결을 하는 걸 거부하면 어떡해? 차라리 네가 만나서 설득을 하는 게."

240

"금방이라도 만날 수 있게 해 준다는 말 같네?"

"네가 원한다면."

"…… 그 말인즉, 그분이 도성 인근에 계시다는 뜻이겠군. 의외네. 아주 멀리, 아는 사람 하나 없는 어느 외진 산골이나 멀고 먼 어느 땅에 숨어서 살고 계시는 건 아닐까 했는데."

"그러려 했는데 그럴 수 없는 사정이 있었어. 어떻게, 한 번 만나 볼래?"

"아니."

조심스러운 태서의 물음과 달리 하진의 답은 거침없었다.

"그러고 싶지 않아. 딱히 그럴 필요도 없고."

"그분을 원망해? 미워하고 있어?"

"…… 왜 다들 그렇게 생각할까?"

어떤 생각에 하진의 눈빛이 흐려졌다. 예전에 성우도 그와 비슷한 말을 한 적이 있었던 게 떠올랐다.

"하진이 네가 보고 싶다고 한다면 은밀히 사람을 사서 네 어머니를 찾아봐 줄게."

그때도 하진은 태서에게 했듯 똑같이 답했었다. 그럴 필요 없다고. 딱히 보고 싶은 생각이 없다고.

"어머니를 원망하니? 미워? 용서가 안 돼?"

성우도 지금 태서가 그랬듯 똑같은 질문을 했었다. 그때 하진은 그냥 희미하게 웃으며 아니라고만 하고 말았다. 그러나 지금은 달랐다. 하진은 난생처음으로 어머니에 대한 진짜 제 감정을 털어놓을 준비가 되었다.

"처음엔 많이 보고 싶었어."

보고 싶었던 만큼 미워도 하고 원망도 했다. 어머니로서는 그렇게 할 수

241

밖에 없었다는 걸 알았지만, 그런데도 서운한 마음은 쉽게 가시지 않았다.

"그런데 시간은 참 신기하더라. 한 해 두 해 시간이 흐르면서, 그 시간 동안 많은 일을 겪으면서 어느새 그 모든 감정이 자연스레 희미해져 갔어."

어린아이가 원망과 미움을 지속시킬 수 있는 시간은 그리 길지 않았다. 원망과 미움의 농도가 조금씩 옅어지자, 보고 싶다는 생각도 그만큼 사라져갔다. 그렇게 그립다는 생각이 사라지면서 또한 원망과 미움도 어느새 사라져버렸다.

"어쩌면 나는 태생적으로 정이 별로 없는 무감(無感)한 사람일지도 몰라. 그래서 그렇게 쉽게 어머니에 대한 모든 감정을 떨쳐버렸던 건지도."

성우에 대한 감정 역시 마찬가지다. 만약 자신이 정이 깊었다면, 정이 깊은 사람이었다면 성우를 그리 쉽게 포기할 수 있었을까 생각해 본 적이 있었다. 성우가 끝까지 자신을 보는 눈에 원망스러움이 담겨 있었던 것도 그런 자신의 무정함을 알기 때문이 아니었을까, 그리 생각해 본 적도 있었다.

"하. 세상 모든 걸 다 아는 것처럼 굴더니, 정작 스스로에 대해서는 아무것도 모르네."

태서가 어이없어하며 작게 코웃음을 쳤다. 그러더니 마치 아이를 놀리듯, 뾰족하게 솟은 하진의 코를 잡아 살짝 비틀었다.

"누가 무감하다고? 말도 안 되는 소릴! 훗."

작게 웃음을 흘린 뒤, 태서가 여전히 어정쩡하게 몸을 굳히고 있는 하진의 머리통을 쓰윽 쓰다듬은 뒤 얼른 방문을 열고 나갔다.

"모레 밤에 올게."

.

.

잠시 후였다.

후다닥 방문을 열고 뛰어 들어온 소쌍이 제방 구석에 쪼그려 앉아 미친 듯이 날뛰기 시작한 가슴을 부여잡았다.

'헉! 뭐, 뭐야? 내가 지금 뭘 보고 뭘 들은 거야?'

지금 소쌍의 얼굴은 경악, 그 자체였다. 도무지 이 밤, 자신이 보고 들은 게 믿기지 않아서였다. 소쌍이 하진이 기거하는 안채를 유심히 보게 된 건 우연한 이유에서였다. 자다 말고 갑자기 소피가 마려워 일어났는데 함께 방을 쓰는 다른 계집종이 요강이 가득 찼는데도 미리 부셔 놓지 않은 바람에 소쌍은 부득불 뒷간까지 가야 할 상황이 되었다.

당장이라도 터질 것 같은 오줌보를 부여잡고 종종걸음으로 뒷간을 향해 가던 소쌍의 눈에 저만치 떨어진 하진이 기거하는 안채 담벼락 쪽으로 무언가 훌쩍 넘어가는 형상이 보였다. 처음엔 먹을 걸 찾아 담을 넘은 길고양이겠거니, 아니면 밤눈이 어두워 잘못 날아든 큰 날짐승을 잘못 본 거겠니 하였다. 그런데 뒷간에서 소피를 보는 동안에도 영 뭔가가 찜찜하였다. 길고양이나 날짐승이라고 생각할 수밖에 없을 정도로 날랜 움직임이긴 했지만, 그건 언뜻 본 것만으로 제법 덩치가 있어 보였다. 마치 사람처럼.

'말도 안 돼. 내가 잘못 본 거야. 잘못 본 게 분명해.'

그렇게 자신을 이해시키며 계집종들의 방이 모여 있는 안 행랑채로 돌아오려 할 때였다. 언제나 그렇듯 그 빌어먹을 호기심이 자꾸만 발목을 잡았다. 그대로 그냥 지나치기엔 너무 궁금해서 잠을 잘 수 없을 것만 같았다. 하여 소쌍은 누가 시키지도 않았는데 소리 나지 않게 조심히 안채 중문을 열고선 발끝을 세워 살금살금, 하진의 방으로 향했다.

그때, 소쌍은 이번에야말로 진짜 제 눈과 귀를 의심했다. 하지만 들어있을, 들어있어야 할 그 방에서 "후훗" 하는 남자의 웃음소리가 들려온 때문이었다. 그뿐만이 아니었다. 잠시 뒤에는 소리도 없이 하진의 방문이 스르륵 열리고 검은 복색을 한 사내의 그림자가 방에서 살그머니 빠져나오더니 "모레 밤에 올게." 하고 방 안의 하진에게 약속의 말까지 남겼다. 그러고선 이내 마치 날개라도 달린 것처럼 날랜 몸짓으로 훌쩍 담을 넘어 사라졌다. 소쌍이 미처 숨을 기회가 없어 마루 기둥 옆에 바짝 엎드려 있는 것도 눈치채지 못하고.

'사내가, 분명 사내가 아가씨 방에서 나왔어.'

하진의 방에서 소리 나지 않게 물러나느라 거의 기다시피 한 바람에 흙투성이가 된 치맛자락을 보며 소쌍은 자신이 본 검은 그림자를, 자신이 들은 낮은 사내의 웃음소리를, 약속의 말을 다시 한번 떠올렸다. 날이 밝는 대로 주인어른에게 고해야만 할 일이기에, 두 번 세 번 거듭하여 자신에게 물었다. 잘못 본 건 아닌지. 잘못 들은 건 아닌지. 물론, 대답은 "아니"였다. 분명 소쌍은 들었고, 보았다. 확실히 보고 들었다.

하진의 방에서 빠져나오는 걸 소쌍에게 들킨 것도 모른 채, 태서는 바로 삼각산 아래 용두골에 있는 어느 주가로 향했다.

예전, 약방 안에서 자신이 태서라는 사실을 숨기고 하진에게 태서란 자에 대한 정보를 들려줄 때 "태서가 달에 두어 번 정도는 꼭 들른다."라고 말해주었던 바로 그곳이었다.

"이리 오너라."

겉으로 보기엔 조금도 주가(酒家) 같지 않은, 작긴 하지만 어엿한 기와집 앞에 서서 태서가 대문을 두드렸다. 그러자 금세 안쪽에서 젊은 여인의 목소리가 들려왔다.

"밤이 늦어, 술은 더 팔지 않는다고 여쭈어라."

"술을 팔지 않으면 주막이 아니니, 나 또한 술을 사러 온 취객은 아니라고 여쭈어라."

존재하지도 않는 가상의 하인을 통해 주가의 여인과 태서가 말을 주고받았다. 얼굴을 드러내지 않고 술을 파는 내외주가의 법도에 따른 것이었다.

"취객이 아니면 이 늦은 밤에 남의 집에 무슨 용무로 오신 건지 여쭈어라."

"변변치 못한 누이의 안부를 물으러 찾아왔노라 여쭈어라."

태서의 말이 끝나자마자, 삐걱 소리를 내며 문이 열렸다. 그리고 소복을 입은 여인이 문 앞에 서서 태서를 노려보며 입술을 삐죽거렸다.

"변변치 못한 누이라니. 나를 가리킴이냐?"

"그럼 달리 또 있소?"

피식 웃으며 태서가 집 안으로 들어가, 여인 대신 자신이 든든히 빗장을 걸어 잠갔다.

"끼니는? 챙겨 먹었어?"

"왜. 아니 먹었다면 설마 누이가 직접 챙겨주시려고? 그럼 그냥 굶고."

"이놈이!"

주가의 행수인 송화가 태서의 등짝을 철썩, 소리 나게 내리쳤다.

"얼른 가서 간단히 먼지나 씻고 와. 부인께 간단한 저녁상 좀 봐 달라고 할게."

"······응. 그리고 누이는 좀 자리를 비켜줬으면 해."

태서의 말에 송화가 잠시 태서의 얼굴을 가만히 살피더니 그 진지한 얼굴에 저 역시 긴장하여 고개를 끄덕였다.

잠시 후, 집 뒤의 조그만 우물가에서 손과 얼굴을 간단히 씻고 온 태서는 이곳에 올 때마다 제가 항상 묵는 객방으로 들었다. 방 한중간에는 이미 나물 찬 몇 가지에 고기볶음과 간단한 탕국 하나를 정갈하게 차린 밥상이 놓여있었다. 그 앞에는 목까지 내려오는 짧은 너울을 뒤집어쓴 여인이 얌전히 앉아있었다.

"답답하지 않으십니까? 제 앞에서는 가리지 않으셔도 됩니다만."

"되었소. 이제는 가리고 있는 편이 더 편하다오."

여인의 목소리는 여러 겹으로 갈라지고 거칠게 찢어져 있었다. 태서에겐 이미 익숙해질 대로 익숙해진 목소리였지만 처음 듣는 사람이라면 눈살을 찌푸릴 수밖에 없을 만큼 듣기 괴로운 목소리였다.

"실은 오늘 부인께 꼭······."

"탕국이 식으면 기름기가 올라와 맛을 버리니, 일단 한 술 먼저 뜨시오. 이야기는 그다음에 해도 늦지 않을 것이오."

말만이 아니라 여인은 직접 태서 앞에 수저를 놓아주기까지 하였다. 그 바람에 소매 아래 드러난 손은 보통의 여인들보다 유난히 더 하얬다. 오랜 부엌일에도 불구하고 평생 물 한 방울 묻히지 않고 살아온 사람의 것인 양 눈처럼 새하얀 손이었다. 소매로 감춰진 부분이 어떤지 알기에 여인의 손은 오늘따라 유독 더 태서의 시선을 끌었다.

"보여드릴 것이 있습니다."

빠르지도 늦지도 않게, 평소와 똑같은 속도로 밥 한 그릇을 다 비운 후,

여인이 가져다준 숭늉까지 마신 후 태서가 상을 들어 옆으로 밀어놓았다.

"잠깐만. 상을 치우고 설거지를 좀 하고 올 것이오."

여인이 자리에서 일어나 상을 들었다. 순간, 태서가 그다지 크지 않은 소리로 방문 밖을 향해 말했다.

"누이! 거기서 엿듣지 말고 상 좀 치워주죠?"

말이 끝나자마자 방문이 열리고, 엿듣는 것을 들킨 게 민망한 얼굴로 송화가 들어왔다.

"하여간 누가 태서 아니랄까 봐 눈치는 귀신같다니까?"

투덜댄 후, 송화는 여인이 들고 있는 상을 빼앗듯이 들고 방을 나갔다.

"이제 얘기를 들어주시겠습니까?"

송화가 나간 뒤에도 어정쩡하게 서 있는 여인을 향해 태서가 말했다. 그제야 여인이 더는 미룰 수 없음을 안 듯 작게 한숨을 포옥 내쉬고는 얌전히 자리에 앉았다.

"하오."

"따님에게 서찰을 하나 받아왔습니다."

따님이란 소리에 여인이, 하진의 생모 서 씨가 마치 하진이 눈앞에라도 있는 듯 급하게 고개를 외로 돌리곤 손으로 얼굴을 감쌌다.

"그…… 그 아이에게 내 이야기를 한 것이오?"

"아닙니다."

"그럼 서찰이라니. 서찰이라니 무슨…… 아니 그보다 하, 하진이가 태서를 어찌 알고 내게 서찰을?"

"이야기가 깁니다. 우선 그 전에 이 서찰을 받으시지요."

태서가 품속에서 하진이 건네주었던 서찰 봉투를 꺼내, 서 씨 부인의 무름 앞으로 밀어주었다. 그것을 서 씨 부인은 한참 동안 내려 보기만 할뿐, 좀처럼 가져가려 하지 않았다.

천으로 가려져 그 얼굴은 제대로 보이지 않았지만, 많이 흐트러진 숨소리와 바들바들 떨리는 몸으로 미루어 보면 서 씨 부인은 공포에 질린 것 같았다. 그 서찰 안에 무엇이 쓰여있을까 두려워 감히 펴보지 못하는 듯하였다. 그 두려움을 보다 못한 태서는 하진이 제게 했던 말을 전했다.

"…… 아가씨가 그러더군요. 이젠 어머니를 원망하지 않는다고. 미워도 하지 않는다고. 그리움이 옅어져서 원망도 미움도 옅어졌다고. 자신이 타고나길 무감하고 무정한 때문일 것이라고. 그런 아가씨가 서찰을 주신 걸 보면 분명 무슨 긴한 까닭이 있을 것입니다."

태서는 하진이 서 씨 부인의 수결을 받아오라고 했다는 이야기만 쏙 빼채 하진의 이야기 그대로를 전했다. 그제야 서 씨 부인이 바들바들 떨리는 손으로 봉투를 집어 들고, 꺼내는 중에 자칫 구겨지거나 찢어지기라도 걱정하는 사람처럼 아주 조심스러운 손놀림으로 서찰을 꺼내 들었다. 그것은 그리 길지 않은, 단 한 장의 서찰이었다. 그런데도 서 씨 부인은 그것을 읽고, 또 읽고, 또 읽었다.

"하진이가…… 이것을 보냈다고 했소? 달리 아무 말도 없이?"

한참만에야 서찰을 내려놓은 서 씨 부인이 태서에게 물었다.

"부인의 수결을 받아오라 하였습니다."

태서의 말에 서 씨 부인은 다시 서찰을 들어 유심히 읽었다. 아니, 눈은 비록 서찰을 향해 있었지만 다른 생각에 골똘해 있는 게 분명해 보였다.

"…… 하진이에게 지금 무슨 일이 벌어지고 있는 것이오?"

오랜 생각의 끝에 침묵을 깨고 서 씨 부인이 물었다.

"태서는 어찌하여 하진이와 연통을 주고받는 것이요? 도대체 둘은 어찌 아는 사이기에 하진이가 태서를 통해 내게 이것을 보냈단 말이오?"

서 씨 부인의 목소리에는 새삼 태서에 대한 경계심이 가득하였다. 그것은 어미의 목소리였다. 제 고운 딸에게 나쁜 벌레가 꼬이지 않았나 근심하는 보통의 어머니다운 목소리였다.

"…… 아가씨는 혼인을 앞두고 계십니다."

태서는 애초에 별로 숨길 생각은 없었던지라 아주 간단하게 지금 하진의 처지에 대해 털어놓았다.

하진이 오래전부터 양가에 혼담이 오가던 참판의 아들과 혼인하지 못하게 되었다는 것과 그 대신 다른 사내와 급하게 혼인을 하게 생겼다는 것. 우연히 태서 자신의 존재를 알게 된 하진이 태서에게 서 씨 부인을 찾아 이 서찰에 수결을 받아오라 시켰다는 것 등이었다.

"그랬구려. 그래서……."

다시 서찰의 글자 하나하나를 눈으로 더듬던 서 씨 부인이 긴 한숨을 내쉬었다.

"천지신명이 그 끔찍한 참사 속에서 이 몸을 살려준 것은, 이 손만은 불타지 않고 남겨 준 것은 바로 오늘을 위해서였던 모양이오."

서 씨 부인은 곧 도장을 찍어야만 할 자신의 손바닥을 내려다보았다. 여전히 타고난 그 본래의 색과 형태를 유지하고 있는 손을 내려다보았다. 팔년 전, 자신의 젊음과 아름다움 그리고 정인까지 한꺼번에 빼앗아간 화마(火魔) 속에서 운 좋게 건진 몇 안 되는 성한 부분이었다.

"이게 뭐예요? 왜, 왜? 누가 이랬습니까!"

팔 년 전, 태서가 늙은 의원의 연락을 받고 급히 비밀 산채로 갔을 때 그곳에는 이미 온몸이 새카맣게 불에 타 숨만 간신히 깔딱깔딱 쉴 뿐인 사내와 그에 못지않게 온몸이 불에 그을려 사경을 헤매고 있는 서 씨 부인이 있었다. 두 사람이 도성을 떠난 지 몇 달이나 지난 다음이었기에 그런 끔찍한 몰골을 하고 나타난 것에 놀란 태서에게 죽어가는 남자는 마지막 유언을 남겼다.

"부탁한다. 저…… 사람을…… 저 사람을 살게 해 줘."

죽음보다 더한 고통을 피눈물을 흘리며 견디고 견디어 기어이 태서가 오기를 기다렸던 그는 그 한 마디를 남기고 비로소 제 명을 다했다.

태서의 친구였다. 형이었다. 어미였고, 아비였다. 태산처럼 큰 스승이었다. 천하게라도 살아남는 방식을, 또한 그러면서도 마음까지는 천하지 않게 사는 방식을 가르쳐 준 사람이었다. 태서란 이름을, 태서로서의 삶을 물려 준 자였다. 타고난 몸을 제외하고 모든 것을 준 자였다.

그런 그가 죽었다. 누가 왜 그를 그리 만들었는지 복수해 달라는 말은 커녕 삶에 대한 작은 미련 한 마디 남기지 못한 채 그저 제 남은 여인을 부탁하며, 눈꺼풀마저 다 타버려 눈도 제대로 못 감고 죽었다.

그러니 태서는 그의 부탁을, 유언을, 명을 저버릴 수 없었다. 서 씨 부인을 살리기 위해 이를 악물었다. 아예 의원의 약방 문을 닫게 한 뒤 서 씨 부인을 살리는 데만 전념할 수 있도록 하였다. 화상 치료에 좋다는 모든 방법을 쓰게 함은 물론이요, 어떻게든 기력을 회복시킬 수 있는 온갖 진귀한 약재들과 화상에 좋은 각종 비방 약재들을 구해다 주었다. 그 약재 값을 대기 위해 원치 않는 일도 여럿 하였고, 태서 자신의 목숨까지 위험한 일들도 마다하지 않았다. 실제로 몇 번은 중한 상처를 입고 돌아와 의원의 간담을 서늘케 하기도 했다.

그런 노력들 덕분에 서 씨 부인은 자신의 정인이 죽은 뒤 근 몇 달이 지난 후에는 어느 정도 운신을 할 수 있을 정도로 기력을 회복할 수 있었다.

"왜…… 왜 나를 살린 게요! 차라리 그 사람과 함께 죽게 내버려두지! 이런 꼴로 살아남아, 홀로 살아남아 나더러 어떡하라고……!"

목 안까지 화기가 닿아 이전의 고운 목소리 대신 잔뜩 갈라진 목소리로 서 씨 부인은 태서와 의원을 죽도록 원망하였다. 아무리 설명하고 이해시키려 해도 서 씨 부인은 자신을 살린 태서와 의원에 대한 원망을 멈추지 않았다. 미워하기만 한 것도 아니었다. 의원과 태서가 잠시라도 한 눈만 팔면 죽으려고 혀를 깨물고 날카로운 무엇인가를 찾아 자신의 손목을 베려 하였다. 자다 일어나 비명을 지르고 죽겠다고 발작을 한 것도 여러 번이었다. 그때마다 태서는, 의원은, 죽은 자를 생각해서라도 이러면 아니 된다, 살아야 한다고 간곡히 애원하였다.

하지만 태서가 태서로서 일하느라 잠시 산채를 비운 동안, 긴 병 치료와 병구완에 지친 늙은 의원이 잠깐 꼬박 조는 사이에 서 씨 부인은 죽을힘을 다해 산채를 나가, 절벽 위에 섰었다.

"당신 없이 살 이유가 없습니다. 살고 싶지 않습니다. 맹세했지 않습니까? 언제고 어디까지고 당신을 따라가겠다고요. 그러니 당신께 가겠어요. 이 어리석은 것, 너무 빨리 따라왔다 나무라지 마시고 그저 반겨만 주시어요."

서 씨 부인이 먼저 간 정인의 뒤를 따를 양으로 질끈 눈을 감고 절벽 아래로 몸을 날리려 할 때였다.

살랑, 봄바람이 불었다. 그 봄바람에 실려 온 낯선 산 열매 향이, 꽃 향이 여인의 불에 데 일그러진 코끝을 간질였다. 그 순간 서 씨 부인은 뱃속 아래에서부터 치밀어 오르는 토기를 느꼈다.

"우웩. 웨에에엑! 우욱!"

절벽 위에 쪼그려 앉아 다리에 힘이 풀릴 정도로 헛구역질을 하고 났을 때 서 씨 부인은 여인의 본능으로 알았다, 확신하였다. 자신의 뱃속에 죽은 정인의 아이가 깃들어 있음을.

"어떻게 이런 일이! 감쪽같이 몰랐습니다. 이런, 이런 말도 안 되는!"

산채로 되돌아가, 늙은 의원에게 정식으로 진맥을 받자 노 의원은 기겁하여 놀랐다. 지난 몇 달간 거의 의식도 없는 서 씨 부인을 돌보는 동안 단 한 번도 그녀가 임신했다는 징후를 본 적이 없었기 때문이었다. 임산부 특유의 맥도 잡힌 적 없었다. 끔찍한 화상을 입긴 했지만 배도 납작한 그대로였다.

"이런…… 설마……"

"어떻게 몰랐을 수가 있어? 말이 안 되잖아!"

뒤늦게 사실을 알게 된 태서가 따져 물었을 때, 늙은 의원은 반쯤 넋이 나간 얼굴로 말했었다.

"아마도 뱃속의 아이가 살고 싶어 자신의 존재를 숨겼던 모양이다."

"뭐?"

"나도 본 적은 없고 들은 적만 있어. 엄마 뱃속의 아이가 제 존재를 숨기려 하면, 산달이 될 때까지 임신한 태도 안 나는 경우가 있다고."

"왜! 왜 존재를 숨겨!"

"제가 있는 걸 알면 저를 없앨까 봐."

"누가…… 이 아이를 없애려 한단 말이오?"

곁에서 가만히 태서와 의원의 이야기를 듣고 있던 서 씨 부인의 갈라진 목소리가 두 사람의 사이에 끼어들었다.

"누가 없애려 하기에 이 아이가 스스로 제 존재를 숨기려 했다는 게요!"

서 씨 부인이 목이 찢어지는 고통을 참으며 버럭 소리까지 질렀을 때 의원은 할 수 없다는 듯 어렵게 말을 꺼냈다.

"저입니다."

"의원? 그게 무슨……"

"부인. 제가 처음 부인을 뵈었을 때 부인께서는 이미 너무 많은 화기에 닿으셨고 너무 많이 상하신 상태였습니다. 그런 부인을 살리기 위해 제가 쓴 약재 중에는 임산부에게는 절대 써서는 안 되는 독한 약재들도 여럿 있었습니다."

잠시 말을 멈추고 하아, 숨을 내쉰 늙은 의원은 어렵게 다시 말을 이었다.

"그러니 만약 제가 처음에 아니 두 달이나 석 달 전에라도 부인이 아이를 가지신 걸 알았다면 저는 단연코 부인께 아이를 떨어뜨리는 약을 지어 드렸을 것입니다."

"의원!"

"영감! 그게 무슨 말이야!"

태서가 울컥하여, 늙은 의원의 멱살을 잡았다.

"저분 뱃속 아이가 누구 아이인 줄 알잖아! 그런데 어떻게 그런!"

"뱃속 아이를 살리기 위해 독한 약을 쓰는 것을 주저하였다면 부인의 목숨마저 장담할 수 없었을 테니까!"

태서의 고함에 의원도 고함으로 맞대응했다. 서 씨 부인이 죽는다면, 어차피 뱃속 아이도 무사할 수 없었을 것이다. 둘 모두를 잃느냐, 하나라도 건지느냐 중에서 의원의 선택은 생각해 보지 않아도 뻔했다.

"영감……."

"…… 그래서 이 아이가 스스로 존재를 감추었다고요? 그것이 가능한 일입니까?"

"간혹 그런 경우가 있습니다. 살고자 하는 의지가 그 말도 안 되는 일을 가능케 하는 것이지요. 오늘 죽으러 나가신 부인께서 이제껏 없었던 입덧을 하신 것도 바로 그 뱃속 아이가 살고 싶어 그리 한 것일 테고요."

"아가……!"

새삼 감격하여 제 배를 만져보던 서 씨 부인이 저를 아픈 눈길로 보던 늙은 의원과 눈이 마주치자 얼른 두 손으로 배를 가리며 몸을 외로 돌렸다.

"아니 되오. 모, 모르면 몰랐지 내가 아는 이상 이 아이를 죽일 수는 없소. 차라리 내가 죽을지언정 이 아이와 함께할 것이오!"

바들바들 떨며 서 씨 부인이 애원하였다.

"알아두실 게 있습니다."

의원이 가뜩이나 늙은 주제에 갑자기 수십 년은 더 늙어버린 것 같은 얼굴로 서 씨 부인에게 말했다.

"부인께서 그간 마신 수많은 약재와 화상을 치료하기 위해 발랐던 수많은 고약이 그 태중 아이에게 나쁜 영향을 끼쳤을지 모릅니다."

"잘못될 수도 있다는 거야?"

태서가 다급히 묻자, 의원이 무겁게 고개를 끄덕였다.

"태어날 수 있을지 없을지도 장담 못 해. 태어난다 해도 무사하다고는 장담할 수 없어. 몸이 성하지 않은 채로 혹은 머리가 성하지 않은 채로 태어날 수도 있으니까."

노 의원이 다시 서 씨 부인을 보고 부인의 의지를 확인하듯 신중히 물었다.

"그래도 낳으시겠습니까?"

"…… 낳을 것이오. 설사 온전치 못한 몸으로 태어난다 해도 설사 태어나 며칠을 못 산다고 해도 나는 반드시 이 아이를 낳을 것이오."

서 씨 부인은 강한 의지를 담아, 그리 말했다. 살겠다는 의지로 두 눈을 번뜩였다.

그날 이후. 이제까지 임신한 줄 몰랐던 게 거짓말이기라도 한 것처럼 서 씨 부인의 배는 조금씩 임신한 태를 보이기 시작했다. 한 달쯤 지난 뒤에는 보통의 임산부들과 전혀 다르지 않은 모습이 되었다. 다만 온 얼굴과 몸이 끔찍한 화상 흉터로 여전히 덮여 있다는 점만 빼면.

그러나 서 씨 부인의 뱃속 아이는, 결국 살아서 태어나지 못하였다. 서 씨 부인과 그녀가 못내 연모하였던, 한때 태서란 이름을 태서보다 먼저 지니고 있었던 사내의 아들은 끝내 죽은 채로 태어나고 말았다. 사산이었다.

"효자구나."

오랜 산고 끝에 죽은 아들을 품에 안게 된 서 씨 부인은 눈물 범벅이 되어 아들을 칭찬해 주었다.

"어미를 살리고자 이 조그만 몸으로 지금까지 힘들게 버텨 준 거였구나. 장한 내 아들, 착한 내 아들."

서 씨 부인은 이틀 밤, 이틀 낮 내내 품에서 단 한 순간도 죽은 아이를 놓지 않았다. 사흘째 되는 날이 되어서야 그녀는 비로소 자신의 사랑스러운 아들에게 작별인사를 고할 수 있었다.

"네 아버지를 뵙거든 꼭 전해주려무나. 천지신명이, 너와 네 아버지가 왜 나를 살려준 것인지 알 수 없지만, 그 의미를 알 때까지 이 어미는 꿋꿋이 살아갈 것이라고. 어떻게든 살아남아 볼 것이라고. 그리 전해주려무나. 아 가……!"

그것이 바로 팔 년이 지난 후인 지금까지 서 씨 부인이 너울로 얼굴을 가리고 주가의 부엌어멈이 되어 살게 된 연유였다.

"이제 와 생각하니 결국은 그 모든 게 다 오늘을 위해서였던 모양이오."

하진이 보낸 서찰에 수결을 마친 서 씨 부인이 서찰을 꼼꼼히 밀봉하여 태서에게 건넸다.

"헌데 그 아이에게 내 이야기는……"

"먼저 묻지 않는 한, 말하지 않겠습니다."

"다행이오. 그 아이가 먼저 내 안부를 물을 일은 없을 테니. 그럼."

볼일을 마친 서 씨 부인이 자리에서 일어나 객방을 나가려 하였다. 태서 가 서둘러 그런 서 씨 부인의 등에 대고 물었다.

"이 서찰은 무엇입니까? 무엇이기에 부인의 수결이 필요한 것입니까?"

그러자 서 씨 부인이 가만히 태서를 보더니 이내 순순히 답했다.

"팔 년 전에 내가 그 아이에게 써주어야 했지만, 미처 생각지 못해 써주 지 못한 것이라오."

"그게…… 무엇입니까?"

"내가 친정 집안에서 물려받은 모든 재산을 하진이 그 아이에게 남겨준 다는 상속문서지요. 즉, 하진이가 혼인하는 즉시 감 진사가 지닌 재산의 상당 부분이 모두 하진의 것이 된다는 이야기라오."

나랏법에 따르면 외가 쪽의 재산도 정당하게 외손에게 상속되었고, 여인이 상속받은 재산은 혼인 전에는 그 아비나 집안에서 관리하였지만, 혼인 후에는 어디까지나 여인의 재산으로 정당하게 인정받을 수 있었다.

"그런데 방금 써주지 못하셨다 하지 않았습니까? 그렇다면······ 이게 가짜란 말입니까?"

"나는 결단코 쓴 기억이 없지만, 그 안에 써진 건 내 필체가 분명하다오. 거기에 이제 내 수인까지 찍혔으니, 누가 그것을 감히 가짜라 하겠소? 그건 이제 두말할 나위 없는 진짜라오."

서 씨 부인의 얼굴은 너울에 가려져 보이지 않았다. 하지만 태서는 서 씨 부인의 얼굴에 통쾌한 기색이 떠올라 있음을 보지 않아도 알 수 있었다.

.

.

.

"똑같이 잘 썼다고 하더군."

이틀 후의 밤이었다. 다시 하진의 방에 스며든 태서는 서찰을 건네며 일의 전후를 물었다.

"똑같다고 해?"

"응. 자신의 글씨 그대로래."

"다행이네. 연습한다고 했는데, 혹시나 많이 어설퍼 보이면 어쩌나 조금 걱정했거든."

"거짓말. 조금이라도 틀린 구석이 보이면 그 자리에서 당장 똑같은 내용으로 써줄 거 예상했으면서."

태서가 새삼 감탄한 얼굴로 어둠 속의 하진을 보았다.

"자기 아버지를 사기 치고, 제 집안 재산을 도둑질하려는 양반 딸이라.

정말 너 같은 양반 여자는 또 없을 거야."

"네가 몰라서 그래. 알고 보면 나보다 더…… 왜 그래?"

갑자기 자리에서 벌떡 일어서는 태서를 보며, 하진이 긴장하여 물었다. 그러자 태서가 잠시 바깥 기척에 귀를 기울이더니 급히 속삭였다.

"누가 오고 있어. 지금 막 마당에 들어섰어."

태서의 속삭임이 끝나기가 무섭게, 낮지만 신경질적이고 엄한 목소리가 방문 밖에서 들려왔다.

"하진아!"

감 진사의 목소리였다.

"하진아!"

노기를 띤 아비의 목소리가 딸아이의 이름을 부르고 있었다.

"안 자고 깨어있는 거 다 안다. 어서 방문을 열어라!"

방문 밖에서 다시 감 진사의 목소리가 들려왔다. 순간, 태서가 조금 난감한 얼굴로 하진을 보았다. 평소 때라면 그리 어려울 것 없이 빠져나갈 수 있었다. 방문을 지키고 있는 사람 따위 몇이 있어도 어렵지 않게 제압하고 빠져나갈 수 있었다.

하지만 상대는 하진의 아버지였다. 비록 혐오스럽기 그지없는, 딸에게 차마 못 할 짓을 시키는 원망스러운 상대이긴 하지만 그래도 하진의 눈앞에서 하진의 아버지를 상처 입히는 짓은 웬만하면 하고 싶지 않았다. 더 큰 문제는 바로 하진이었다. 자신이야 도망치면 그만이지만 사내가 방에서 튀어나와 도망쳤으니 하진이 저 성질 고약한 아비에게 무슨 짓을 당할지 모르는 일이었다.

그리 주저하는 태서의 마음을 읽은 것일까? 하진이 아무것도 못 하고

서 있는 태서에게로 다가서 급히 태서의 저고리 고름을 풀었다.

'뭐 하는 거야?'

태서가 놀라 입 모양으로 물었지만, 하진의 손길은 거침이 없었다. 그대로 태서의 앞섶을 풀어헤치고는 조금 전 태서가 들기 전에 자신이 들어있었던 이불 속으로 태서를 밀어 넣었다.

'뭘 어쩌려고.'

'눈 감아.'

입술 모양만으로 제 뜻을 전한 하진이 그것만으로도 부족한지 직접 손으로 태서의 눈을 감겼다. 그런 후 제 손으로 직접 저고리와 치마를 허겁지겁 벗어 던졌다. 어느새 어둠 속에서도 희멀겋게 그 형태가 도드라져 보이는 뽀얀 젖무덤을 반 이상 드러낸 속치마 차림이 되었다.

'……!'

하진이 눈을 감겨줬지만, 눈을 뜨고 하진이 하는 양을 살피던 태서가 당황한 나머지 황급히 고개를 돌렸다. 제 말을 듣지 않고 눈을 뜬 태서를 노려본 하진은 이내 가슴께에서 단단히 속치마를 고정하고 있는 치마끈까지 풀었다. 그런 후 한 손으로 가슴 한중간을 눌러 당장 치마가 내려가지 않도록 고정한 후, 다른 손으론 제 뒤통수를 거칠게 문질러 머리를 헝클어 뜨렸다.

"네 이년, 당장 방문을 열지 못할까?"

방문 밖에선 당장 방문을 뜯어낼 기세로 감 진사의 닦달이 이어졌다. 그러는 동안 하진은 이불 안으로 들어가 제 머리 위로 이불을 덮어쓰고선 그대로 태서의 가슴에 덥석 안겼다.

'웃!'

태서는 급하게 숨을 들이마셨다. 하진이 풀어헤친 저고리 때문에 반 이상 드러난 태서의 살갗에 역시 거의 반 이상 드러난 하진의 맨 살갗이 찰떡인 양 끈적하게 달라붙었다. 의식하지 않으려 해도 하지 않을 수 없는, 지나치게 보드라운 여인의 살결이 바늘 하나 끼워 넣을 틈도 없이 태서의 몸에 밀착하였다.

그 직후였다.

"네 이년!"

하는 소리와 함께 등롱을 든 감 진사가 방문을 패대기치듯 열어젖히고 들어왔다.

"숨어도 소용없다, 내 이미 다 알고 왔느니!"

호기롭게 외친 감 진사가 어두운 방 안을 등롱 빛으로 비추더니 불룩하게 솟아오른 이불을 보고선 옳다구나 이를 갈며, 힘껏 이불을 들쳤다. 순간, 감 진사의 눈에 새빨갛게 핏발이 섰다.

"윽!"

속치마, 그것도 거의 등허리까지 내려간 속치마 바람으로 하얀 등을 훤히 노출한 하진이 자기처럼 거의 벌거벗은 사내의 목에 매달리듯 찰싹 안겨 있었다. 따로 묻지 않아도 그 이불 안에서 조금 전까지 무슨 일이 있었는지 능히 짐작하고도 남을 광경이었다.

"너, 너 ……!"

그 못 볼 광경에 소리를 지르려던 감 진사가 문득, 제 등 뒤에 활짝 열려 있는 방문을 의식하고는 서둘러 뒤로 돌아 방문을 닫았다. 혹시나 하여 함께 대동하고 온 아랫것들이 하진의 방앞 마당에 늘어서 있었기 때문이었다. 바깥에 있는 아랫것들에게 지금의 하진 모습을 보일 수는 없는 노릇이었다. 절대로!

"당장 일어나!"

바깥에 들리지 않도록 감 진사가 이를 악물고 말했다. 딸아이의 드러난 살갗을 보지 않으려고 일부러 고개는 돌린 채 말했다.

"당장 일어나지 못해!"

감 진사가 거친 숨을 내쉬며 작게 윽박지르자, 태서가 하는 수 없이 일어나려고 제 목에 매달린 하진을 떼어내려 하였다. 하지만, 하진이 손을 뻗어 젖혀져 있는 이불을 가져다 태서의 얼굴을 가리고선 혼자 부스스 몸을 일으켜 앉았다. 그 바람에 하진의 속치마가 허리 아래까지 완전히 흘러내렸다.

"야심한 밤에 아버지께서 제 방엔 어떤 일이셔요?"

굳이 치마를 올려 몸을 가릴 생각도 하지 않고, 아비를 향해 아무것도 걸치지 않은 등을 돌리고 앉은 하진이 물었다. 마치 저 혼자 있는 방인 양, 아무 일 없이 곤히 자다가 일어난 양 태연한 목소리였다.

"너, 대체 그 꼴이……"

감 진사가 하진을 돌아보다가 훤히 노출된 하진의 등을 보고선 앗 뜨거라, 얼른 다시 고개를 돌렸다.

"너…… 당, 당장 옷을 추스르지 못해?"

"싫습니다."

"뭐, 뭐야?"

"제 방입니다. 제가 제 방에서 어떤 차림으로 자건 아버지께서 상관하실 일은 아니실 텐데요? 아버지야말로 다 큰딸의 방에 이리 허락도 구하지 않고 함부로 들어오시다니 이 무슨 일이십니까?"

적반하장으로 하진이 오히려 제 아비의 잘못을 나무랐다.

"아랫것들이 무어라 수군대겠습니까? 세상 사람들이 알면 또 무어라 하겠습니까? 당장 나가세요. 어서요!"

감 진사와 달리 목소리를 낮출 그 어떤 노력도 하지 않고 하진이 감 진사에게 호통을 쳤다. 다만, 그 뒤에는 일부러 감 진사처럼 어금니를 꽉 깨물어 목소리를 낮췄다.

"당장 돌아가세요. 그러지 않으시면 비명을 지를 것입니다."

"뭐, 뭐야?"

"제가 정말 그러길 바라서요? 제가 이 밤에 외간 사내를 끌어들여 알몸으로 무슨 짓을 하고 있었는지 온 세상이 다 알길 바라시냐고요."

"이, 이, 이……"

어이가 없어 말을 잇지 못하는, 제 등 뒤의 아비를 향해 하진의 나직한 도발은 계속되었다.

"뭐, 저는 상관없습니다. 어차피 혼인 전의 몸으로 사통(私通, 부부가 아닌 남녀가 정을 통함)을 하였으니 알몸으로 내쫓겨 조리돌림을 당해도 싼 노릇이죠."

"너, 정말……"

아직도 감히 하진의 벌거벗은 뒷모습을 쳐다보지도 못한 채 감 진사는 빈주먹만 쥐고선 부들부들 떨었다.

"허나 이 일이 세상에 드러나면 아버지는 어찌 되실까요? 아내에 이어 딸자식의 행실까지 제대로 간수 못 한 아둔한 사내로 아주 꼴이 우스워지지 않으시겠어요?"

"네년이 미쳤구나, 단단히 미쳤어! 어찌 내게! 이 아비가 네 어미 때문에 얼마나 고통받았는지 알면서도 어떻게 네가 감히 이따위 짓을!"

"제가 뭘 어쨌는데요?"

"뭐, 뭐야?"

"저는 그저 혼자 곤히 잠들어 있다 아버지를 맞이한 것뿐입니다. 몸에 열이 나고 갑갑한 듯 하여 옷을 좀 벗고 잔 것이 뭐 그리 대수로운 잘못이라고요. 그렇지 않습니까?"

집안의 위신과 아버지 자신의 체면을 위해서라도 아무것도 못 본 것으로, 아무 일도 없었던 것으로 하라는 하진의 겁박이었다. 그러나 감 진사는 순순히 물러나려 하지 않았다.

"네년과 저놈을 한꺼번에 죽이고, 널 겁탈하려 숨어들어온 저놈을 죽였다 말하면 그뿐!"

"그러서요."

여전히 등을 돌린 하진의 입가에 차가운 비웃음이 떠올랐다.

"그럼 이번에도 사람들은 그 거짓말을 믿어주겠지요. 아니면 믿는 척하던지요. 대신 아버지의 뒤통수에 대고 수군댈 거예요. 행실 나쁜 아내와 딸을 죽인 사내라고요. 정말 평생 그 모든 소문과 따가운 시선들을 감당하며 사실 수 있겠어요?"

"읏 ......"

감 진사는 무슨 말로라도 반박하고 싶었지만 할 말이 없었다. 그럴 수 없음은 감 진사 스스로가 제일 잘 알았다. 또다시 그 수모를, 이번엔 이전의 배나 달할 그 수모를 견딜 자신이 없었다.

"네 이놈."

하는 수 없이 감 진사는 자존심이라도 지키려 아직도 하진의 옆에 누워 얼굴 하나 보여주지 않는 괘씸한 사내놈을 위협하였다.

"네 이 노옴! 오늘 밤은 내 딸년과 내 체면을 생각하여 네 놈을 살려줄 것이다. 하나, 다음번에 다시 네 놈이 내 집 담을 넘는다면 그때는 내 딸년의 멱부터 딸 것이니라."

북북 이를 갈며 감 진사가 마지막 허세로 별로 위협적이지도 않은 협박을 남긴 뒤 그대로 쌩하니 방을 나갔다.

"소쌍이 년을 불러오거라! 주인 아가씨에게 어림도 없는 누명을 씌웠으니 단단히 혼쭐이 나야 할 것이다!"

방문 밖에서 괜히 죄 없는 하인들에게 버럭버럭 질러대는 감 진사의 고함에 하진이 소리 나지 않게 한숨을 내쉬며 가슴을 쓸어내렸다. 그러다 자신이 여전히 벌거벗고 있음을 깨닫고는 서둘러 허리께에 내려가 있는 속치마를 끌어 올리려 하였다. 순간, 상황이 정리되었음을 알고 이불을 걷어 일어나려는 태서와 눈을 마주치고 말았다.

"아, 아직 일어나란 소리 안 했어."

작게 불평하며 하진이 황급히 반쯤 몸을 틀고선 조금 전에 벗어둔 치마를 들어 목까지 가렸다. 감 진사가 등롱을 들고 나가버려 방 안은 다시 어두워지긴 했지만, 태서는 유난히 밤눈이 밝은 자이니 혹시라도 그에게 제 알몸이 보일까 염려해서였다.

"거기 뭐야? 왜 그래?"

태서의 목소리에 분노가 스며있었다.

"뭐?"

"네 가슴에 그거, 멍자국이야?"

"아냐."

질문이 끝나자마자 잠시의 틈도 없이 바로 하진이 즉답하였다.

"아니긴, 내가 방금 분명히 봤는데. 누구야. 누가 그랬어?"

"보긴 뭘 봤다고 그래. 밖에 조용해졌으면 얼른 나가…"

하고 말하려는데 태서가 갑자기 휙, 치맛자락을 잡아당겼다.

"읏!"

애초에 가진 힘도 비교가 안 되는 데다 미처 예상도 못 한 탓에 하진의 손은 너무도 쉽게 쥐고 있던 치마를 뺏기고 말았다. 그 때문에 가릴 것을 잃은 하진의 상반신이 알몸 그대로 공기 중에 노출되고 말았다.

"미쳤어?"

하진은 황급히 두 팔을 교차시켜 최대한 노출된 부분을 가리려 하였지만, 태서가 이번엔 그 가는 손목을 잡아 내리고선 기어이 제 말을 확인하고 말았다. 어둠 속에서도 유난히 존재감을 드러내 보이는, 수줍게 부풀어 있는 한 쌍의 하얀 젖무덤 중 하나에는 이틀 전 치경에게 봉변을 당한 흔적이 남아 있었다. 멍이라고 부르는 건 과장이었고, 조금 벌겋게 손가락 자국이 남은 정도였다.

"누가 이랬어? 말해. 내가 당장 그놈을 죽여… 읏!"

뻑뻑 이를 갈면서 하진을 본 태서가 급히 숨을 들이마셨다. 아랫입술을 깨문 채 저를 노려보는 하진의 눈에 눈물이 가득 차올라 있었다. 왜 우는 거지? 아주 잠깐 의아해하던 태서는 "으악!" 하고 작게 소리를 지르며 하진의 손목을 놓고서는 엉덩방아를 찧으며 뒤로 물러나 앉았다.

"미, 미안! 저, 정말 미안!"

황급히 뒤로 돌아앉은 태서의 얼굴이 순식간에 새빨갛게 물들었다.

"난, 난 그냥 네 가슴… 아니 네 몸에 멍이 보여서 그걸 확인하겠다는 생각밖에… 미, 미안. 정말이야."

평생 단 한 번도 그런 일이 없었거늘 태서는 온 얼굴이 새빨개져서는 더듬거리며 사과하였다. 얼굴만이 아니었다. 두 귀도 목덜미도 금세 화르륵 붉은 기가 번졌다.

"닥치고 얼른 나가!"

태서의 등 뒤에서 하진은 얼른 이불 속으로 쏙 들어가 머리끝까지 이불을 뒤집어썼다.

"당장 나가지 안 놓으면 내가 먼저 널 죽여버리고 말 거야."

이불 속에서 들려온 경고에 태서가 조금 머쓱한 기분으로 자리에서 일어섰다.

"어두워서 제대로 못 봤어. 진짜야."

제가 생각해도 참, 말 안 되는 변명이다 싶었지만, 하진의 부끄러움과 수치를 조금이라도 줄여 줄 생각으로 태서가 방을 나서기 전 마지막 말을 덧붙였다.

"그냥 없었던 일로 잊어. 나도 잊을 테니까."

물론 그럴 일은 없을 것이었다. 경황이 없는 와중이긴 했지만 방금 본 눈부신 광경은 고스란히 태서의 눈 속에 새겨져 버렸다. 태서의 뜻이나 의지와는 아무 상관없이.

그 증거로 그날 밤, 자신의 처소로 돌아간 태서는 떠올리지 않으려 해도 계속 반복해서 눈앞에 떠오르는 광경 때문에 속절없이 밤잠을 설치고야 말았다. 다음 날도, 그다음 날도 마찬가지였다.

"젠장! 미치겠네."

태서가 불쑥 한밤중에 뛰쳐나가 차가운 물을 뒤집어쓰기 시작한 것은 바로 그다음 날 밤부터였다. 그러지 않으면 어지러운 머릿속이, 뜨거워진 가슴 속이, 달아오르는 하반신이 좀처럼 가라앉지 않아서였다.

"정말 그런 일이 있었단 말이야?"

며칠 후였다.

숙영은 제집 하인에게서 며칠 전 밤에 하진에게 있었던 일을 전해 들었다. 일부러 바깥에서 사람을 사서 하진의 집 동태를 살피라는 명령을 내려 두었던 하인이다.

"예. 그 밤에 그런 소란이 있었던 뒤 그 댁 아가씨를 모시던 소쌍이라는 계집종이 감 진사에게 불려가 크게 혼쭐이 났다고 합니다."

"그밖에 다른 일은 없었다고?"

"예. 그날 밤 감 진사가 갑자기 한밤중에 딸 방에 들이닥쳤던 일 외에는 딱히…"

"그거참 이상하구나."

숙영이 혼잣말을 중얼거리며 손을 내저어 이제 볼일이 없어진 하인을 제 방에서 내보냈다.

'한밤중에 갑자기 자는 딸 방에 들이닥쳐?'

'방문을 열라고 고래고래 소리를 지르곤, 들어오라는 말도 없었는데 방 안으로 들어가 버렸다고?'

아무리 부녀 사이라고 해도 그건 있을 수가 없는 일이었다. 하물며 혼인을 목전에 둔 다 큰딸이 자는 방에 아버지가 침범하는 일이라니.

'그런데 한참이나 있다, 아무 일도 없었다는 듯 나와 오히려 그 몸종을 혼냈다?'

'정말 아무 일도 없었던 게 맞을까?'

267

'만약 아무 일도 없었던 게 아니라면…'

문득, 자신이 들은 이야기를 하나하나 되짚어 보던 숙영의 눈에 반짝 빛이 돌았다.

'딸의 방에 사내가 있다고 의심하였다?'

그렇게밖에 생각할 수 없었다. 그 일 외에는 아비가 다 큰 딸의 방에 그런 식으로 쳐들어갈 일이 없었다.

'요것 봐라. 임 사자관 외에 다른 사내가 있어? 그 계집에게?'

성우가 알면 어떤 표정을 지을까, 얼마나 충격받게 될까, 숙영은 못내 궁금해졌다.

'그때에도 과연 그런 눈으로 그 계집을 볼 수 있을까?'

처음 성우를, 하진과 함께 있던 성우를 보았던 날을 떠올리자니 갑자기 막 통쾌해지려 하였다.

.

.

.

숙영이 성우를 처음 보았던 건, 몇 달 전 어느 강변에서였다. 심란한 마음을 달래기 위해 강변을 거닐 던 중 커다란 회화나무 아래에서 다정히 마주 보고 선 한 쌍의 양반 남녀를 보았다.

'응? 저이는 임 사자관이잖아?'

사실 성우의 존재는 전부터 알고 있었다. 워낙 인물 좋고 평판 좋은 사내다 보니, 동무들이 멀리서 그의 존재를 훔쳐보며 좋아하는 걸 본 적도 있었다. 하지만 숙영 저에게는 그런 성우가 별달라 보이지 않았다. 잘생기기만 했을 뿐, 눈길이 가지 않는, 재미도 없는 샌님으로만 여겼을 뿐이었다.

'그런 샌님이 여인이랑 단둘이 이런 곳에?'

조금 흥미가 생겨 일부러 가까운 나무 뒤에 몸을 숨기고 두 사람의 하는 양을 지켜보았다.

'무슨 얘기를 하는 거지?'

거리가 좀 떨어져 있어, 두 사람의 말소리까지는 제대로 들리지 않았다. 다만, 몇 번이고 무슨 얘기인가를 주고받던 성우의 표정이 금세라도 녹아내릴 듯 황홀한 표정으로 바뀌는 것을 보았다. 감격에 벅차 와락, 눈앞의 여인을 끌어안고 그 여인에게 떠밀려서 머쓱해서 떨어지는 모습도 보았다. 그러면서도 온 세상이 마치 자신들 둘 만을 위해 존재하는 듯 행복해하는 얼굴을 보았다.

순간, 참을 수 없을 정도로 견디기 힘들 정도로 성우가 가지고 싶어졌다. 너무 많이 행복해서 죽을 수도 있을 것 같은 얼굴의 성우를 가지고 싶어졌다. 그런 한편, 곱고 어여쁜 그들의 사이를 찢어내 발겨주고 싶어졌다.

제 심보가 못된 건 잘 알고 있었다. 그러나 그게 어디 숙영 저만의 잘못일까? 고운 건 가지고 싶고, 내가 가질 수 없으면 차라리 남도 가질 수 없게 만들고 싶은 건 인간이 가진 너무도 당연한 본성이다. 그러니 곱고 고운 걸 다른 사람의 눈에 띄게 하여 시샘케 하고 욕심을 품게 하고 어깃장을 놓고 싶게 만든 두 사람도 잘못이 있었다. 두 사람이 저보다 훨씬 더 나빴다.

"이제 보름 후면 우리는 진짜 가족이 되는 것이외다."

그날 밤이었다. 우의정과 감 진사, 그리고 치경은 함께 술자리를 가지고 있었다. 마침내 하진과 치경의 혼인 날짜를 결정한 것을 축하하기 위한 자리였다. 사실 우의정과 감 진사는 지난 며칠간 혼례 날짜를 정하는 데 꽤 애를 먹었다. 처음에 감 진사가 정해온 혼례 날짜는 너무 멀다고 우의정이 난색을 보였고, 우의정이 정한 날짜는 너무 촉박하다며 감 진사가 난감해 하였다. 하지만 결국 감 진사가 지고 말았다. 우의정이 워낙 강력히 주장한 탓이기도 했지만, 마음 한편으로는 빨리 하진을 치워버리고 싶은 생각도 있어서였다.

하진이 또 무슨 일을 벌일지, 혹시 제 어미처럼 야반도주라도 하는 건 아닐지, 아니면 또다시 외간 사내를 끌어들이다 기어이 큰 사달을 내는 건 아닐지, 아니면 도성 곳곳에 하진의 방탕한 행실에 대한 소문이 퍼지지는 않을지 걱정이 컸다. 불과 얼마 전까지 성우를 연모하던 하진이 그런 터무니없는 일을 벌이게 된 건 마음을 걷잡을 수 없었기 때문일 것이었다. 성우와 아비인 자신에게 복수하고자 하는 마음일지도 모른다는 생각이 들었다. 어찌 됐건 혼례를 올리고 나면, 혼인하여 도성을 떠나게 되면 하진의 그 시끄러운 속도 흔들리는 마음도 갈피를 잡을 수 있게 될 것이라 생각하였다. 그래서 보름 후라는, 촉박해도 너무나 촉박한 혼례 날짜를 그대로 받아들였다.

"치경이 너는 네 장인어른께 술 한 잔 올리지 않고 무엇 하느냐?"

착잡한 표정으로 있는 감 진사를 본 우상이 치경을 시켜 술을 따르게 하였다.

"장인어른, 제 술을 받으시지요."

치경이 짐짓 다정하고 공손한 모습으로 감 진사의 술잔에 술을 따랐다.

"못난 사위이지만 앞으로는 아들같이 잘 보살펴주시길 바랍니다."

"어허! 별 쓸데없는 소리를 다 하는구나."

치경이 감 진사에게 하는 겉치레 인사를 우의정이 나무라고 나섰다.

"아들 없는 집안의 사위는 당연히 아들인 것을, 무얼 그리 당연한 소리를 하고 있어. 너는 이제 앞으로 네 장인어른과 장모님을 네 부모처럼 깍듯이 모시고 네 처가의 일을 네 집안의 일인 것처럼 알뜰히 살펴야 하느니라. 알겠느냐."

"지당하신 말씀입니다. 제가 미련하였습니다! 앞으로는 장인어른과 장모님을 자주 찾아뵙고 아들 노릇을 톡톡히 하겠습니다. 괜히 자주 온다고 설움이나 주지 마십시오. 하하하하!"

'요것들 봐라?'

너털웃음을 터트리는 치경과 그런 치경의 등을 두드리며 호기롭게 웃는 우상을 보며 감 진사는 그들의 진짜 속내를 읽은 것 같아 찜찜함을 금치 못했다.

'아들 없는 집의 아들 노릇이라?'

보통 사람이라면 으레 인사치레로 넘길 수 있는 말이겠지만, 감 진사는 달랐다. 자신이 하진의 외가 쪽 재산을 대부분 손에 넣을 수 있었던 건 하진의 외가에 달리 아들이 없어서였다.

그러니 우상과 치경의 말에 감춰진 속내를 모를 감 진사가 아니었다.

'그래서 과거 있는 내 딸년을 못 데려가 안달이었군. 흥. 어디 한 번 실컷 헛물이나 마셔보라지. 너희들 뜻대로 그리 쉽게 될 줄 알고?'

다 알면서도 모르는 척 감 진사가 제게 건네진 술잔을 마다하지 않고 그대로 목 안으로 넘겼다.

'보름 후? 거기다 혼례 직후에 첫날밤도 지내지 않고 바로 춘천으로 간다

고? 왜?'

언제나 그렇듯 어둠 속에 숨어 밀담을 엿듣던 태서는 당황할 수밖에 없었다. 하진의 혼례 날짜가 예상보다 훨씬 빨리 잡힌 것도 잡힌 것이었지만 첫날밤도 치르지 않고 바로 신행길(신부가 신랑집으로 가는 길)을 나선다는 것이 영 이해가 가지 않아서였다. 보통은 혼례를 올린 신부의 집이나 신부의 친척 집에서 혼례를 올린 후 첫날밤을 지새우고 나서야 신행길을 나서는 법이었다.

'그런데 초야도 치르지 않고 바로 신행길에 나선다고? 왜? 도대체 무슨 꿍꿍이야?'

심상치가 않았다. 치경에게 다른 꿍꿍이가 있는 것이 확실하였다. 태서가 그것이 무엇인지를 알아낸 건 얼마 지나지 않아서였다.

.

.

.

"그자는 신행길에 산적에게 당한 것처럼 꾸밀 작정이야."

얼마 뒤, 비단 장사로 위장하여 하진의 집을 찾은 태서가 하진에게 은밀히 속삭였다. 처음엔 이전 날밤의 일이 떠올라 서로 민망하여 눈도 제대로 못 마주쳤지만, 그것도 잠시뿐이었다. 치경이 꾸미고 있는 일이 워낙 심상치 않은 일이라 서로의 민망함 따위는 금세 가시고 없었다.

"산적에게 습격당한 것처럼 해서 당신이 가져가는 혼수 품목들을 빼돌릴 셈이야. 어쩌면 그 와중에 당신까지 다치게 할지도 몰라."

그건 치경이 직접 제 입으로 태서에게 밝힌 내용이었다.

사실 태서는 그 며칠 전, 치경의 속셈이 뭔지 알기 위해 수하들을 시켜 노름방에 틀어박혀 있던 치경을 잡아 오라고 시켰더랬다.

"읍! 읍읍읍!!"

노름방에서 잠시 소피를 보러 나온 사이에 치경은 웬 사내들에게 입이 틀어 막힌 채 보쌈을 당해 어느 곡물 창고로 옮겨졌다. 빛 하나 들어오지 않는, 어두운 창고 안에서 온몸이 포박당한 채 치경은 거의 반 시진 이상을 두려움에 오들오들 떨며 누군가 자신을 구해내 주기만을 애타게 기다렸다. 그러다 마침내 검은 삿갓을 쓴 사내가 창고 안에 들어와 제 입에 물린 재갈을 풀어주자, 치경은 자신이 양반이라는 사실도 잊고 눈물 콧물을 흘리며 싹싹 빌었다.

"살려주시오. 살려주시오! 나를 어쩌려고 이러오? 내가, 내가 무얼 잘못하였소? 말만 하여 주시오!"

"이걸 기억하는지?"

태서는 가짜 태서에게서 받아두었던 빚 문서를 치경의 앞에 내밀었다.

"이, 이건? 내가 태서에게 써 준. 이걸 왜 그쪽이?"

치경은 처음엔 태서가 아닌 다른 사람이 왜 자신의 빚 문서를 가지고 있는 것인지 이해하지 못했다. 그러다 퍼뜩, 제 눈앞의 사내가 태서의 심부름을 왔을지도 모른다는 생각을 하였다.

"태, 태서가 시켰소? 태, 태서가 무얼 오해한 모양인데 나는 분명히 약속한 날짜에 그곳엘 갔었소! 안 나온 건 태서란 말이요!"

치경이 억울하다는 듯 목소리를 높였다. 그도 그럴 게 치경은 정말 약속한 날짜에 약속한 장소인 주막에 갔었더랬다. 비록 약속한 삼백 냥은 미처 마련하지 못했지만 어떻게든 곧 갚을 방법이 있었기에 사정 이야기를 하고 빚을 갚을 시한을 좀 미뤄 달라 사정하기 위해서였다. 하지만 온종일 기다려도 태서는 나타나지 않았다.

'뭐, 어쨌건 나는 기다렸으니 된 거 아닌가? 나는 약속을 지킨 것이야. 약속을 못 지킨 건 바로 그 태서라는 자고.'

'워낙 뒤가 구린 자라 하던데 혹시 급하게 도망이라도 갈 일이 생겨 못 온 거 아닐까?'

'어쩌면 다른 죄로 이미 포청에 갇혔을 지도 모르고.'

'흐흐흐. 어찌 되었건 돈도 없는 차에 잘 되었군. 이대로 일이 무사히 넘어갔으면 좋으련만.'

그렇게 생각에 생각을 거듭할수록 점차 더 자기 편의적인 방향으로 생각이 흘러갔다. 그래서 그날 이후론 태서의 존재를 일부러 머릿속에서 지워버리고 말았다. 제 쪽에서 빚을 갚지 않은 게 아니라 태서가 빚을 갚을 기회를 주지 않은 것이니, 제 잘못은 없다 싶었던 게다.

"태서를 불러다 주시오. 내가 그날 그 주막에 갔었다는 걸, 그 주막의 주모가 확인해 줄 것이오!"

눈앞의 삿갓 사내가 들이민 제 빚 문서를 본 치경이 태서의 부하일 것으로 생각되는 사내에게 애원했다.

"제발 태서를 불러주시오!"

"여기 있지 않소."

"여기? 어디요?"

사내의 말에 치경이 황급히 어두운 창고 안을 두리번거렸다. 하지만 아무리 둘러보아도 창고 안에는 치경과 사내, 단둘밖에 없었다.

"나를 놀린 게요? 여긴 아무도 없지 않소."

"바로 댁의 눈앞에 있지 않소."

사내가, 태서가 슬쩍 삿갓을 올려 잠시잠깐 얼굴을 비춘 다음 다시 삿갓을 내리며 말하자 치경의 눈이 휘둥그레졌다.

"말도 안 되오! 댁, 댁이 태서면 내가 그날 만났던 그 사람은 누구란 말이오?"

"내 이름과 내 위세(威勢, 사람을 두렵게 하여 복종시키는 힘)를 빌려 쓴 가짜라오."

자신이 빚 문서를 써 준 이가 가짜였다는 말에 치경의 얼굴에 금세 생기가 돌았다.

"아, 그런 거였소? 어휴. 진작 말하시지. 하하하. 난 또."

태서가 가짜라면 가짜에게 진 빚을 갚을 이유가 없었다. 그러니 빚을 갚지 않아도 된다는 생각에 잠시 희망에 부풀었던 태서는 금세 자신이 처한 꼴을 깨닫고 의아하다는 듯 진짜 태서를 바라보았다.

"그런데 왜 나를 끌고 온 거요?"

"빚을 받기 위해서."

"비, 빚이라니요? 내가 그 빚 문서를 써 준 건 가짜 태서니, 나는 그 빚을 갚지 않아도 되지 않소?"

"이런, 이런. 순진하고 어리석은 양반을 보았나."

쯧쯧, 소리 내어 태서가 혀를 찼다.

"그자가 그 노름방에서 위험에 처한 댁을 구해낼 수 있었던 건 어디까지나 태서라는 내 이름과 내 위세를 사용했기 때문이오. 그러니 댁은 그 가짜 태서에게 빚을 진 것이 아니라 내게 빚을 진 셈. 그것도 아주 비싼 이자를 치러야 할 빚을 진 거라오."

창고 안에 울리는 태서의 목소리는 낮고 차갑고 으스스하기까지 하였다. 조금의 너그러움도, 조금의 인정도 베풀지 않겠다는 의지가 담긴 냉정한 목소리였다. 하여, 치경은 더는 저의 억울함을 호소하지도 못하고 그대로 태서의 뜻을 받아들일 수밖에 없었다. 가짜 태서의 위세를 눈앞에서 보았던 치경이 아닌가? 진짜 태서라면 정말 저 하나 없애는 건 일도 아닐 수 있을 것만 같았다.

"아, 알겠소. 나를 풀어주면 내 어떻게든 수일 내로……"

"왜국에는 취미로 사람의 코나 귀를 매우 좋은 값에 사들이는 자들이 있지요. 특히 강 선비처럼……"

태서가 슬쩍 몸을 기울여 치경의 콧날과 귓불을 가볍게 쓰다듬었다. 그 차갑고 무자비한 손길에 치경은 마치 거북이라도 된 듯 목을 움츠려 바들바들 떨었다.

"잘 생긴 코와 귀는 보통의 것보다 두어 배는 더 받을 수 있을 것 같소만. 어디 그뿐이요? 멀리까지 갈 것도 없다오. 이 땅에도 사람의 팔과 다리를 고아 먹을 수만 있다면 수백, 수천 냥을 내놓겠다는 자들도 적지 않고, 싱싱한 사람의 내장들 또한 마찬가지니까."

"그, 그, 그런……"

막 눈물이 터져 나오기 직전의 치경에게 태서가 마지막 쐐기를 박았다.

"태서라는 이름은 말이오. 그런 자들이 제일 먼저 찾는 이름이라오. 그런 자들이 돈만 주면 원하는 것을 얼마든지 대어줄 수 있는 이름이기 때문이오. 그러니 나는 댁의 빚을 받기 위해 댁을 놓아주어야 할 하등의 이유가 없단 말이지."

"내, 내가 누, 누군지 알…"

"이 내가, 태서가 고작 정승의 친척 조카 따위를 무서워 할 것 같소?"

태서가 재미있다는 듯 웃음기 어린 목소리로 묻자 일말의 희망조차 잃어버린 치경의 얼굴은 완전히 구겨질 대로 구겨져 버렸다.

"참 얄팍한 사내였어. 슬쩍 겁을 준 것만으로 속 내장까지 다 뒤집어 보이더군."

그날의 치경을 떠올리며 태서는 치경이 제 앞에서 술술 털어놓은 말을 전했다.

"이제 곧 만석꾼 집안의 사위가 되는데 혼례가 끝나자마자 신행길에 나설 거라고 했어. 전부터 미리 사귀어둔 왈짜들이 산적을 위장하여 신행길을 덮쳐서 혼수들을 가로채면 그것을 그자들과 나누기로 했다고."

치경은 태서에게 그 중 제 몫을 전부 다 주겠노라고, 눈물로 통사정했다.

"그런데 신행길은 왜 그렇게 서두르는 거래?"

비단을 쓰다듬는 척하며 하진이 작은 소리로 물었다. 그러자 음흉한 비단 장사가 비단보다 부드러운 하진의 손가락들을 어루만지며 하진이 원하는 답을 주었다.

"…… 따로 알아보니 한 동리에 몰래 살림을 차려준 기생이 있었어. 신행길을 서두르는 건 그 여자 때문인 것 같아. 어지간히도 강짜(질투)가 심한 여인인가 보더군."

"그래서 내가 다칠지도 모른다고 한 거네."

"차마 너를 죽이지는 못하겠지만…… 네가 다치고 나면 그자는 훨씬 더 활개 치며 제 마음대로 살 수 있을 테니까. 네 치료비가 든다는 명목으로 네 아버지에게 더 큰 돈을 뜯어낼 수도 있을 테고."

"…… 그렇겠네."

그 말을 끝으로 하진은 무엇인가를 생각하는 듯 입을 꾹 다물었다. 어쩌면 제 고단한 팔자를 원망하는 것일지도 모른다고, 태서는 생각했다. 보통의 양반 처자들과는 달리 하진에게 일어나는 모든 일이 평탄치가 않았다.

어미는 어릴 적에 야반도주하고, 아비의 성정은 포악하기 이를 데 없고, 정인은 하루아침에 배신하고, 원하지 않는 혼인을 하게 된 상대가 하필이면 저를 해칠 생각을 하는 사악한 노름꾼에 난봉꾼이라니.

그중에서도 가장 최악은 어찌 보면 태서 자신이랄 수 있었다. 보통 때라면 함부로 말도 걸 수 없는 처지인 천한 사내가 좋다고 들러붙어 온갖 핑계를 대고 희롱하고 떨어질 생각을 않으니 양반 처자 팔자로서는 이보다 최악일 수가 없었다.

"부탁이 있어."

착잡한 얼굴로 하진을 보고 있자니, 하진이 마침내 생각을 마친 듯 입을 뗐다.

"뭐든 말만 해."

네가 원한다면 내 목숨이라도 줄게, 태서가 말했다. 그런 태서에게 아주 조심스럽게, 은밀하게, 하지만 분명한 의지를 갖고 하진이 말했다.

"나를 훔쳐 줘."

제 7 장

혼인하는 여자

혼사를 앞둔 감 진사의 집안은 계속 내내 분주하기 짝이 없었다.

그중에서도 가장 바쁘고 정신없었던 건 감 진사의 처 홍 씨 부인이었다. 무슨 까닭인지 몰라도 감 진사는 모든 일을 홍 씨 부인에게 일임한 채 본체만체하지 않았고 하진을 보려고 들지도 않았다. 그 때문에 본래는 감 진사의 몫이어야 할, 지방 각지에서 올라온 집안 손님들을 맞이하고 집안에 그들이 묵을 곳을 정해주고 때마다 잊지 않고 대접에 소홀함이 없는지 살피는 일 또한 홍 씨 부인 혼자 다 도맡아 하였다.

그나마 속량시켰던 양금과 양금 어미가 와서 집안일을 도와준 덕분에 조금은 숨을 쉴 수 있었지만, 혼인을 나흘쯤 앞두고부터는 거의 눈코 뜰 새 없이 일에 치여 살았다.

그 때문이었을까?

"아……!"

아침부터 신혼부부가 덮고 잘 금침(이부자리, 베개와 침구)을 하녀들과 함께 바느질하다 말고 잠시 숨이라도 돌릴 겸 자리에서 일어나던 홍 씨 부인은 급격한 현기증을 느끼고 비틀댔다.

"내가…… 왜 이러지?"

"마님, 괜찮으세요? 안색이 너무 파리하십니다. 여기는 이제 쇤네들이 마무리할 테니 방에 가서 좀 쉬세요."

양금 어미가 걱정스러운 얼굴로 홍 씨 부인에게 권했다.

"아니야. 할 일이 산더미인데 어떻게 그래."

"어휴. 이러다 혼례보다 초상을 먼저 치를 것 같아서 그럽니다. 얼굴이 해쓱하신 게 많이 편찮으신 것 같아요. 어떻게, 양금이한테 의원을 불러 오라 시킬까요? 근데 양금이 얘는 도대체 어디에 가 있는 거야? 양금아, 얘 양금아!"

양금 어미가 방문 너머 마당을 향해, 딸의 이름을 불렀다. 그러자 찾는 양금이 대신 심술 난 것처럼 볼때기가 잔뜩 부어 있는 소쌍이 답을 해왔다.

"아가씨 방에 가 있어요. 일 도와주러 왔다면서 거기 처박혀 나올 생각도 안 해요! 아가씨도 아가씨지, 양금이 왔다고 전 얼씬도 못 하게 하시는 건 뭐래요?"

"이것아! 아가씨랑 양금이가 보통 사이더냐? 어렸을 때부터 거의 같이 자라다시피 한 사인데, 그 정이 얼마나 애틋하시겠어!"

바느질 어멈 중에 하나가 툴툴대는 소쌍을 타박하였다. 그러자 다른 어멈들도 한 마디씩 보태기 시작했다.

"늘 말씀을 차갑고 무뚝뚝하게 하셔서 그렇지, 양금이를 얼마나 아꼈는지는 우리가 더 잘 알아."

"거기다 아가씨 혼인해서 가버리시고 나면 이제 몇 달, 아니지 몇 달이 뭐야? 몇 년이나 몇십 년 후에야 다시 만나게 될 텐데, 얼마나 하시고 싶은 말씀이 많으시겠어!"

"칫. 그래도 이젠 아가씨 몸종은 저잖아요!"

"어이구. 시샘할 것도 쌔고 쌨다. 할 일 없어 심심하거든 얼른 가서 의원이나 모셔와!"

"아니야. 괜찮다."

어지럼증 때문에 한쪽 머리를 괴고, 하녀들의 대거리를 듣고만 있던 홍씨 부인이 부스스 몸을 일으키다가 다시 어지러운지 풀썩, 자리에 주저앉고 말았다.

"마님!"

놀란 바느질 어멈들이 일제히 홍 씨 부인에게 달려들었다.

한참 동안 현기증에 꼼짝도 못 하고 있던 홍 씨 부인이 간신히 몸을 움직여 양금 어미의 부축을 받고 향한 곳은 하진의 방이었다. 행랑채며 사랑채며 안채며 온통 집안에 친인척들과 일하는 사람들이 북적거리고 있느라, 그나마 조용히 쉴 수 있는 곳은 하진의 방밖에 없었기 때문이었다.

"그러니까 황 서방하고 같이 그 사람한테 가서……"

양금이를 불러다 앉혀놓고 중요한 말을 이르고 있던 하진은 "아가씨, 아가씨!" 하고 다급히 부르는 양금이 어미의 목소리에 얼른 말을 끊고 양금이에게 비밀을 지키라는 뜻으로 입술 위에 손가락을 세웠다. 양금이 긴장한 얼굴로 고개를 끄덕이자마자, 하진이 일어나 방을 나갔다.

"왜 그러서요?"

홍 씨 부인의 심상치 않은 모습을 본 하진이 버선발로 뛰어 내려가 얼른 양금 어미가 부축하는 걸 도왔다.

"무슨 일이야?"

홍 씨 부인을 제 방으로 옮겨 눕힌 후에 하진이 양금 어미에게 물었다.

"일이 좀 많아야죠. 에구…… 이 여리신 몸으로 온종일 종종종종 여기 갔다 저기 갔다, 손님들 뒤치다꺼리하랴, 아가씨 혼례 준비하시랴, 몸이 쇳 덩이라고 해도 배겨나시겠어요?"

"의원은?"

"아까, 소쌍이 보냈으니까 곧 모셔올 거예요."

곧 올 것이란 양금 어미의 말과 달리 무슨 까닭인지 반 시진(한 시간)이 지나도록 소쌍은 돌아오지 않았다.

그동안 하진은 바쁜 하인들을 대신해 홀로 홍 씨 부인을 보살폈다. 홍 씨 부인은 처음엔 그저 피곤해서 어지럼증이 생긴 거라고 괜찮다고 했지 만, 막상 일어서려 할 때마다 얼굴이 하얗게 질려서 풀썩풀썩 주저앉기를 반복하였다. 그런 홍 씨 부인이 마지못해 얌전히 누워있게 된 건, 하진에게 기어이 한 소리를 들었기 때문이었다.

"바쁠 땐 괜히 신경 쓰이게 하는 사람 하나 덜어주는 것도 큰 일손 돕는 거예요. 그러니 오늘은 어멈에게 맡겨두고 푹 쉬세요. 하루 몸살 거리, 괜 히 열흘치로 만들지 마시고요."

표정과 말은 언제나 그렇듯 쌀쌀맞기 그지없었지만, 그것이 저를 생각해 서 하는 말임을 알기에 홍 씨 부인은 순순히 하진이 시키는 대로 따랐다.

소쌍이 의원을 데리고 헐레벌떡 집으로 돌아온 건 그로부터 다시 약 반 시진쯤 지난 후였다. 하진의 집에서 자주 부르던 의원이 약방을 비운지라 일부러 옆 마을에 있는 약방까지 가서 데려오느라 늦었다고 했다.

"오늘만이 아니라 당분간은 좀 더 푹 쉬셔야겠습니다."

꼼꼼히 진맥을 마치고 물러앉은 의원은 하진과 홍 씨 부인에게 진맥의 결과를 전했다.

"아이를 가지셨습니다. 허나, 모체가 매우 연약하신 상태이니 섭생에도 특별히 신경을 쓰셔야……"

의원의 말이 계속되는 동안, 안 그래도 창백한 홍 씨 부인의 낯빛이 점점 더 새하얗게 변해갔다. 눈가에도 파르르, 작은 경련이 일고 있었다.

"멀리까지 와 주고, 또 좋은 소식까지 알려주어 고맙소, 의원. 다만, 어머니께서 혹여 아이가 잘 못 될까 심려하시는 모양이니 당분간 심신이 안정될 때까지 아무에게도 말하지 않아 줬으면 하오만."

심상치 않은 새어머니의 모습에 하진은 의원을 돌려보낼 때 직접 배웅까지 나와 두둑한 삯과 함께 비밀을 지켜달라 당부하였다. 그러고선 하인들을 시켜 방 가까이에 아무도 다가오지 못하도록 한 후, 홍 씨 부인이 들어있는 자신의 방으로 향했다.

"저만 알고 있을게요. 그러니 사실대로 말하셔요."

하진은 불안한 얼굴로 안절부절 못하고 있는 홍 씨 부인에게 단도직입으로 물었다.

"그 아이, 아버지의 아이가 맞나요?"

"하, 하진아! 그게 무슨?"

무슨 터무니없는 물음이냐고 하면서도 홍 씨 부인은 차마 하진과 눈을 마주치지 못했다.

"어떻게 그런 의심을……"

하진은 애매하게 말을 흐리며 시선을 피하는 홍 씨 부인의 어깨를 잡고

서 저를 보게 한 후 다시 물었다.

"도와드리고 싶어도 제가 도울 수 있는 시간이 별로 없어요. 그러니 뭐든 제 도움이 필요한 상황이라면 지금 말하세요. 정말 어머니 뱃속 아이, 아버지의 아이가 맞나요?"

그러자 홍 씨 부인이 떨리는 목소리로 진실을 털어놓았다.

"진사…… 어른의 아이가 맞아. 흑……"

울먹울먹하던 홍 씨 부인이 기어이 서러운 울음을 토해냈다. 평생을 연모해 온 사내와 몸을 섞기 시작한 게 아직 채 한 달도 되지 않았으니, 뱃속 아이가 여일의 아이일 가능성이 없기 때문이었다.

"어떡해. 진아…… 나는 이제 어쩌면 좋니. 천지신명도 무심하시지, 어떻게, 이럴 때. 하필 이럴 때, 흐흐흐흑!"

남편이 있는 몸으로, 남편이 그토록 학수고대하며 기다리던 아이를 가졌건만, 홍 씨 부인은 치미는 설움을 감당치 못하고 퍽퍽 제 배를 때려대며 울었다.

"나더러 어쩌라고. 어떡하라고오! 흐으윽!"

"성우는 어찌하고 있소?"

하진의 혼렛날이 되었다.

임 참판은 하진의 혼례에 참석하기 위해 나갈 채비를 하며, 아내에게 물었다.

"글쎄요, 그게……"

"되었소."

아내가 제대로 답을 하지 못하고 우물거리자, 임 참판은 더는 묻지 않고 방을 나섰다. 굳이 아내의 입을 빌어 답을 듣지 않아도 그 답을 알기 때문이었다.

벌써 며칠째 성우는 술독에 빠져 있는 상태였다. 사자관으로서의 공무(公務)도 보지 않고, 집에서 한 발자국 나갈 생각도 하지 않고 제 방에 틀어박혀 술만 퍼마셨다. 이틀, 사흘이 되도록 술독에서 헤어날 생각을 않자, 민 씨 부인은 아들의 방에 더는 술상을 들이지 못하게도 했었다.

"술을 주세요! 이 와중에도 남의 눈이 무서워 기방에도 못 가는 아들이 불쌍하지도 않으십니까? 술을 주시란 말입니다아아아! 제가 이 한 몸 희생해 집안을 살려드렸는데, 그깟 술 한 동이 못 주십니까? 어머니! 술을 주세요! 술을 달라고요!"

"이러지 말거라. 머리의 상처도 아직 완전히 낫질 않았잖니. 이러다 상처가 덧날까 무섭구나. 성우야…… 이젠 다 끝난 일이야. 이래 봐야 너만 괴로울 뿐이야. 응?"

"그래서 술은 안 주시겠다고요?"

"성우야!"

"…… 좋습니다. 어머니께서 정 술을 주지 않으시겠다면 저는 이후로 아무것도 입에 대지 않겠습니다. 밥을 먹어도 허기가 지고 물을 마셔도 갈증이 가시지 않으니 밥은 먹어 무엇하고 물은 마셔 무엇하겠습니까? 흐흐훗, 흐흐흐훗!"

더는 술을 주지 못하겠다는 어머니에게 핏발이 가득 선 눈으로 그리 선언한 성우는 자신이 한 말을 정말 열심히도 지켰다. 그때 이후부터 정말

물 한 모금도 입에 대려 하지 않았다. 하루가 지나고 이틀이 지나도 마찬가지였다. 옷도 갈아입지 않고, 봉두난발이 되어 방 안에 처박혀 나올 생각을 하지 않았다. 아들이 걱정되어 민 씨 부인이 직접 상을 봐서 성우의 코앞에 갖다 바쳐도 성우는 계속 술타령만 해댔다.

"술을 주세요. 목이 말라 죽겠습니다. 배가 고파 죽을 것 같습니다!"

"그러니 밥을 먹으란 말이다. 여기 물도 있지 않느냐!"

"술을 주지 않으시면 아무것도 먹지도 마시지도 않을 거라니까요. 술을 주세요, 어머니. 저더러 어떻게 맨정신으로 버티라고 이러십니까? 술을 주세요! 술을 달라고요!"

거의 반미치광이가 된 것처럼 성우는 술을 달라며, 벽에다 아직 낫지 않은 머리까지 처박으려 하였다.

"알았다! 알았어! 그만해!"

보다 못한 민 씨 부인은 아랫것들을 시켜 다시 성우의 방에 술상을 넣어주라 하였다. 미쳐서 머리를 박고 죽는 걸 보느니, 생으로 굶어 죽는 걸 보느니, 차라리 그편이 낫다 싶었다. 그 후로 성우는 폭음 후에 기절하듯 쓰러져 자고, 일어나면 다시 술을 마시기를 반복하였고, 그것이 하진의 혼인날인 이날까지 계속되었다.

"오늘도 깨어 술을 찾거든 특별히 독한 술로 가져다주시오. 오늘은 유난히 길고 힘든 하루가 될 테니까."

배웅하러 따라 나온 아내 민 씨 부인에게 임 사자관이 씁쓸한 얼굴로 일러두었다. 민 씨 부인 역시 가만히 고개를 끄덕이며 그리하겠다는 뜻을 전하였다. 부부 모두 오늘이 성우에게 얼마나 잔인한 날인지 대충 짐작하고 있기 때문이었다.

아침 일찍부터 시작한 혼례는 그날 늦은 오후가 되었을 무렵에야 끝이 났다. 혼례 그 자체만으로는 그다지 특별할 것 없는 혼례였다. 신랑의 부모가 혼례에 참석하기 위해 도성으로 오는 도중 속병이 나서 참석하지 못하고, 대신 신랑의 당숙인 우의정 강헌영이 신랑 측 혼주 노릇을 대신한 것과 혼례가 끝나자마자 신랑 신부가 신행길에 나선 것만 빼면 여느 평범한 혼례와 똑같은 혼례로 진행되었다.

"아니, 근데 신행을 꼭 오늘 가는 이유가 뭐래요? 곧 있으면, 날도 저물어지겠고만?"

"신랑 부모들이 속병이 났다지 않습니까? 부모가 걱정되어 어디 신랑이 합방이나 제대로 할 정신이 있겠어요?"

"뭐 그렇다고 하면 할 말은 없지만, 그래도 감 진사께서 섭섭하시겠어요. 하나밖에 없는 딸자식을 혼인시키자마자 바로 신행을 보내게 생겼으니, 원."

"참, 그런데 뒷마당에 쌓인 그 혼수들 보셨어요? 어휴. 누가 만석꾼 집 아니랄까 봐. 아주 바리바리 싸 보는가 보더라고요."

"그러게요. 그걸 보면 시부모 속병도 단박에 낫겠다 싶더라고요. 흐흐흐."

하객들이 그리 숙덕거리는 동안 감 진사 집 하인들은 눈 코 뜰 새 없이 분주히 움직이느라 다들 정신이 없었다. 하객들 대접하랴, 신행길 준비하랴, 종종대며 움직이느라 누구 하나 소쌍이 아침부터 보이지 않는다는 사실도 깨닫지 못했다. 그들이 소쌍의 부재를 깨닫게 된 건 갓 부부가 된 하진과 치경이 감 진사 내외에게 짧은 인사를 마친 뒤 신행길에 나서려 할 즈음이었다.

"아니, 얘가 어딜 갔대? 빨리 가야 하는데?"

"소쌍아? 애, 소쌍아!"

"소쌍아!"

온 하인들이 나서 소쌍을 찾았지만 소쌍의 모습은 어디서도 보이지 않았다.

"뭐야. 애, 진짜 어디 간 거야?"

"아가씨 따라가기 싫어서 어디 숨은 거 아냐?"

누군가는 그리 추측하기도 했다. 원래 소쌍은 다른 몇몇 하인들과 함께 하진에게 딸려 하진의 시댁으로 보내질 예정이었다.

"에이. 소쌍이가 미쳤다고? 그럴 애는 아니야. 얼마 전에는 저도 좋다고 짐을 싸는 것 같던데 뭘."

"그럼 애가 도대체 어디 갔다는 거야? 큰일이네. 나리마님 아시면 경을 칠 텐데……"

그런 모두가 소쌍의 행방을 알게 된 건, 고민 끝에 조심스레 감 진사에게 소쌍이 보이지 않는다고 고했을 때였다.

"소쌍이라면 내가 춘천으로 먼저 내려보냈다. 그 아이가 가서 해야 할 일이 많으니."

"그러셨습니까? 어휴, 저희는 그것도 모르고 그 아이 찾는다고 괜히 수선만 피웠습니다."

감 진사의 말을 듣고 나서야 모두 안도의 한숨을 쉬었다. 그러면서도 어쩌면 오랫동안 못 볼지도 모르는 데 잘 있으라는 인사 한마디 없이 홀랑 떠난 계집종의 매정함을 조금 원망도 하였다. 그 아이가, 소쌍이 너무 많은 걸 알고 있단 죄로 이미 이 세상 사람이 아니게 된 줄은 아무도 짐작조차 하지 못하고 있었다.

"다들 기운내거라. 이 언덕만 넘어가면 그 아래 주막이 있을 것이니, 거기에 가면 내 너희를 위해 크게 술 한 상 내릴 것이다."

일찍 해가 지는 산길이었다. 치경은 말에서 내려 혼수들을 등에 진 채 줄줄이 산길을 오르고 있는 하인들을 독려하였다. 이어 자신의 새색시가 들어있는 가마 옆으로 가서 짐짓 다정한 새신랑인 척 안부를 물었다.

"부인. 피곤치 않으시오?"

"…… 괜찮습니다."

"가마에 오래 시달렸으니 답답하지 않소? 잠시 내려 쉬었다가 가시면 어떻겠소?"

"괜찮습니다."

"어허. 그러지 말고요. 부인이 내려 쉬겠다고 하셔야 가마꾼들이나 아랫것들도 잠시 쉬었다 갈 수 있지 않겠소?"

쌀쌀맞은 답변에도 불구하고 치경이 연거푸 권한 것은 결코 제 말처럼 가마꾼이나 아랫것들을 걱정해서가 아니었다. 곧 산적들이 들이닥치면 하진이 놀라 도망치게 만들기 위해서였다. 하진이 도망쳐야 산적으로 위장한 이들이 하진의 뒤를 쫓을 것이고, 하진을 미리 봐 둔 계곡까지 몰고 가선 그 아래로 밀어뜨릴 수가 있었다. 죽이지는 않을 것이었다. 죽이면 제겐 하등 쓸모가 없었다. 마음 같아선 수족을 못 쓰는 상태로 숨만 쉬게 하는 것이 제일 좋았지만 적어도 다리라도 부러져 제대로 운신도 못 하고 방에만 처박혀 있는 꼴만 되어도 매우 좋을 것이었다.

"부인? 나와서 바깥바람이라도 쐬라니까요."

"…… 알았습니다. 그럼 잠시 쉬었다 가지요."

치경이 재차 권하자, 하는 수 없다는 듯 하진이 가마에서 내렸다. 그제 야 치경이 보란 듯이 기지개를 켜면서 "으드드드!" 소리를 내었다.

"어이구. 피곤타!"

치경이 주변을 두리번거리며 미리 약속된 신호를 보냈다. 그런데도 기대 했던 반응이 돌아오지 않았다.

'뭐지? 여기 맞는데?'

혹시나 자신의 신호를 못 들은 건가 싶어, 치경은 좀 더 크게 목을 빼어 좌우를 두리번거리며, 또다시 큰 소리로 "어유! 피곤타!" 하고 외쳤다.

그때였다. 기다렸다는 듯 새카만 산 그림자 속에서 검은 복면을 쓴 괴한 무리들이 그 모습을 드러냈다. 그 모습에 치경은 신이 나서, 겉으로는 어디 까지나 겁에 질린 시늉을 하며 크게 외쳤다.

"산적이다아아아! 산적이 나타났다!!"

치경이 소리 지름과 동시에 등짐을 메고 신행길을 따라오고 있던 일꾼 들이 갑자기 나타난 산적들을 피해 일제히 등짐을 내팽개치고 사방팔방 으로 달아나기 시작했다. 다만 치경에게 별다른 언질을 받지 못한 치경의 집 하인들과 하진의 가마를 둘러메었던 가마꾼들만이 격렬하게 반항했을 뿐이다. 그 사이에 하진을 따라온 하진의 집 계집종과 하진은 커다란 나 무 뒤에 몸을 숨겼다.

"아, 아가씨. 어쩌죠? 산적들인가 봐요. 흐흑흑!"

계집종이 우는 소리를 내자, 하진이 계집종의 양어깨를 잡아 저를 보게 하였다.

"내 말 잘 들어. 저자들이 저리 난폭하고 무도하니 여인네들을 고이 놔

둘 리가 없어. 그러니 너라도 얼른 몸을 피해. 이제 곧 어둠이 깔릴 것이니 걸음이 빠른 너라면 얼마든지 산 아래로 도망갈 수 있을 거야."

하진이 손가락에 끼고 있던 굵은 은가락지 하나를 꺼내, 계집종의 손에 건네주었다.

"산 아래로 내려가거든 관아에 알리고, 너는 이걸 팔아서 도성까지 무사히 돌아가도록 해."

"저, 저 혼자만요? 아, 아가씨는 어쩌고요!"

"나는 이미 혼례를 치렀으니 내 서방님과 운명을 같이 할 것이다. 무사히 이 난관을 빠져나가면 집으로 연락을 줄 터이니, 그때 다시 보자꾸나."

"아가씨, 그래도."

"지금 내가 너까지 신경 쓸 여력이 없어서 그래. 귀찮게 굴지 말고 얼른 떠나!"

하진이 평소처럼 차갑고 냉정한 얼굴로 계집종의 등을 떠밀었다.

"아, 아가씨!"

계집종은 좀처럼 하진을 두고 걸음을 뗄 수 없었지만, 괴한들의 몽둥이에 맞아 여기저기 나가떨어지는 가마꾼들과 하인들을 보고서는 두려움을 이기지 못하고 그대로 줄행랑을 놓기 시작했다.

"괜찮으시오?"

이제 혼자 남은 하진의 곁으로 치경이 짐짓 걱정하고 두려워하는 시늉을 하며 다가왔다.

"어쩌다 이런 불상사가 생긴 지 모르겠구려. 부인이 걱정되오. 괜찮으시오?"

"얼른 함께 몸을 피하시지요."

치경과 달리 말짱하기 그지없는 얼굴로 하진이 함께 도망가자고 제의할 때였다. 어느새 반항하는 모든 이들을 쓰러뜨린 괴한들이 "어딜!" 하고 두 사람의 앞을 가로막았다.

"흐흐흐. 신행길에 나서신 갓 혼인한 부부신가?"

괴한 중 우두머리 격으로 보이는 자가 어깨와 가슴을 잔뜩 부풀려서는 두 사람에게로 다가오기 시작했다. 그것을 본 치경이 부러 하진의 앞으로 나서서 두 팔을 벌린 후, 상대에게 눈을 끔뻑끔뻑한 후 등 뒤의 하진에게 외쳤다.

"네 이놈들! 더는 한 발자국도 나서지 말거라. 부인, 내가 이자들을 막고 있을 테니 어서 도망가시오. 어서!"

하진이 마지못해 뒤돌아서 뛰어갈 때까지, 치경은 제법 처절하게 목소리를 높여 도망을 가라 외쳤다. 치경이 원래 패들과 짠 계획은 이랬다. 치경이 산적과 맞서 싸우는 척하면서 하진을 도망가게 하면 산적들이 그런 하진을 사냥감처럼 몰아 그리 높지 않은 절벽에서 떨어뜨리는 것이었다. 해서 하진이 도망치자마자 치경은 작은 소리로 자신들을 덮친 산적들의 우두머리로 보이는 사내에게 속삭였다.

"얼른 쫓아가게. 얼른!"

하지만 무슨 까닭인지 얼굴을 가린 산적패들 중에서 하진을 쫓아간 건 단 한 명만이었다. 그를 제외한 나머지는 오히려 슬금슬금 치경을 둘러쌀 뿐이었다.

"왜, 왜 이러는가? 어서 저 계집을 쫓아가지 않고?"

그제야 뭔가 일이 심상치 않게 돌아간다는 것을 눈치챈 치경이 목을 길게 빼고 산적들 사이에서 자신이 함께 일을 의논한 노름방 동무인 장 서방이 있는지 찾으려 하였다.

"장 서방은? 장 서방은 어디 있나? 어이, 장 서방. 이리 좀 나와 보게. 장 서방?"

그러자 맨 앞에 나와 있던 사내가 다짜고짜 치경의 배에 주먹을 먹였다.

"크윽!"

고통을 이기지 못해 배를 감싸고 허리를 접은 치경은 어떻게든 숨을 쉬기 위해 크게 입을 벌렸다.

"왜, 왜 이러나! 이건 이야기가 다르잖아!"

"닥쳐. 뭣들 해? 얼른 이놈을 조용히 시키지 않고."

우두머리 격인 사내가 그리 말하자, 괴한들이 일제히 우르르, 치경에게 덤벼들었다.

"왜? 왜? 으아아아악!"

치경은 자신이 왜 이런 꼴을 당해야 하는지 영문도 모르고, 쏟아지는 매질을 피하려고 몸을 웅크렸다. 괴한들은 이제 아예 그런 치경의 배를 발로 차 땅바닥에 쓰러트린 후에 일제히 발길질하기 시작했다.

"사, 사람 살려! 으악, 으아아아악!"

.

.

.

"사람 살려! 으아아악!"

등 뒤 멀리에서 들려오는 치경의 비명에 하진이 뛰던 걸음을 멈추고 돌아보았다. 그러자 어느새 하진의 등 뒤까지 바짝 쫓아온 복면을 쓴 괴한이 눈에 띄었다.

"어디까지 도망치면 돼?"

하진이 복면을 쓴 괴한에게 물었다.

"훗. 고거 뛰고 벌써 지친 거야?"

복면 사이의 눈이 사뭇 즐거운 듯 둥글게 휘었다.

"큰일이네. 이래서야 진짜 산적이라도 만나면 몇 걸음 도망치지도 못하고 바로 잡힐 거 아냐."

"그럼 어쩔 수 없고."

다시 "으아악!" 하는 비명이 들려오자 하진이 눈살을 찌푸리며 괴한에게 물었다.

"설마 죽이는 건 아니겠지? 저자가 죽으면 일이 훨씬 더 복잡해 질 거야."

"알아. 저자들도 잘 알고 있고. 두 다리만 부러뜨리고 끝낼 거야."

"꽤 아프겠네."

"응. 진짜 많이 아플걸? 아마 한 며칠은 차라리 죽었으면 싶을 정도로 아플 거야."

으스대듯 말한 괴한이 하진을 향해 손을 내밀었다.

"이제 완전히 날도 질 텐데, 그만 가지?"

어디로 갈 건지, 하진은 묻지 않았다. 대신 하루 온종일 갑갑하고 불안하고 짜증이 났던 마음을 모두 떨치듯 치맛자락을 떨치며 다다다 뛰어 괴한의 품으로 뛰어들었다.

"이거, 큰일 날 부인이네. 혼인한 지 얼마나 됐다고 이리 덥석 다른 사내의 품에 뛰어들다니."

"그래서 싫어?"

괴한의 품에 고개를 묻은 채 하진이 물었다.

"아니."

괴한이, 태서가 하진의 허리를 강하게 잡아끌었다. 그 반동으로 등이 뒤로 젖혀진 하진의 입술 위에 복면으로 가려진 제 입술을 가져갔다.

"오늘은 안 봐 줄 거야."

짧은 경고를 마친 입술이 하진의 입술을 찾아들었다. 하진의 입술과 태서의 입술 사이에는 검은 천이 가로막혀 있었다. 태서가 쓰고 있는 검은 복면이었다. 완벽한 입맞춤을 가로막는 거추장스러운 방해물이었다. 열에 들뜬 두 사람을 더 조급하게 만들었고, 더 안달하게 만드는 방해물이었다. 하지만 입술 사이의 검은 천은 또한 그들이 지금 해서는 안 될 짓을 하고 있다는 죄의식을 덜어주기도 했다. 이 정도는, 아직은 괜찮다는 안도감을 줬다. 태서의 입술이 하진의 입술을 물었다가 이내 길게 젖혀진 하진의 목으로 입술을 옮겼을 때도 마찬가지였다. 더운 숨결에 젖어 조금 촉촉해진 천의 질감이 입술 그 자체보다 더욱 노골적인 감촉으로 하진의 목을 더듬었지만 두 사람 중 누구도 그 행위 자체에 죄악감을 느끼지 않았다.

어느새 주변을 까맣게 물들인 어둠이 두 사람을 더욱더 대담하게 만들기도 하였다.

"하아……"

열에 들뜬 한숨소리와 함께 검은 천이 목에서 미끄러져 깊게 패인 빗장뼈 사이에 머물렀다. 검은 천이 조금 더 아래로 전진하려는 순간, 그리 멀지 않은 곳에서 어지럽게 흩어지는 여러 사람의 발소리가 들려 왔다. 소기의 목적을 마치고, 뿔뿔이 흩어지는 산적들의 소리였다. 그와 함께 태서와 하진도 서로에게서 떨어졌다.

"갈아입을……"

찰나의 어색한 침묵을 깨고 입을 연 태서의 목소리는 조금 많이 쉬어있
었다.

"갈아입을 옷을 준비해 뒀어."

잠시 후. 두 사람은 이전 날 태서가 미리 와서 보아두었던 어느 외진 동
굴 안에 들어있었다. 이 산에 익숙한 이들이 아니면 절대 찾을 수 없을 만
큼 깊이 들어앉은 동굴이었다. 동굴 안에 들어서자마자 복면을 벗은 태서
는 동굴 구석에, 미리 흙으로 곱게 덮어두었던 보자기를 꺼내 하진에게 내
밀었다. 그 안에는 하진이 입으면 딱 맞을 것 같은, 조금 아담한 크기의 사
내용 저고리와 바지, 도포부터 상투를 틀기에 필요한 망건과 동곳(상투덮
개) 등이 준비되어 있었다.

"이건 어디에⋯⋯?"

하진이 다른 것들과 달리 도통 그 쓰임새를 알 수 없는 길고 넓은 무명
천을 들어 보였다.

"흠⋯⋯ 그거⋯⋯ 사내 복색을 하려면⋯⋯ 아무래도⋯⋯ 흠⋯⋯ 싸매
야 한다고 들어서."

태서가 괜히 하진의 눈길을 피하며 무명천의 쓰임새를 에둘러 설명하였다.

"뭘 싸매야 하는데?"

"거, 거기 있잖아."

태서가 저답지 않게 조금 말까지 더듬으며 대충 말을 얼버무렸다.

"거기라니?"

"아우, 참!"

좀처럼 제 말뜻을 못 알아듣는 하진이 답답한지 태서가 짜증을 내었다.

"평소엔 뭐든 그리 잘 아는 척하면서 이런 건 왜 못 알아들어? ⋯⋯가슴

싸매는 천이잖아. 여인들이 사내로 위장하려면 그렇게 해야 한다고……!"

괜히 민망하여 벌컥, 큰 소리를 내던 태서가 금세 수상하다는 듯 눈을 가늘게 떴다. 천을 들고 저를 보고 있는 하진의 눈이 장난기로 반짝이는 걸 본 것이다.

"알면서…… 부러 놀린 거야?"

"천하의 태서가 겨우 이런 걸로 민망해할 줄이야."

하진이 후훗, 하고 짧은 웃음을 흘리며 태서를 놀렸다.

"그냥 가슴 싸매는 천이라고 설명하는 게 뭐 그리 어렵다고."

"하……"

태서가 어이가 없어 잠시 입을 딱 벌리고 있다가 이내 하진을 비난하였다.

"당신은 진짜 멍청이야."

"뭐?"

"내가 그 천을 준비하면서 무얼 상상했을 것 같아? 가슴이란 말을 입 밖으로 낼 때 무얼 떠올릴 것 같아?"

태서의 시선이 짧게, 정말 아주 잠깐 그 천이 연상케 하는 곳에. 그 말이 가리키는 곳에 닿았다 떨어졌다.

"그날 밤 내 눈이 무얼 봤는지 벌써 잊었어?"

순간, 하진의 뺨이 발갛게 달아올랐다. 그걸로 온전히 제 뜻이 전해진 걸 확인한 태서가, 조금 전 하진이 그랬듯 장난스럽게 눈을 빛내며 한 마디를 덧붙였다.

"자꾸 동굴이라도 상관없다는 생각이 들려고 하니까, 도발은 그쯤 해 두라고."

그러고선 자신의 멍청함과 아둔함이 민망하여 질끈 두 눈을 감은 하진을 두고서, 동굴 밖으로 나갔다.

잠시 뒤였다.

"다 됐어."

하진의 말소리에 태서가 다시 동굴 안에 들어섰을 때 하진은 사내용 바지, 저고리 차림이었다.

다만, 머리만은 여전히 쪽을 찌고 비녀를 꽂은 그대로였다.

"상투를 트는 방법은 몰라서."

하진이 손에 망건과 동곳, 그리고 참빗을 들고선 머쓱한 얼굴로 태서를 보았다.

"이리 내. 내가 해 줄게."

태서가 하진의 등 뒤에 가서 섰다. 그러고선 하진의 머리에서 긴 비녀와 머리 뒤꽂이 등의 머리 장식을 차례대로 뽑았다.

틀었던 머리를 반대 방향으로 돌려 스르르, 내려오게 한 다음 감겨있던 매개댕기(쪽질 때 머리에 감는 댕기)를 풀었다. 이어 태서의 길고 유연한 손가락들이 섬세하게 움직여 땋은 머리를 풀어나갔다. 더딘 움직임이었다. 땋은 머리 하나 푸는 것치고는 지나치게 느리고 정성 들인 움직임이었다. 손가락들이 머리를 푼 후에는, 참빗이 손가락들이 스치고 지나간 머리카락 사이사이를 누비고 지나갔다. 정수리 끝에서 머리카락의 끝단까지 참빗은 몇 번이나 왕복을 계속하였다.

"어차피 상투를 틀 건데……"

"쉿."

더디고 느린, 경건하게까지 느껴지는 정성스러운 손짓에 하진이 항의하려 했지만, 태서가 그 입을 다물게 했다. 그러고서도 몇 번, 몇십 번이나 더 공들여 머리를 빗긴 후에야, 하진의 이마에 망건을 둘렀다. 양 눈썹에서 손톱 크기만큼 높은 곳에 망건을 대고, 봉긋한 뒤통수 아랫부분에 당줄(망건의 끈)을 한 번 묶은 후 남은 당줄을 귀 바로 윗부분의 관자(당줄을 매어 고정시키는 단추)에 돌려 감은 후 다시 뒤통수 쪽에서 단단히 묶었다. 참빗으로 곱게 빗어 더욱 윤기가 흐르는 머리채는 양손으로 쓸어 올려 정수리에서 여러 번 휘돌려 상투 모양을 만든 다음 동곳을 찔러 넣어 단단히 고정하였다.

"됐어?"

"아직, 잠깐만."

재촉하듯 묻는 하진의 입을 다시 다물게 한 다음, 태서가 하진의 앞으로 돌아가 섰다. 마치 소경이 눈을 대신하여 손으로 더듬어 형체를 확인하듯, 태서의 손이 하진의 이마에 두른 망건을 더듬어가며 꼼꼼히 둘렀는지 확인하기 시작했다. 망건의 테를 따라 느리게 움직이던 태서의 양손은 말랑말랑하고 부드러운 하진의 귀 바로 윗부분을 스쳐 지나가 동그란 뒤통수를 부드럽게 감쌌다. 그러더니 갑자기 하진의 얼굴 가까이 제 얼굴을 들이밀었다.

"맹세컨대."

까만 동공이 훨씬 더 커진 하진의 눈을 들여다보며 태서가 은밀히 고백하였다. 당장이라도 하진의 입술에 닿을 듯 지나치게 가까운 거리에 머무른 입술이 부끄러움도 모르고 속삭였다.

"상투 머리를 보고 가슴이 뛴 건 난생처음이야."

입술은 닿지 않았다. 닿을 듯 닿을 듯 아슬아슬하였지만, 닿지 않았다. 그런데도 하진은 난생처음 입맞춤을 경험한 여인처럼 볼을 새빨갛게 물들였다.

하진과 태서가 한창 바삐, 산에서 내려갈 때였다. 어두운 산길 저편, 아래쪽에서 "게 섰거라! 거기 누구냐!" 하고 위협적으로 묻는 소리가 들려왔다. 이어 두두두, 한꺼번에 하진과 태서 쪽을 향해 달려오는 사람들의 발소리들이 어지럽게 들려왔다. 관군들의 것일 게 분명한 그 소리에 하진과 태서가 잠시 서로를 마주 보았다. 지금 하진은 누가 보아도 명문대가의 귀하신 선비로 보일 정도로 화려한 색의 비단 도포를 걸치고 큰 갓을 쓴 차림이었다. 그 옆에서 누추한 황토빛 통이 좁은 바지, 저고리 차림을 한 태서는 먼 길을 나선 주인을 모시고 다니는 하인처럼 등에는 봇짐을 짊어지고, 손에는 등롱을 들고 있었다.

"돌아서."

"응?"

"얼른 돌아서라고."

태서가 재빨리 하진에게 속삭인 뒤, 하진의 어깨를 잡아 돌려세운 후 자신도 얼른 그런 하진의 앞에 나가 섰다.

"아차."

무엇을 본 태서가 얼른 몇 발자국 앞으로 나가 산길을 내려오던 자신들의 발자국을 발로 휘저어 지우고, 땅바닥의 풀잎들을 발로 끌어다 여기저기 흩트렸다.

그 직후였다. 이제는 하진과 태서의 등 뒤가 된 산 아래쪽에서부터 날카롭게 외치는 소리가 들렸다.

"거기 누구요!"

이내 몇 명인가의 관졸들이 쪼르르 쫓아와 하진과 태서의 주위를 둘러 쌌다.

"왜, 왜 이러십니까요?"

태서가 짐짓 겁에 질린 척 몸을 잔뜩 움츠리고서 저희에게 다가오는 험상궂은 인상의 비장(무관 벼슬)에게 물었다.

"흉악한 산적이 나타나 수색 중이다. 지금 어디를 가는 중이냐?"

"헉…… 사, 산적이요? 서, 서방님! 산적이랍니다! 산적이 나타났대요. 어이구!"

태서가 갓으로 얼굴을 가리고 있는 하진을 돌아보며 우는소리를 하였다. 그러자 하진이 손을 까딱여 태서를 가까이 불러들인 후, 그 귀에 무슨 이야긴가를 하는 시늉을 하였다.

비장이 그런 하진을 수상쩍게 보며 성큼 앞으로 다가와 곁의 관졸에게 들고 있던 등롱을 높이 들어보라고 시켰다.

"호오."

흐린 등롱 빛에 드러난, 흡사 여인이 남장한 것이라 해도 믿길 정도로선 고운 선비의 모습에 비장과 관졸들의 입에서 일제히 탄성이 터져 나왔다. 제 하인에게 무엇인가를 속삭이던 젊은 선비가 크게 두 눈썹을 들어올리며 눈을 부라리더니 사납게 이를 드러내 보이며 작은 소리로 무슨 말인가를 중얼거렸다. 그러자 선비의 곁에 선 하인이 기겁해서는 선비의 팔을 잡고는 어둠 속으로 이끌었다.

"아이고, 서방님. 그러지 마십시오. 그러시다가 또 혼쭐나시려고요? 저어기, 저만치 멀찌감치 떨어져서 진정 좀 하고 계십시오. 얼른이요!"

하인이 선비에게 통 사정을 하고는, 연신 비장과 관원들 쪽을 죽을 듯이 노려보는 선비에게서 무언가를 받아들고는 다시 비장들 쪽으로 다가왔다.

"네 주인이 왜 저러느냐?"

"아이고, 말도 마십시오."

하인이 부러 과장되게 부르르, 몸을 떨더니 비장에게로 가까이 다가와 선비의 호패를 보여주며 귀엣말을 하였다.

"실은 말입니다. 저희 서방님께서 타고나길 워낙 여인네처럼 곱게 타고 나신지라, 어려서 서당에 다니실 때부터 적지 않은 놀림을 받으셨거든요. 고약하신 친구분들이 걸핏하면 사내가 맞느냐, 계집이 아니냐 하면서 바지를 벗고 희롱하려 들고. 에휴, 그 수난은 이루 말도 못 할 정도라지요."

하인의 말에 잠시 선비 쪽을 힐끗 본 비장이 "흐음" 하면서 고개를 끄덕였다. 젊은 선비의 미모를 보아하니 능히 그러고도 남을 것 같았다. 사내가 여인네보다 더 고운 미색이니 저 같았어도 그리 놀리고 남았을 성싶었다.

"그러다 보니 누가 조금만 여인 취급을 하고 어여뻐하는 것 같아 보기만 해도 당장에 달려들어 큰 싸움을 일으키곤 하셨지요. 실은 얼마 전에도 운종가의 웬 장사꾼 놈 하나가 지나가는 말로 곱다, 한마디 했는데 그걸 들으시고는 그냥!"

"그냥?"

"그놈의 주둥이를 쫘악!"

두 손으로 직접 입 찢는 시늉을 한 하인이 끔찍하다는 듯 부르르, 진저리를 쳤다.

"헉."

하인의 말에 다들 기겁하고, 당장에라도 덤벼들 것처럼 죽어라 노려보고 있는 젊은 선비 쪽을 보았다.

"흠. 아, 흠. 그런데 너와 저 선비는 무슨 일로 이 늦은 시간에 산에 든 것이냐?"

비장이 괜히 찔끔하여, 젊은 선비의 눈을 피하면서 하인에게 물었다.

"그 장사꾼 놈을 그리 만든 일로 저희 주인 어르신께서 대노 하셔서는 당장에 절로 보내겠다 하시는 바람에 그것을 피해서 지금 외가로 도망가시는 길입니다. 그런데 정말 이 산에 산적이 나타난 게 맞습니까?"

"신행길에 나선 우의정 대감의 조카가 산적들에게 습격당해 큰 화를 당했다. 하여 지금 이 산에 잡인의 통행을 금하고 샅샅이 수색 중이니 너는 어서 네 주인을 모시고 빨리 하산을 하여라."

"아, 안 되는데? 저희 서방님이 순순히 안 가시려 할 텐데요? 그냥 저희만 얼른 이 산을 넘게 해 주시면······"

하인이 울상을 하고 통 사정을 하였지만, 비장은 단호하게 고개를 저었다.

"어허. 이런 중차대한 일에 예외는 없는 법. 어서 썩 내려가거라."

그러고선 제 관졸 중 한 명을 불러 하인과 젊은 선비를 산 아래까지 직접 데려다줄 것을 명했다.

"비장 나리. 정말 저대로 보내도 될까요? 만약 저 젊은 선비랑 하인이 산적과 한패면 어찌합니까?"

관졸 중 나이가 많은 축에 속하는 관졸 하나가 하산하는 젊은 선비와 하인의 뒷모습을 보고는 걱정스레 비장에게 물었다. 그러자 비장이 쯧쯧, 혀를 차며 한심하다는 얼굴로 늙은 관졸을 내려다보았다.

"저 선비가 입고 있던 저 물색 도포가 얼마나 비싼건지나 아느냐?"

"예? 소인이 그걸 어떻게."

"내 녹봉을 단 한 푼도 쓰지 않고 족히 열 달은 모아야 간신히 살 수 있을 정도다."

"예에?"

늙은 관졸만이 아니라 주변에 있던 다른 관졸들까지 모두 놀라 일제히 젊은 선비가 간 쪽을 돌아보았다.

"세, 세상에 선비가 입고 있던 옷이 그렇게 비싼 거란 말입니까?"

"어디 도포뿐일까? 신고 있던 가죽신이며, 쓰고 있던 갓이며 심지어 가슴께의 도포끈에 이르기까지 어느 것 하나 예사로운 것이 없었다. 세상에 어떤 산적이 저리 비싼 옷을 입고 이런 산중을 누빈단 말이냐?"

딴에는 이치에 맞는 말에 늙은 관졸도 하는 수없이 고개를 주억거릴 때였다. 산을 누비며 수색을 다니던 관졸 중 하나가 멀리에서 크게 소리를 질렀다.

"비장 나리! 나리이이이!! 여기, 여기 좀 와 보십시오!"

비장과 관졸들이 소리를 따라 뛰어가 보니, 웬 가파른 절벽 앞에서 관졸 하나가 고래고래 소리를 지르고 있었다.

"무슨 일이냐?"

"밑에, 밑에를 한 번 내려다보시지요."

관졸의 말에 비장이 관졸을 밀치고선, 좀 전에 관졸이 그러했듯 가파른 절벽 아래를 내려다보았다.

"흑!"

차마 못 볼 광경을 본 비장이 갑자기 고개를 돌려 "웩!" 하고 속엣 것을 비워내기 시작했다. 절벽 아래에서 한 떼의 들개무리들이 으르렁, 소리도 내지 않고 한데 모여 무언가를 뜯어 먹고 있는 모습을 본 때문이었다. 비록 멀어서 자세히 보이진 않았지만, 들개들이 뜯어 먹고 있는 건 분명 혼례를 올린 여인들이 주로 입는 녹의홍상(綠衣紅裳, 연두저고리와 다홍치마) 차림의 누군가였다.

"뭣들 하느냐! 얼른, 얼른 절벽 밑으로 가서 우익! 저것들을 쫓아내고 시신을 수습하여라. 어서! 우웩!"

비장의 엄명에 관졸들이 우르르, 절벽 밑으로 이어질 길을 찾아 사방으로 흩어졌다. 그런 그들이 거의 두 시진이나 지나서야 간신히 절벽 아래에 당도했을 땐, 비참하게도 들개 떼에 의해 찢어 발겨진 치마, 저고리와 홍건한 핏자국, 그리고 씹히고 으스러진 몇 개의 뼛조각만이 그 자리에 남아 그들을 맞이하였다. 녹의홍상을 입고 있던 누군가는 이미 들개 떼의 뱃속에 들어갔거나 그것들이 물고 어디로 사라진 게 틀림없어 보였다.

"죽었다고?"

치경과 새신부의 신행길이 산적에게 습격당했다는 소식이 우상의 딸인 숙영의 귀에 들어간 건 그 사건이 일어난 지 이틀 후였다. 우상의 명을 받고 사건이 일어난 지역까지 급히 다녀온 심부름꾼이 우상 몰래 살짝 고해 바친 이야기였다.

"누, 누가 죽었다는 거야? 감 진사 딸이…… 치경 오라버니와 혼인한 그 여자가 주, 죽었다고?"

웬만한 일에는 놀라는 법이 없는 숙영조차도 하진이 죽었다는 얘기에는 놀라, 몸을 떨었다.

"예. 치경 도련님은 두 다리가 다 부러지시긴 했지만, 다행히 목숨은 부지하셨습니다만, 그 부인 되시는 분께선…… 산적들을 피해 도망치다 절벽에서 떨어지신 듯한데 하필 굶주린 들개 떼에게 그만……"

306

심부름꾼은 시체로인지 아니면 살아있는 채로 뜯어먹힌 건지는 몰라도 하여간 들개 떼에게 죄다 뜯어먹힌 바람에 그 시신조차 제대로 수습하지 못했다는 소식을 전했다.

"혹시나 하여 현장에 남은 옷가지와 가락지들을 들고 그 부인의 신행길에 따라나섰던 계집종에게 물어보니, 제 주인의 것이 맞다고 하고선 그대로 혼절을 하였답니다."

"아버지는, 아버지께서는 뭐라서?"

"치경 도련님에게 확인할 것이 있다며 급히 도련님이 계신 의원의 약방으로 가셨습니다."

"감 진사 집안에서는?"

"아직, 그 댁에는 연통을……"

하인이 말 끝을 흐렸다.

"그럼 그 댁에서는 아무것도 모르고 있겠구나?"

"그렇겠지요. 아마, 지금쯤 춘천에 당도했으려니 그리 생각하실 텐데…… 어휴. 사실을 알게 되면 얼마나 낙담하실는지요. 혼인시켜 신행을 보낸 따님이 그리 비명횡사한 것을 알게 되면, 하필 그렇게 끔찍하게 돌아가신 걸 알게 되면, 어휴……"

"애통해하겠지."

숙영이 무릎 위에서 제 치맛자락을 꼭 움켜쥐었다.

'당신도…… 아니 당신이 제일 비통해하겠네요. 얼마나 피눈물을 쏟으실는지, 얼마나 한스러워하며 스스로를 원망하고 자책하실지 심히 궁금해집니다.'

슬쩍, 자세히 보지 않으면 눈치채지 못할 정도로 아주 슬쩍, 숙영의 입가에 미소가 스치고 지나갔다.

"대체 무슨 일을 꾸민 것이냐?"

우의정 강헌영은 치경이 실려 온 약방에 들자마자, 주위의 모든 사람을 물리고 치경에게 물었다. 이틀 전만 해도 말끔하기 짝이 없었던 새신랑 치경의 몰골은 가히 가관이었다.

부러진 두 다리는 나무판자를 대어 붕대가 칭칭 감겨있었고, 맞아서 터진 이마 역시 피가 배어 나온 붕대로 감겨있었다. 두 다리가 생으로 부러진 고통 때문인지 얼굴은 벌겋게 부어올라 눈코입이 묻혔을 정도였다.

"꾸, 꾸미다니요? 제, 제가 무얼 꾸몄다고……"

부은 눈을 제대로 다 뜨지도 못한 채 치경이 유일하게 움직일 수 있는 손을 뻗어, 우의정 강헌영의 도포 자락을 잡고선 제 억울함을 하소연했다.

"다, 당숙. 제발 그…… 그놈들을 다 잡아다 죽여주십시오. 저를 이리 만든 그놈들을 잡아다 꼭 사지를 찢어 죽여주십시오."

"처음부터 이상한 게 한둘이 아니다 싶었어."

우의정이 치경에게 잡힌 도포 자락을 떨치며 냉정하게 말했다.

"혼인을 한 당일 바로 신행을 가겠다고 했을 때부터 다른 꿍꿍이가 있는 줄 짐작했다. 그런데 이 꼴이라니. 도대체 무슨 일을 꾸몄던 것이냐? 사실대로 고하거라! 어서!"

우의정이 무섭게 다그쳤지만, 치경은 시치미를 떼며 울부짖었다.

"저, 정말 제가 꾸민 일이 아닙니다. 제가 꾸몄다면 제가 어찌 이런 꼴이 되었겠습니까! 보십시오! 제 두 다리가 부러졌습니다. 어쩌면 평생 이대로 다리를 못 쓰는 앉은뱅이 신세가 될지도 모른다고요!"

실은 자신이 꾸민 일이라고 고할 순 없었다. 멍청한 놈이라고, 한심한 놈이라고 혼날 게 두려운 게 아니었다. 혹시나 이번 일로 책을 잡혀 괜히 춘천에 두고 온 제 여인과 다시 만날 수 없을까 봐 그게 두려웠다. 자신이 그 여인 때문에 하진을 다치게 해서 하진이 가지고 오는 혼수품들을 빼돌리려고 한 걸 알면, 우의정은 물론이고 제 아비와 어미도 당장 그 계집을 정리하라고 불호령을 내릴 게 뻔했다. 하여, 사실대로 말할 수는 없었다. 인제 와서 사실대로 말한다고 해서 뭐가 달라진단 말인가? 그러니 아무리 당숙인 우의정이라고 해도 있는 그대로 사실을 다 고해바칠 순 없었다. 자신은 어디까지나 무고한 피해자여야만 했다. 그것이 제 살길이었다.

"그런데…… 그 여자…… 제 아내가 죽었다는 것이 사실입니까?"

"그 산 절벽 아래에서 들개 떼에게 뜯어 먹혔다더구나."

우의정은 냉기가 뚝뚝 떨어지는 표정으로 치경을 내려다보았다.

"곧 감 진사와 함께 남은 옷가지와 가락지를 확인하러 갈 것이다. 그러니 넌, 그 유류품이 네 아내의 것이길 간절히 빌고 있어야 할 거다. 만약 그것들이 네 아내의 것이 아니라면, 언제고 네 아내가 살아 돌아와 만에 하나라도 이번 일에 네가 연루되어 있음을 고하기라도 한다면 그땐 아무리 나라도 널 구명해 줄 수 없으니."

"…… 제, 제가 무얼 어찌했다고 자꾸만……"

치경이 재차 억울함을 하소연하려는데, 우의정이 그대로 방을 나가버렸다. 그 야멸찬 뒷모습을 보며 치경은 몰래 이를 갈았다.

'흥. 제 딸년의 혼인을 위해 나를 팔아먹었으면서 이럴 수가 있어? 내가 왜 이런 꼴을 당했는데? 나를 그 계집이랑 혼인시킨 게 누군데! 구명 안 해 준다고 하면 누가 쫄릴까 봐? 하, 그럴 일은 없소이다. 그 계집이 살아 돌아온다 한들, 내가 이번 일을 꾸몄다는 걸 어찌 안다고!'

사실을 아는 건, 장 서방을 비롯한 몇몇 노름방 왈짜들뿐이다. 함께 일을 도모했다는 걸 들키면 그자들 역시 무사할 리 없으니, 그자들과 자신만 입을 다물면 이 일은 영원히 비밀로…….

'아니, 아니지. 이번 일에 대해 아는 사람이 한 사람 더 있잖아.'

태서였다. 태서가 이 일에 대해 알고 있었다.

'그자도 딱히 먼저 나서서 입을 털 것 같지는 않지만…… 뭘까, 이 석연치 않은 느낌은?'

몸이 아플 땐 오감이 더 예민해지는 법이었다. 그리고 지금 치경의 그 예민해진 감이 자꾸만 무언가가 수상하다 말하고 있었다. 뭔지를 모르겠는데, 이상하게 자꾸 이번 일에 태서가 끼어있을지도 모른다는 생각이 들었다. 오기로 약속한 패거리들이 오지 않은 것도, 산적들이 도둑질만 하고 가면 될 것을 군이 정성 들여 제 두 다리까지 부러뜨린 것도, 하진을 뒤쫓던 산적이 한 명밖에 없던 것도 새삼스럽게 다 수상하게만 여겨졌다.

"무, 무슨 말을? 이 무슨 되지도 않는 황당한……"

감 진사는 방금 청천벽력과도 같은 소식을 전해준 우의정을 보며 부들부들 몸을 떨었다.

"누가, 무얼 어쨌다고요? 무얼 어쩌고 어째!"

쾅! 감 진사의 주먹이 서탁을 부서뜨릴 듯이 거세게 내리쳤다. 두 눈은 순식간에 핏발이 서서 붉게 물들었다. '

"우상 대감!"

"아직 확실한 건 아니오. 그러니 함께 가보자는 거요. 절벽 밑에서 발견

310

된 유류품이 있으니, 그걸 확인해 보면……"

"닥쳐!"

튀어 오르듯이 자리를 박차고 일어선 감 진사가 순식간에 서탁을 뛰어넘어 우의정에게로 덤벼들었다.

"윽!"

"무슨 짓을 한 것이냐? 네놈들이, 네놈들이 무슨 짓을 꾸민 거지? 그렇지?"

넘어진 우의정 위에 올라타 그 목을 조르며 감 진사가 버럭버럭 소리를 질러댔다.

"하진이가 죽다니! 하진이 그 아이가 들개 떼에 뜯어먹혀 죽다니, 그럴 리가 없잖아!"

"윽…… 감 진사, 이걸 놓고……윽……"

"그 애가 얼마나 똑똑한 앤데. 얼마나 지독한 앤데! 바늘로 찔러도 피 한 방울 안 나올 만큼 독하디독한 앤데, 그런 애가 죽어? 고작 들개에게 뜯어먹혀 죽어? 왜 죽어! 왜 죽냐고!"

"이…… 이거 놓으래도!"

당하고만 있던 우의정이 안 되겠는지, 있는 힘껏 감 진사를 떠밀어버렸다. 그 바람에 쿵, 엉덩방아를 찧으며 나자빠진 감 진사가 다시 일어나려 용을 쓰는데 다리에 힘이 빠진 것인지 좀처럼 일어나지 못하고 자꾸만 풀썩풀썩 주저앉았다.

"쯧쯧쯧."

다시 감 진사가 덤벼들 때를 대비하여 벌떡, 자리에서 일어난 우의정이 어느새 반쯤 넋이 빠진 감 진사를 보며 길게 혀를 찼다.

"이리 다혈질이어서야. 먼저 나가 채비를 하고 있을 테니, 얼른 따라나서

시오. 절망을 하건 분노를 하건 일단은 죽었는지 살았는지 알아봐야 할 것이 아니겠소."

말을 마친 우의정이 방문이 떨어질세라 험하게 열어젖히고 나갔다.

"이게, 이게 무슨 소리여요? 진사 어른. 진사 어른? 괜찮으셔요? 정신 좀 차려 보시어요. 하진이가, 진이가 무얼 어찌 됐다고요?"

우의정이 나간 후 쪼르르, 방으로 뛰어 들어온 홍 씨 부인이 여전히 반쯤 넋을 잃고 있는 감 진사를 붙들고 물었다.

"진사 어른!"

"가야…… 가야 해. 얼른, 가서 하진이를…… 하진이를……"

감 진사가 제 곁에 쪼그리고 앉은 홍 씨 부인의 어깨를 잡아 누르며 있는 힘껏 일어서려 하였다.

"어서…… 어서…… 가서…… 가서……윽!"

반쯤 일어서는가 싶던 감 진사가 그대로 눈을 훼까닥 뒤집으며 그대로 뒤로 넘어갔다.

"진사 어른! 진사 어른! 거기, 밖에!! 밖에 아무도 없느냐! 의원을 불러오너라! 어엇!"

쓰러진 남편을 부여안고 홍 씨 부인이 비명처럼 바깥에 대고 외쳤다.

"쯧쯧. 보기보다 기가 약한 사람이군."

홍 씨 부인의 명에 따라 부산스럽게 사랑채로 몰려드는 하인들을 보며, 마당에서 감 진사를 기다리던 우의정이 작게 고개를 저은 후 대문으로 향했다.

그로부터 채 반 시진(한 시간)도 안 돼, 감 진사 집을 아는 사람들의 귀에 하진이 죽었다는 이야기들이 전해지기 시작했다.

312

"세상에. 그저께 혼례를 올린 규수 있잖아요. 감 진사 집 딸. 세상에 그 규수가 죽었다네요?"

"아니 왜요? 멀쩡히 신행길에 나섰던 애가, 왜요?"

"신행길에 산적을 만났는데, 그 산적들한테 쫓기다 절벽에서 떨어져 죽었답니다. 들개 떼들이 그 시신을 다 뜯어먹는 바람에 수습할 살점 하나 남지 않았다네요."

"어머, 어머, 끔찍해라. 이게 웬 흉사래요?"

"그 일로 감 진사까지 쓰러졌다면서요?"

"아무리 엄히 굴었어도 하나밖에 없는 자식이 아닙니까? 그 자식이 그리 끔찍하게 비명횡사했다는데 나 같아도 쓰러지지요! 피를 토하고 쓰러지지요, 암요!"

"저기……"

함께 모여 다과를 즐기고 있던 부인네들이 그리 하진의 일로 숙덕이고 있을 때, 그들 중 한 명이 얼굴이 하얗게 질려 자리에서 일어섰다.

"죄…… 죄송합니다. 몸이 좀 불편하여, 먼저 가봐야겠습니다. 그럼 다들 놀다 가세요."

허둥지둥 안채를 나서는 부인을 보며 몇몇은 이상하다는 듯 고개를 갸웃거렸다.

"임 참판 댁 부인이 왜 저러실까요? 방금 전까지만 해도 우의정 댁과 사돈 맺는다고 좋아서 자랑이 늘어지던 분이?"

"저 집 딸 정애 낭자랑 죽은 그 규수랑 어릴 때부터 유난히 친한 동무 사이였잖아요. 거기다 그 감 진사 집 규수가 혼인한 상대가 우의정 대감의 종질(從姪, 사촌형제의 아들)이고요. 그러니 저러실 만도 하지요."

두 집안 사이를 모두 잘 아는 듯, 부인 하나가 민 씨 부인이 창백해진 연유를 설명하였다. 그러자 그 곁에 있던 다른 부인 하나가 "어머!" 하곤 제 무릎을 찰싹 내리쳤다.

"그러고 보니 전에 얼핏 그런 얘기 있지 않았어요? 저 집 성우 도령이랑 감 진사 집 규수랑 혼인할지도 모른다고?"

"예에? 설마요."

"그게 있잖아요, 사실은……"

부인 중 한 명이 때는 이때다 싶어, 여태껏 말하고 싶어 간지러웠던 입을 놀리기 시작했다.

"다들 어디 가서 얘기하시면 안 돼요? 그게 우리 애가 그러는데요. 임 사자관이랑 그 낭자가……"

부인네들이 한창 성우와 하진에 대해 있는 말 없는 말 보태 이야기를 나누고 있을 때, 민 씨 부인은 서둘러 집으로 향했다. 되도록 성우의 귀에 하진이 죽었다는 소리가 들리지 않게 하기 위해서였다. 성우는 겨우 오늘 아침에서야 술독에서 간신히 빠져나온 참이었다. 하진이 혼례를 올린 지 이틀 만에야 간신히 하진을 포기하게 된 참이었다.

그런데 인제 와서 하진이 죽었다는, 그것도 그리 끔찍하고 비참하게 죽었다는 얘기를 들으면 성우는 또 어찌 나올지 모를 노릇이었다. 민 씨 부인은 그게 무서웠다. 매우 두려웠다.

"성우는? 아직 방에 있지?"

제집에 도착하자마자 아랫것들에게 성우의 행방을 확인한 민 씨 부인이 서둘러 성우의 방으로 향했다. 그런 민 씨 부인이 막 성우의 방 앞에 당도했을 때였다. 성우의 방에서 요란한 울음소리가 들려왔다.

"오라버니! 어떡해요. 하진이가, 하진이가 죽었대요! 흐흐흑. 하진이 불쌍해서 어떡해요. 흐흐흑. 하진아…… 하진아!"

이젠 아예 엉엉 목을 놓아 우는 딸아이의 목소리를 들으며 민 씨 부인은 낙담하여 고개를 떨어트렸다. 안 그래도 제일 먼저 걱정한 게 딸 정애의 입이었는데, 한발 늦어 버리고 말았다.

사실 성우는 그날 아침부터 줄곧 서책을 펴서 읽는 시늉을 하고 있었지만, 글자는 단 한 자도 제대로 눈에 들어오지 않았다. 이미 수십 수백 번을 읽고 외운 책이니, 입으로는 책을 달달 읊고 있었으나 성우의 마음은 붕, 뜬 채로 현실도 망상도 아닌 그 어느 곳을 부유하고 있었다. 그래서 자신이 방에 틀어박힌 지 얼마나 지났는지도 몰랐다. 동생 정애가 방에 들어온 것도, 저를 붙잡고 다짜고짜 눈물 바람을 하기 시작한 것도 처음엔 제대로 알아차리지 못했다. 다만 멍한 가운데에서도 "하진"이라는 이름 하나만 날카로운 바늘이 되어 성우의 귀를 찔렀다.

"뭐……?"

"하진이가, 하진이가 죽었다고요. 들개 떼한테 온몸이 뜯어먹혀 뼛조각 몇 개만 덩그러니 남기고 그만 죽어버렸대요, 흐흐흐흑."

정애가 성우의 무릎에 얼굴을 묻고 대성통곡을 하였다.

"신행을 가다가 산적을 만나 쫓기다 절벽에서 떨어졌는데……"

"잠깐만. 정애야! 잠깐만."

성우가 정애의 어깨를 잡아 일으키며 정애의 말을 가로막았다.

"내가 잠깐 딴생각을 하느라, 네 말을 잘 못 들었어. 그러니까 울지 말고 찬찬히 얘기해 봐. 뭐가 어찌 되었다고? 산적은 뭐고 들개 떼는 또 뭐야. 산적을 만났는데 들개 떼라니……"

"오라버니. 흐흐흐흑. 하진이가요."

정애는 여전히 울음범벅인 채로 성우의 요구대로 한마디, 한 마디를 또박또박 내어놓으려 애썼다.

"응…… 하진이가."

성우의 얼굴에 벌써 진한 그림자가 내려앉았다.

"하진이가 신행길 중에 산적을 만나서요."

"…… 응."

"산적들한테 쫓겨 다니다가 흐흐흑, 절벽에서 떨어졌는데요 흑…… 그만…… 들개 떼가 달려들어 하진이 시신을 흐흐흑……"

"너, 지금 누굴 만나고 왔니?"

정애의 울음 도중에 성우가 말을 끊고는 무섭도록 가라앉은 목소리로 물었다.

"오라버니?"

"말해. 누구에게서 어디에서 그런 허무맹랑한 소리를 듣고 온 것이냐고."

목소리는 더욱더 낮아졌고, 정애의 어깨를 쥔 성우의 손에는 잔뜩 힘이 들어갔다.

"오, 오라버니? 아파요. 이거, 이거 좀 놓아주세요."

"말해!"

성우가 무서운 얼굴로 동생을 윽박질렀다.

"누구를 만나고 왔는지 묻잖아. 누가 네게 그런 끔찍한 거짓말을 시켰는지 묻잖아!"

그때, 화급히 방문이 열리고 어머니 민 씨 부인이 뛰어들어와 성우를 말렸다.

"성우야. 진정하고 이 손 놓으렴. 정애가 아파하잖니."

"어머니셨어요? 어머니가 정애한테 이런 거짓말을 전하라 시키신 거예요? 왜요? 저한테 이제 또 뭘 시키시려고요? 제가 더 뭘 어떻게 하길 바라시는데요? 어떻게…… 어……떻게…… 저한테 그런…… 잔인한 말을…… 그런 끔찍한 거짓말을!"

괴로움을 잔뜩 머금은 성우의 말이 흔들렸다. 사내답지 못한 눈물이 성우의 눈에서 흘러넘쳤다.

"거짓말 아니에요, 오라버니! 진짜라고요! 진짜 하진이가 죽었다고요! 왜 이렇게 제 말을 못 믿으세요. 아무려면 제가 하진이가 죽은 일로 오라버니를……"

"정애야, 그만해!"

민 씨 부인은 이 와중에도 철딱서니 없이 함부로 입을 놀리는 정애의 말을 가로막으려 했다. 하지만 민 씨 부인의 말이 채 끝나기도 전에 "닥쳐!" 하는 고함과 함께 성우가 손을 치켜들었다. 당장이라도 정애의 뺨을 후려칠 기세로.

"악!"

"성우야!"

정애가 지레 겁을 먹어 비명을 지르며 얼른 어머니 민 씨 부인의 등 뒤로 가 숨었다. 민 씨 부인 역시 팔을 벌려 그런 정애를 막아주며 성우의 이름을 불렀다. 성우의 난폭한 모습에 두 모녀는 적지 않게 놀랐다. 요 며칠

술에 취해 난동을 피우긴 했지만, 여태 살아오면서 집안 노비에게건 누구에게건 손찌검 한 번 한 적 없는 성우였다. 하물며 제 아우를, 여인을 향해 손을 들어 올리리라곤 꿈에도 생각하지 못했기에 두 모녀의 놀라움은 더욱 컸다.

"성우야……"

공포에 질려 바들바들 떠는 어미와 누이를 바라보는 성우의 눈에서 소리도 없이 뜨거운 눈물이 흘러넘쳤다.

"진사 어른댁에 가보겠습니다."

눈물을 훔치며 성우가 말했다.

"제가 직접 여쭙고, 하진의 시신을 보지 않고서는……"

"감 진사도 쓰러졌어!"

당장이라도 방을 나서려 하는 성우를 붙잡듯이 민 씨 부인이 외쳤다.

"예?"

"하진이 그 아이 소식을 듣고는, 충격을 받아 쓰러졌다는구나."

"그런…… 그런……"

털썩, 성우가 제 자리에 주저앉았다. 감 진사의 소식까지 전해 듣고 나니, 비로소 하진의 죽음이 실감이 난 듯싶었다.

"그럼 정말이란 말이에요? 정말로 하진이가…… 그 아이가 죽었……. 우욱!"

하진이의 죽음을 입 밖에 내어 확인하려던 성우가 구역질을 참지 못해 몸을 앞으로 기울였다.

"웩. 웨에에엑!"

성우는 앉은 자리 그대로 속을 게워내기 시작했다. 눈물 콧물을 다 흘리며, 가슴을 헐떡이며, 온몸이 찢어질 것 같은 고통과 함께, 토하고 또 토했다.

"우웨에에엑!"

"으흠……."

잠들어 있던 하진의 미간이 찌푸려졌다. 안 좋은 꿈이라도 꾸는 모양이었다. 하진의 머리맡에 앉은 태서는 그런 하진에게 손끝 하나 대지 않고 가만히 지켜보고 있었다.

하진은 벌써 하루 밤낮을 꼬박 잠에 빠져 있는 상태였다. 긴장이 풀린 탓인지 낮이 되고도 한참이 지났는데 아직도 잠에서 깨지 못했다. 지금 하진과 태서는 도성 안, 용두골에서 그리 멀리 떨어지지 않은 곳에 있었다.

태서가 하진을 위해 사들인 집이었다. 처음 일을 계획했을 때 태서는 하진을 데리고 멀리 도망칠 생각이었다. 자신이 가진 모든 것을 버리고, 하진과 함께 떠나도 좋다고 생각했었다.

하진에게도 말했다. 어디든 가고 싶은 곳으로 데려가 주겠다고. 그러나 하진의 답은 태서가 생각하고 있던 것과 달랐다.

도성을 떠나지 않겠다고 했다. 아직 못다 한 일이 남았다고 했다. 그런 자신 때문에 태서가 위험해질지도 모른다고. 그러니 여차하면 자신을 버리라고. 태서가 자신 때문에 다치는 걸 원치 않는다고.

"멍청이."

이불 밖, 하진의 곁에 길게 누운 태서가 한쪽 팔을 괸 채 하진의 잠든 모습을 바라보며 중얼거렸다.

"너를 가질 수 있다면 목숨 따윈 몇 번이라도 내놓을 수 있어."

"……낯간지러워."

어느새 잠이 깬 건지, 아직도 잠기운이 가득한 목소리로 하진이 중얼거렸다. 여전히 눈은 감겨있는 채였다.

"훗."

그런 하진을 보고 태서가 피식, 웃은 후 사내답게 커다란 손으로 다정히 하진의 이마를 쓸어 넘겼다.

"원래 밀어(蜜語)란 그런 거야. 낯간지럽고 손발 오그라들고."

"……그럼 난 앞으로도 절대 못 하겠네. 그 밀어라는 거."

"걱정하지 마. 앞으로도 낯간지러운 건, 다 내가 할 테니."

말을 마친 뒤, 그 말을 증명이라도 하듯 태서가 하진의 동그란 이마에 천천히 입술을 가져갔다.

"사모하고 있어, 내 여인."

〈2권으로 계속〉